UN FABULEUX DESTIN

L'AUTRICE

Sarah Watson est une autrice américaine qui a beaucoup écrit pour la télévision. Elle a créé la série *The Bold Type* (en français, *De celles qui osent*), couverte d'éloges par la critique, annonciatrice de l'actuelle nouvelle vague du féminisme. *Un fabuleux destin* est son premier roman.

SARAH WATSON

UN FABULEUX DESTIN

Traduit de l'anglais (États-Unis)
par Maud Desurvire

POCKET JEUNESSE
PKJ·

Titre original :
Most Likely

Collection « Territoires » dirigée
par Pauline Mardoc

Loi n° 49 956 du 16 juillet 1949 sur les publications
destinées à la jeunesse : septembre 2021

ISBN : 978-2-266-31466-4
Dépôt légal : septembre 2021

À mes parents,
qui ont toujours cru en moi
et en ma capacité à devenir qui je voulais.
Même présidente des États-Unis.
Et qui sont restés super zen quand je leur ai annoncé
que je voulais devenir écrivaine.

PROLOGUE

Washington, DC
Le 20 janvier 2049

Ce matin, le ciel est d'un bleu profond et, l'espace d'un instant, je regrette de ne pas avoir mis ce manteau carmin ; le contraste entre la laine rouge et le ciel aurait été saisissant. Mais il est trop tard, à présent. Je resterai dans cette tenue : un manteau crème par-dessus une veste de tailleur blanche et un pantalon assorti que le styliste a confectionné spécialement pour moi.

« Diffenderfer. »

En entendant notre nom de famille, mon mari se retourne en même temps que moi.

— Coup d'envoi dans cinq minutes, m'annonce cette jeune femme, dont la mission consiste à m'indiquer où me positionner le moment venu.

Cinq minutes. L'heure approche et, pourtant, je ne réalise pas. Mes amies vous diront qu'elles l'ont toujours su. Et que, de nous toutes, je suis celle qui avait le plus de chances de se retrouver ici. Malgré tout le respect et l'amour que je leur porte, elles se trompent. En vérité, si on m'avait dit, au lycée, que je deviendrais celle que je suis sur le point de devenir, je n'y aurais jamais cru. Et encore moins avec ce nom, Diffenderfer.

Pour la énième fois, je me demande ce qui m'a pris de l'adopter. D'après certains, il me rendrait plus sympathique. Plus abordable. Plus… « traditionnelle », pour reprendre le terme d'une bonne âme avant que je ne l'éjecte de mon bureau. Si cette remarque m'a énervée, c'est parce que, au fond, je sais qu'ils ont raison. Ça me coûte de l'admettre, mais les apparences comptent. Alors, j'ai beau détester le nom de famille de mon mari, j'ai fait le choix de la *tradition* et pris ce fichu nom.

Je lance un sourire à l'homme qui m'a proposé de devenir une Diffenderfer. Il me répond d'un clin d'œil.

— Grosse journée, commente-t-il.

— Ah oui ? dis-je, espiègle, en lui prenant la main.

À ma surprise, celle-ci tremble légèrement. Il a le trac. Ce constat m'emplit d'un élan de tendresse. Je serre sa main. Il en fait autant. Deux fois. Pour me faire comprendre qu'il m'aime.

— Détends-toi, dis-je tout bas.

— Ce n'est pas plutôt moi qui devrais te dire ça ?

— Si, mais moi je n'ai pas le trac.

— Le contraire m'aurait étonné.

Je me penche pour l'embrasser. Margot, ma maquilleuse, sera obligée de me remettre une touche de gloss. Tant pis ! Je n'apprécie peut-être pas son nom, mais une chose est sûre : cet homme, je l'aime.

J'ai raconté près d'un millier de fois l'histoire de notre premier baiser, en classe de terminale. Les histoires d'amour simples plaisent aux gens. *Simple.* Le mot nous fait toujours rire. Ils ne connaissent pas les détails complexes de notre histoire (qui sont d'ailleurs mes préférés). En dépit de tout ce qui s'est passé, je suis contente qu'il reste encore quelques souvenirs qui n'appartiennent qu'à nous.

La jeune femme à l'oreillette s'approche pour m'annoncer que le moment est venu. Mon mari me décoche un regard.

— Prête ?

— Oui, dis-je dans un murmure, bien que la réponse soit : « non ».

Comment pourrais-je être prête pour un événement pareil ? Les moments les plus importants de ma vie sont ceux qui m'ont terrifiée. Comme ce premier baiser. Pas l'histoire que nous avons racontée mille fois. Non, la vraie version. Celle aux circonstances aussi compliquées que douloureuses, pénibles et grisantes.

J'inspire un bon coup et presse encore la main de mon mari. Même si nous avons le même nom de famille, bientôt moi seule porterai le titre qui sera apposé devant.

Moi et moi seule deviendrai présidente des États-Unis d'Amérique.

CHAPITRE UN

Cleveland, Ohio
Automne 2019

Logan Diffenderfer faisait des tours de piste à vive allure. Son tee-shirt trempé de sueur lui collait au corps et ses cheveux châtains s'agitaient dans un rythme parfait.

C'était très énervant.

En général, au lycée William McKinley, l'espace sous les gradins était le meilleur coin pour avoir une conversation discrète. CJ n'en revenait pas d'avoir oublié que c'était l'heure de l'entraînement de cross lorsqu'elle avait proposé à ses trois meilleures amies de se retrouver là.

— On devrait aller ailleurs, suggéra-t-elle.

Jusqu'à cette année, CJ faisait partie de l'équipe. Si elle avait abandonné, ce n'était pas seulement à cause de ses performances médiocres, mais aussi parce qu'elle avait besoin de ce créneau pour réviser l'examen d'entrée à l'université. (Autre domaine dans lequel elle n'était pas très brillante.) Et pour sauver le monde. (Chose pour laquelle elle était assez douée, à vrai dire. Elle avait plus d'heures de bénévolat à son actif que n'importe quel élève de tout le lycée et ne comptait pas lever le pied.) Néanmoins, ça la troublait de voir son ancienne équipe s'entraîner sans elle.

— On n'a qu'à tenter la bibliothèque. Ou derrière les bennes de la cantine.

Martha vérifia l'heure sur son téléphone.

— Il faut que je sois partie dans cinq minutes.

Martha était la seule à avoir un job étudiant. Elle était aussi la seule sans voiture, alors elle lança un regard insistant à Ava qui avait accepté de la déposer.

— Dis à CJ que ça ne risque rien de discuter ici.

Ava haussa les épaules.

— L'endroit est sûr. Littéralement personne ne peut nous entendre.

Cette remarque poussa Jordan à lever le nez de son portable.

— Cet emploi de « littéralement » est *littéralement* abusif.

Elle quitta Snapchat pour ouvrir Instagram. Plus tôt dans la journée, elle avait publié une photo d'elle dans sa nouvelle robe années cinquante longueur midi, brodée du « J » de Jordan sur la poche avec du fil violet parfaitement assorti à ses mèches de cheveux. CJ, qui était plutôt le genre de filles à s'habiller en jean et tee-shirt, ne comprenait pas trop les fantaisies vestimentaires de son amie, mais elle avait cliqué sur le petit cœur sous la photo en laissant un commentaire. Entre meilleures amies, il faut se serrer les coudes.

— Ava a raison, cela dit. Il n'y a personne. *Littéralement.*

CJ était bien consciente que personne ne pouvait les entendre et, au pire, le contraire n'aurait pas changé grand-chose. Chaque élève de terminale de McKinley était concerné par la discussion qu'elles étaient sur le point d'avoir. Simplement, son ancienne équipe lui manquait beaucoup et elle commençait à regretter sa décision de l'avoir quittée.

Martha regarda l'heure.

— Il me reste quatre minutes.

Jordan rangea son téléphone.

— Bon, ce soir : qui conduit et qui s'occupe de… Attendez : qu'est-ce qu'on doit apporter, au juste ?

Les quatre amies échangèrent des regards en haussant les épaules. Aucune d'elles n'avait jamais participé à ce type d'événement.

— Un truc coupant, j'imagine, répondit finalement CJ.

— Je m'en charge, proposa Ava. Mais coupant comment ?

Alors qu'elles débattaient du degré d'aiguisage, un vif cri de joie s'éleva de la piste derrière elles. En se retournant, elles constatèrent que Logan Diffenderfer venait de franchir la ligne d'arrivée. Tandis qu'il ralentissait le pas en reprenant son souffle à grandes bouffées, il brandit un poing victorieux en poussant un second cri. CJ éprouva une pointe de jalousie. Cette sensation de soulagement et d'excitation intenses qu'on éprouve en fin de course lui manquait. Elle observa l'entraîneuse de cross qui donna à Logan une bouteille d'eau en même temps qu'une tape dans le dos.

CJ eut un nouveau pincement au cœur. Tout était toujours si facile pour Logan. Quand elle était encore dans l'équipe, Logan et elle étaient les seuls à s'ajouter régulièrement des tours de piste et à ne pas lever les yeux au ciel quand l'entraîneuse haussait le ton pour les motiver. Ces efforts supplémentaires valaient à Logan des médailles et des records. CJ, elle, se classait à peine en milieu de peloton.

Parfois, elle n'arrivait pas à comprendre que Jordan ait pu sortir avec lui. (D'accord, ça n'avait duré que cinq minutes et c'était en troisième, mais quand même.) Il était trop parfait. Ça le rendait ennuyeux. Pile à cet instant, Logan ôta son maillot qu'il utilisa pour tamponner la sueur sur son torse. Bon, ça, bien sûr, ça valait le coup d'œil. En revanche, c'était *intimidant*. À nu, sa peau bronzée et ses épaules sculptées, qu'il s'était modelées en donnant des leçons de natation l'été au centre de loisirs, ressortaient clairement. Complexée, CJ croisa les bras sur son petit ventre. Elle aussi avait passé l'été à faire des longueurs, mais tout ce que ces efforts lui avaient rapporté, c'étaient des taches de rousseur partout sur le visage.

— Peut-être que je préfère les mecs, en fait, commenta Martha.

Au lieu de boire la bouteille d'eau fraîche qu'on lui avait donnée, Logan la plaqua contre sa nuque. En Ohio, l'été avait l'art de se prolonger et il faisait particulièrement lourd. Ses épaules ruisselaient de sueur.

— Libre à toi d'aimer les mecs, rétorqua Ava. Mais pitié, *pas lui.*

Logan se mit à faire rouler la bouteille dans son cou. De haut en bas. Et de bas en haut.

— J'hallucine, maugréa Ava. Il le fait exprès. Tout ça pour qu'on le mate.

— Et ça marche, s'amusa Martha.

CJ rigola. Depuis qu'elles avaient regardé ensemble l'avant-dernier *Harry Potter*, Martha s'interrogeait sur sa sexualité. À la fin du film, CJ avait déclaré qu'elle aimerait bien être Hermione Granger, et Martha, qu'elle aimerait bien lui rouler une pelle. Restait à savoir si l'objet de son désir était expressément la plus célèbre des Gryffondor ou bien les femmes en général. Martha attendait d'embrasser une fille pour de vrai avant de se prononcer officiellement sur son orientation sexuelle.

— Bon, allez les filles, reprit Jordan. Martha doit partir travailler. Alors, qu'est-ce qu'on décide ?

— Moi, je conduis, résuma CJ. Ava s'occupe de l'objet coupant…

— OK. Mais coupant comment ?

— Comme tu veux, éluda Martha. Je termine à vingt heures. Tu passes me prendre ?

Ça les ferait toutes arriver plus tard. Elles seraient parmi les dernières sur place. Mais ce n'est pas comme si les trois autres pouvaient demander à Martha de lâcher son job.

Elles convinrent donc de se retrouver à vingt heures, puis débattirent et fixèrent un degré d'aiguisage approprié. Elles rêvaient de cette soirée depuis si longtemps !

Alors qu'elles s'éloignaient des gradins, CJ tourna la tête un bref instant ; elle voulait capter le regard de Mlle Chandran, son ancienne entraîneuse, la saluer et lui faire comprendre à demi-mot que, même si elle avait renoncé, elle lui était reconnaissante de ses trois années d'entraînement. Au lieu de cela, c'est le regard de Logan que CJ croisa. Il s'empressa d'esquiver, mais elle eut le temps de se rendre compte qu'il était en train de fixer l'une d'entre elles. *Laquelle ?* Impossible de le savoir.

CHAPITRE DEUX

Ava, CJ, Jordan et Martha (par souci d'impartialité, elles se désignaient toujours dans l'ordre alphabétique) formaient un quatuor fidèle et inséparable. Toutefois, leur rencontre n'avait rien d'original : un jour, à l'âge de cinq ans, elles avaient fait connaissance au square. C'était la fin de l'été, il y avait la queue au toboggan, et elles s'étaient mises à bavarder en attendant leur tour. Il leur restait encore quelques semaines avant d'entrer au CP, ce que chacune appréhendait pour diverses raisons. Quand elles se rendirent compte qu'elles allaient être toutes les quatre dans la même classe, ce fut un profond soulagement. L'une d'elles déclara que c'était « le destin ». Les autres acquiescèrent, même si deux d'entre elles ignoraient le sens de ce mot. Cet après-midi-là, elles devinrent les meilleures amies du monde. Ce ne fut pas plus compliqué que ça.

Douze ans plus tard, les filles se plaisaient encore à se remémorer cette belle journée. Néanmoins, difficile de croire à la providence : en été, tous les gamins du quartier passaient leur vie à Memorial Park. Non seulement ce jardin abritait un toboggan génial et une immense cage à écureuil mais, en outre, les noms gravés dans le métal de ce vieux jeu d'escalade suscitaient curiosité et fascination. À l'époque, Ava, CJ, Jordan et Martha ne savaient pas ce que ces noms faisaient là. Mais ça ne les empêchait pas de suivre du doigt le contour des lettres, essayant de les prononcer à haute voix, tandis que le soleil de l'après-midi tapait au-dessus de leurs têtes et que l'ivresse de l'été paraissait s'étirer à l'infini.

Ce soir-là, en roulant en direction de Memorial Park, c'est à cette journée que Jordan pensait. Elles étaient en retard et ça l'agaçait, même si c'était sa faute. Elle s'était changée mille fois avant de revenir à la première tenue qu'elle avait essayée.

CJ se gara le long du trottoir, à plusieurs pâtés de maison du parc, tout au bout de la rue.

— Qu'est-ce que tu fais ? s'étonna Martha, assise à l'arrière.

— C'est au cas où les flics débarquent, expliqua CJ en coupant le contact. Je ne veux pas que ma voiture soit retrouvée sur les lieux du crime.

— Clarke Josephine Jacobson, tu es ridicule, déclara Jordan.

CJ ignora royalement Jordan. Elle descendit de voiture et les autres suivirent. Puis elle rangea ses clés dans son sac à dos et en sortit un sweat à capuche noir. En dépit de la chaleur, elle le ferma jusqu'en haut.

Puis elle rabattit la capuche sur sa tête et la serra si fort que, dans l'obscurité, on ne distinguait plus que ses yeux verts. Alors que CJ nouait les cordons d'un geste sec et précis, ses amies échangèrent un regard ahuri.

Il y a longtemps, les filles s'étaient promis de ne jamais débiner une des membres du groupe dans son dos. Comme elles prenaient cette promesse au sérieux, lorsque CJ les dévisagea en soufflant un « quoi ? » étouffé par le mélange coton-polyester de son sweat, Ava, Jordan et Martha se moquèrent ouvertement.

— T'es quand même pas sérieuse, gloussa Martha.

Ava la toisa de haut en bas, la tête inclinée de côté.

— Tu n'as pas chaud là-dedans ?

— Moi, je la trouve adorable comme ça, lâcha Jordan, hilare.

Elle se tourna vers CJ.

— Souris.

— Hein ?

Au moment où CJ pivota, Jordan la prit en photo.

— Trop chou, déclara-t-elle en examinant le résultat.

— Ah ! ah ! Très drôle, les filles. Je n'ai pas envie de me faire choper, c'est tout.

Ce n'est pas comme si elles s'apprêtaient à commettre un crime ou un délit grave (elles avaient vérifié pour en être sûres)… Néanmoins, c'était une infraction. Jordan testa différents filtres sur la photo.

— Je t'interdis de publier ça, avertit CJ, presque paniquée.

— Pourquoi ? Regarde comme tu es mignonne.

Jordan lui tendit son téléphone.

CJ le prit et écarquilla les yeux, horrifiée.

— Je suis affreuse.

La photo n'était pas très flatteuse. La figure de CJ était écrabouillée par la capuche, si bien que son petit nez en trompette orné de taches de rousseur (sans doute son plus bel atout) paraissait un peu trop retroussé. Des mèches blondes lui collaient au visage et elle avait l'air d'une grande perche. Ce qu'elle était (la plus grande fille de la classe), mais si elle avait su qu'on allait la prendre en photo, elle aurait sûrement pris cette pose bizarre habituelle où elle basculait les hanches de côté et rentrait les épaules d'une manière qui, d'après elle, donnait l'impression qu'elle mesurait une taille normale. Jordan regarda CJ cliquer plusieurs fois sur l'écran avant d'effacer le cliché.

— Hé ! s'insurgea-t-elle.

— Pas question que je sois arrêtée parce que tu as publié ça sur les réseaux sociaux. Cette seule photo pourrait ruiner ma carrière.

Jordan reprit son téléphone.

— T'as pas l'impression que tu exagères un peu ?

— Et si j'ai envie d'entrer en politique un jour ? Imagine que cette photo m'empêche d'être élue ? Tu t'en voudrais, non ?

— T'inquiète, répliqua Jordan. Ça ne t'empêchera pas de devenir présidente du fan-club de Justin Bieber.

— Ah ! ah ! ricana CJ, pas du tout amusée.

— Détends-toi, CJ, intervint Ava. On est mineures. Il ne peut rien t'arriver.

Sa mère était avocate.

— Dans ce cas, profitons-en pour commettre tous les crimes possible avant qu'il ne soit trop tard ! décréta Martha d'une voix espiègle.

— Bien dit, acquiesça Jordan. Allons-y ! Il me reste encore moins de temps que vous.

Elle donna le bras à Martha avec enthousiasme, et toutes deux s'élancèrent d'un bond.

— Morues ! maugréa CJ en les rattrapant.

Lorsqu'elle remarqua la fenêtre cassée de la maison à l'angle, Jordan s'arrêta. Le quartier avait beaucoup changé depuis leur enfance. Presque du jour au lendemain, il était passé de « pittoresque » à « un peu craignos ». Martha habitait à seulement quelques rues de là. Quand ses camarades du lycée en parlaient comme d'un quartier de merde, elle faisait semblant que ça ne la dérangeait pas, mais Jordan savait que ça la touchait. Chaque fois qu'on les croisait ensemble, les gens supposaient que c'était Jordan qui vivait ici. Cette dernière étant métisse, d'un simple regard pétri de préjugés, ils en déduisaient que c'était elle qui habitait dans ce quartier aux fenêtres brisées et au taux de criminalité élevé.

Le portable de Jordan émit un « ding », annonçant l'arrivée d'un nouveau texto. Celui-ci provenait de Logan Diffenderfer. Rien de très anormal à ce qu'il lui écrive. Elle était rédactrice en chef du journal du lycée, et lui photographe. En général, ses messages commençaient par : « Salut, cheffe », et se poursuivaient par : « Je t'ai envoyé les photos, vérifie tes mails. » Les réponses de Jordan étaient tout aussi professionnelles : « Bien reçu, merci », « maquette finale validée » ou « si tu m'envoies encore une photo cochonne, t'es viré ». (Ce n'étaient jamais de vraies images obscènes, mais celles de porcinets à toutes les sauces, que

Jordan faisait toujours mine de ne pas trouver drôles.) Ce soir, le message était très différent.

Je te cherche. Tu es arrivée ?

Jordan se demandait bien pourquoi il la cherchait et elle réprouvait le fait que son cœur s'emballe à cette idée. C'était d'autant plus difficile qu'elle avait encore des sentiments pour lui. Jordan regarda Ava, à côté d'elle, se demandant si celle-ci avait vu le message. Pourvu que non ! Elle n'avait pas envie de devoir se justifier. Non qu'elle mentirait à son amie, ça jamais. Quoique, ça lui était arrivé, une fois. Quand elles étaient en troisième, elle avait raconté à Ava qu'elle avait plaqué Logan car il ne l'intéressait plus. Ce qui était faux. À l'époque, elle était très attachée à lui. En vérité, elle avait rompu à cause de ce qu'il avait dit sur Ava et que celle-ci avait entendu, puis rapporté.

Près d'elle, Ava ouvrit son sac en bandoulière et fouilla à l'intérieur. Jordan se surprit à l'observer attentivement, comme elle le faisait souvent. Ava avait l'air en forme. Heureuse. Mais Jordan savait mieux que personne qu'avec elle, les apparences étaient parfois trompeuses. Seules ses plus proches amies connaissaient la nature du chagrin enfoui au fond d'elle. Jordan lui sourit. Ava fit de même, puis elle trouva ce qu'elle cherchait et le sortit du sac : un grand couteau de cuisine.

Jordan fit un bond en arrière.

— Putain, Ava ! T'es folle !

La lame miroita sous la lumière du réverbère.

— Quoi ? s'étonna Ava. Vous avez dit d'apporter un truc coupant. Ça coupe bien, ça.

CJ lui prit le couteau des mains.
— C'est un Wüsthof, Ava. Le couteau de cuisine de ta mère.
— Et alors ?
— Alors on ne peut pas utiliser ça. Ta mère va te tuer.
— Je le remettrai à sa place quand on aura terminé.
CJ retourna le couteau dans ses mains.
— Tu vas le lui rendre tout abîmé.
— Elle ne s'en rendra même pas compte.
— Pourquoi ?
— Parce qu'elle ne cuisine pas, tiens ! Genre, jamais. Enfin, tu connais ma mère, non ?
C'était censé être une blague mais, à vrai dire, même au bout de douze ans d'amitié, les filles ne connaissaient pas très bien la mère d'Ava. Elle travaillait tout le temps. Les autres élèves avaient plein de préjugés sur Ava, cette hispanique d'humeur changeante qui détestait prendre la parole en classe et s'absentait parfois pour des raisons énigmatiques. Les gens s'imaginaient automatiquement qu'elle vivait dans la pauvreté. Or, la mère d'Ava, bien qu'elle ait élevé sa fille seule, était l'associée principale d'un des plus gros cabinets juridiques de la ville.
— Je refuse qu'on bousille un Wüsthof.
CJ n'aimait pas vraiment cuisiner, mais elle avait un faible pour les émissions culinaires.
— En plus, regarde ce machin : on risque d'y laisser un doigt.
Ava reprit le couteau, contrariée.
— Comment on va faire alors ? Vous m'avez confié la mission du couteau. J'ai apporté un couteau.

À son tour, Martha ouvrit son sac à dos pour en sortir un objet qu'elle montra à CJ. C'était un vieux couteau à viande, émoussé par le temps et l'usage. Le bout de la lame formait davantage une petite bosse qu'une pointe.

— Et ça ?

— Ça, on peut le bousiller sans problème, approuva CJ.

***

C'était étrange de voir ce couteau dans la main de Martha. Sa mère le lui avait apporté un peu plus tôt en passant à l'improviste au cinéma où elle travaillait.

Ses parents avaient grandi ensemble à Cleveland (élèves de la promotion 2003 au lycée où Martha allait aujourd'hui) et cette dernière savait depuis toujours qu'ils avaient eux-mêmes commis l'infraction qu'elle s'apprêtait à commettre avec ses amies. C'était une infraction dont on ne pouvait pas vraiment se cacher. Martha en avait vu la preuve. Cela dit, elle n'en avait jamais discuté avec sa mère. La communication entre elles était difficile. Martha vivait chez son père et la relation qu'elle entretenait avec sa mère variait de compliquée à inexistante. Elles se voyaient si peu que c'était à peine si Martha avait des liens avec ses demi-frères. C'étaient des « faux jumeaux », mais il arrivait quand même à Martha de les confondre. Elle ne se sentait pas proche de cette partie de la famille. Raison pour laquelle elle fut très surprise de voir sa mère débarquer avec le couteau. Lorsqu'elle l'avait tendu à Martha en précisant que c'était celui qu'elle avait utilisé quand elle était en terminale, sa voix s'était brisée.

En tournant au coin de la rue avec les filles, Martha découvrit l'ampleur de la foule. Visiblement, tous les élèves de leur classe étaient présents. Martha aimait bien jouer les cyniques et n'avait pas hésité à exprimer son opinion sur cette tradition qu'elle trouvait un peu idiote. Cependant, à mesure qu'elle faisait tourner le manche du couteau dans sa paume, ça ne lui semblait plus si « idiot ». Sa mère l'avait conservé durant presque vingt ans ; ce n'était pas rien. Cette soirée serait peut-être plus marquante qu'elle ne l'imaginait.

— On y est, lança Jordan.

— L'heure est venue pour nous d'entrer dans l'histoire, ajouta Ava.

Depuis plus de cinquante ans, les terminale du lycée William McKinley se réunissaient à Memorial Park le premier vendredi de la rentrée scolaire pour graver leurs noms dans le métal de la vieille cage à écureuil. Ce soir, Ava Morgan, CJ Jacobson, Jordan Schafer et Martha Custis allaient s'ajouter à la liste de la promotion 2020.

Malheureusement, la situation était sur le point de se compliquer. En se rapprochant, les filles s'aperçurent que la foule n'était pas rassemblée *à l'intérieur* du parc mais le long de son enceinte. D'ordinaire ouvert à tous, Memorial Park était à présent totalement interdit d'accès, entouré d'une clôture grillagée surmontée de boucles de fil barbelé. Au début, elles pensèrent que ce n'était qu'un agaçant stratagème imaginé par la police locale pour les empêcher de perpétuer la tradition. Puis elles découvrirent la pancarte : le parc allait être démoli.

***

Tout le monde criait pour se faire entendre, mais la voix de Grayson Palmer s'élevait au-dessus de la mêlée.

— Ils ne peuvent pas nous empêcher d'entrer. Quelqu'un aurait un coupe-boulons, un pied-de-biche ou quelque chose de ce genre ? Moi je dis : on passe en force !

Des acclamations retentirent. Ava regarda ses amies et fut contente de voir que Jordan était déjà en mode investigation. Elle avait sorti son téléphone et tapé le nom du parc dans son moteur de recherche pour tenter d'en savoir plus. Logan s'approcha d'elle.

— C'est pas trop tôt ! dit-il en guise de salutation. Je t'ai envoyé un message. Je crois qu'on tient un super article, là.

— Je suis sur le coup, répondit Jordan. Tu t'occupes des photos ?

Il acquiesça d'un signe de tête.

— Je peux en aider certains à escalader, cria Grayson. Les filles en minijupe sont prioritaires !

Nouvelle salve d'acclamations et de rires. Grayson était devenu *de facto* le meneur du groupe. Ava avait envie de dire que ça ne servait à rien d'insister si, au final, ce parc était rasé. Mais sa voix était de celles que l'on n'entend jamais dans une foule.

Jordan leva le nez de son portable.

— Je suis sur le site de la mairie, dit-elle. Il met des plombes à charger.

Ava, CJ et Martha formèrent un cercle autour d'elle et fixèrent la lueur bleue de son écran, trépignant d'impatience. Logan se pencha aussi et Ava dut s'écarter pour lui faire de la place. Elle ressentait sa présence comme une intrusion. Sa proximité la mettait toujours mal à l'aise. Elle se sentait petite et complexée. Insignifiante et idiote. Au fond, elle savait qu'elle n'était rien de tout ça. Petite, certes. Mais physiquement, seulement. Et loin d'être idiote. Des années plus tôt, c'est pourtant ce que Logan avait affirmé. Pas en face d'elle, mais dans son dos, ce qui était pire. C'était bien la preuve qu'il le pensait. Aujourd'hui encore, elle avait du mal à ne pas se sentir humiliée en sa présence. Alors Ava appliqua le conseil que lui avait donné la Dr Clifford pour les moments où elle sentait monter en elle une pointe d'angoisse. Elle répéta un mantra : *Je suis brillante. Je suis brillante.* Auquel elle ajouta une phrase qui, pour le coup, ne faisait pas du tout partie des recommandations de sa thérapeute : *Logan Diffenderfer est un abruti.*

Un résultat apparut sur le téléphone de Jordan, et Logan tenta de s'imposer davantage pour mieux voir. Cette fois, Ava tint bon.

— Désolé, bredouilla-t-il en reculant.

À l'aide de deux doigts, Jordan agrandit le texte à l'écran.

— Bingo ! j'ai trouvé l'info sur le projet d'expansion.

— Ce terme de « projet » est rassurant, commenta CJ. C'est signe que l'affaire n'est pas encore conclue.

— Mais cette idée d'« expansion » ne me plaît pas, objecta Ava.

— À moi non plus, enchérit Logan.

Ava le regarda, sans doute d'un drôle d'air, car il s'étonna :

— Quoi ? Je suis d'accord avec toi.

Elle se détourna et il demanda à Jordan :

— Qu'est-ce qu'ils veulent construire ?

Jordan suivit un lien. Tandis que la page chargeait, un gros son de basses percutantes fusa d'un téléphone à proximité. Quelqu'un passait un morceau qui parlait de lutter contre le système, et certains se mirent à danser. Cammie Greenstein annonça que ses parents n'étaient pas à la maison et que sa sœur aînée pouvait leur acheter de la bière. L'espace d'un instant, la foule sembla sur le point de se disperser. Mais Grayson secoua la tête.

— Non, personne ne bouge. On est venus dans un objectif. On ira jusqu'au bout.

L'air véritablement contrarié, il se rapprocha lentement de la clôture et agrippa le grillage en fixant la cage à écureuil. Elle était si près et pourtant si loin.

— Quelqu'un est venu en camionnette, ce soir ? Je propose qu'on enfonce le portail, point barre.

Jordan ronchonna. Non pas à cause de l'idée de Grayson, mais d'une info à l'écran qui la fit réagir.

— Bon, fit-elle. J'ai une bonne et mauvaise nouvelle. Vous voulez laquelle en premier ?

— La mauvaise, hasarda CJ.

Jordan leva son portable face à ses amies.

— C'est un gigantesque immeuble de bureaux.

L'écran affichait le croquis d'une tour de dix étages. Martha lui prit le téléphone pour regarder ça de plus près.

— Les cons, maugréa-t-elle. Ils veulent planter ça au beau milieu de mon quartier ?

Elle rendit l'appareil à Jordan.

— Et la bonne nouvelle ?

— Une réunion municipale a lieu dans trois semaines pour débattre du projet. Elle sera ouverte au public. Tous les citoyens sont invités à s'exprimer.

— Parfait, décréta Logan. Je crois qu'il y a pas mal d'inquiets ici qui aimeraient se faire entendre.

Il se tourna vers la foule en mettant ses mains en porte-voix.

— Hé ! Écoutez tous ! Coupez la musique.

Sur ses ordres, la chanson antisystème fut stoppée net.

— Ça ne s'arrêtera pas là. On a un plan.

Tout le monde écouta, suspendu à ses lèvres.

***

Ce soir-là, en rentrant chez elle, Martha trouva son père en train de lire sur le canapé du salon. Il y a encore peu, il était de service de nuit, mais il avait finalement acquis assez d'ancienneté à l'entrepôt où il travaillait comme manutentionnaire pour qu'on lui attribue des horaires plus confortables. Il n'avait pas encore son compte d'heures pour avoir droit à une assurance santé, mais c'était déjà un gros progrès.

— Coucou, Patsy, dit-il en levant le nez de son livre.

Martha était consciente qu'elle aurait dû se détacher depuis longtemps de ce terme affectueux et mièvre, mais ça lui plaisait que son père continue de l'appeler comme ça. Patsy était le surnom de la femme dont elle tenait le prénom : Martha Washington, son arrière-arrière-arrière-arrière-arrière-arrière-arrière-grand-mère.

— Tu rentres un peu tôt, non ?

Elle se laissa lourdement tomber à côté de lui sur le canapé.

— Et toi, tu veilles un peu tard, non ?

Martha jeta un coup d'œil à sa montre. De toute évidence, il l'avait attendue. Sa mère n'était peut-être pas la seule à être attachée à la tradition. Son père ferma son livre et le posa.

— Alors, cette grande soirée ?

— Un fiasco complet ! Le parc était fermé. Il va être démoli.

— Pourquoi ça ?

Martha prit le livre que son père lisait : une biographie sur Abraham Lincoln. En l'entrouvrant, elle reconnut cette odeur de livre fraîchement sorti de la bibliothèque.

— Des promoteurs veulent construire un immeuble de bureaux à la place. Au beau milieu de notre quartier.

— Quelle étrange idée ! s'étonna son père.

Martha reposa l'ouvrage.

— Il restait de la place près de ton nom sur la cage à écureuil. J'ai vérifié il y a quinze jours. Je trouvais que ça aurait été chouette qu'avec mes amies, on grave nos noms à côté des vôtres.

Son père sourit, et Martha se rappela la première fois où on lui avait parlé de cette coutume. Elle devait avoir à peine trois ans quand ses parents l'avaient emmenée au parc et lui avaient raconté cette fameuse soirée où ils avaient gravé leurs noms ensemble. Son père l'avait portée pour qu'elle puisse effleurer le contour des lettres.

— Bon, soupira-t-il. J'imagine que c'est la rançon du progrès.

— Tout n'est pas perdu, nuança Martha avec espoir. Il y a une réunion à la mairie dans quelques semaines. La promotrice y présentera son projet. Et à la fin, les citoyens auront la possibilité de faire entendre leurs objections.

— *La promotrice* ? Ils laissent des femmes devenir promoteur immobilier de nos jours ?

Martha lui donna un coup dans le bras avec espièglerie. Il adorait taquiner sa fille unique sur ses convictions féministes. Ça ne la dérangeait pas. Elle savait qu'il était fier d'elle. Pour un gars de la vieille école, son père était plutôt en avance sur de nombreux sujets. Quand elle avait enfin trouvé le courage de lui dire : « Au fait papa, je crois que je préfère les filles », il était resté silencieux un moment. Et quand il avait finalement réagi, ça avait été pour répondre : « Eh bien, au moins, ça nous fait un point commun. »

Martha avait ri. De soulagement, surtout. Sa remarque était pertinente, cela dit. Ils avaient deux personnalités aux antipodes. Son père était un lecteur avide et un ancien athlète, elle, une matheuse dans l'âme, qui avait un jour feint d'avoir la maladie des Morgellons[1] pour être dispensée d'EPS. Il aimait la musique country ; Martha, tout sauf ça. Et pourtant, elle l'aimait si fort que parfois elle s'interrogeait : comment pouvait-on à ce point préférer un de ses deux parents ?

— Dis, papa, reprit-elle d'un ton qui se voulait désinvolte. Je me disais que tu voudrais peut-être m'accompagner. À cette réunion. On va intervenir toutes les quatre avec d'autres terminale du lycée. Je trouve que ça aurait beaucoup d'impact d'entendre un citoyen dont le nom est déjà gravé là-bas. Tu fais partie du patrimoine, en quelque sorte.

Le regard de son père fut difficile à déchiffrer.

— Je ne sais pas trop, Patsy. Tu t'exprimes mieux que moi en public.

Martha comprit que son père n'avait pas envie de s'accrocher à ces souvenirs-là. S'efforçant de masquer sa déception, elle hocha la tête. Parfois elle aurait aimé qu'il soit le genre de père à se précipiter pour lui sauver la mise. D'autres fois, elle se plaisait dans le rôle de la fille qui se débrouillait seule. Elle leva les yeux vers lui, et il sourit. Puis il ramassa son livre et reprit sa lecture.

1. Une affection de la peau qui serait causée par un parasite. *(Toutes les notes sont de la traductrice.)*

CHAPITRE TROIS

Durant les semaines qui précédèrent la réunion à la mairie, Ava fut tendue. Rien de nouveau ou d'inhabituel. Au fond, elle vivait dans un état d'inquiétude permanent, donc difficile de distinguer la part d'angoisse liée à son imminente prise de parole en public de celle simplement liée à sa neurochimie personnelle. Ava attribuait une part de son stress à la visite de la conseillère d'orientation qui avait débarqué dans toutes les classes de terminale et les avait assommés d'informations sur les délais d'inscription, les sujets de dissertation pour leurs dossiers de candidature et les modalités de repêchage aux examens d'entrée à l'université. Mais elle en voulait surtout à ses amies, qui l'obligeaient à s'exprimer devant tout le monde.

Ce jeudi soir-là, la foule se pressait déjà lorsque les quatre amies arrivèrent à l'auditorium. En raison d'un « taux de participation exceptionnellement élevé », toute personne souhaitant intervenir devait s'inscrire sur une liste avant le début de la séance. Les filles furent orientées vers une queue interminable qui serpentait tout le long de la salle. CJ croisa les bras avec agacement, comptant le nombre de personnes devant elles. La réunion étant limitée à deux heures, il était clair que certains inscrits n'auraient pas l'occasion de prendre la parole.

— Ça va être serré, grommela CJ.

Merci mon Dieu, pensa Ava.

Elle sentit le regard de Jordan posé sur elle.

— Ça va ? s'inquiéta cette dernière. Tu as l'air toute…

La fin de la phrase était évidente. La tête d'Ava en disait long sur son état d'esprit. On aurait dit qu'elle allait s'évanouir. Ou vomir. Voire les deux. Elle avança ses orteils contre le bout de ses chaussures et maintint la pression en comptant jusqu'à cinq (technique que lui avait conseillée sa psy pour apaiser son stress). Mais aujourd'hui, ça ne marchait pas.

Martha étreint son bras.

— C'est pas grave. Si tu n'as pas envie de parler, tu n'es pas obligée.

— Mais si ! la contredit brusquement CJ.

Cette dernière avait depuis longtemps décidé d'endosser le rôle de l'amie « à la fois tendre mais dure ». CJ la poussait toujours à sortir de sa zone de confort. Pas plus tard que la semaine dernière, elle l'avait forcée à soumettre une de ses toiles à un musée du coin. Ava savait qu'il n'y avait pas l'ombre d'une chance que la galerie Coventry sélectionne le tableau d'une lycéenne amatrice plutôt que ceux de peintres aguerris, mais parfois, avec CJ, mieux valait obéir que discuter.

— Désolée, Ava, insista CJ. Je sais que tu as horreur de ça. Mais plus tard, tu me remercieras.

Ava en doutait sérieusement. Sauf que quand CJ s'emballait sur un sujet, il était impossible de la calmer. Il fallait qu'elle trouve une solution au moindre problème. Les filles n'avaient que douze ans le jour où CJ les avait traînées à leur première manifestation. Ava s'était chargée d'illustrer leurs pancartes. Sa capacité à se rebeller contre le système s'arrêtait là.

— Regarde-la, insista Martha en désignant Ava. Son teint…

— Mais non, son teint est parfaitement normal.

Ava sentit CJ l'observer.

— Bon, d'accord, elle est peut-être un peu plus pâle que d'habitude. Mais *à peine*.

— Je dirais plutôt que c'est spectaculaire, lui opposa Jordan.

Pendant que ses amies débattaient à son sujet, Ava ferma les yeux. Elle aurait aimé pouvoir s'éclipser façon voyage astral. En rouvrant les paupières, elle découvrit avec déception que non seulement son âme n'avait pas quitté l'auditorium mais qu'en plus Logan Diffenderfer s'approchait d'elles. *Génial.* Il ne manquait plus que ça. Pire, il avait son appareil photo autour du cou.

— Salut, lança-t-il à Jordan. J'ai pris plein de super photos pour le journal.

— Parfait, approuva-t-elle. J'envisage au moins une double page. Montre-moi ce que tu as.

Logan leva son appareil devant elles et fit défiler quelques images. Ava devait reconnaître qu'il avait du talent. Jordan se plaignait que ses clichés étaient souvent trop artistiques pour le journal, mais Ava était fan. Ses photos n'étaient pas seulement belles. Elles racontaient aussi une histoire.

Il avança le défilement et s'arrêta sur une image. *Oh purée.* C'était une photo d'elle. Elle avait les yeux fermés et le visage blême, en effet. Logan baissa son appareil, comme s'il était sur le point de lui dire quelque chose. Au grand soulagement d'Ava, Martha intervint.

— Hé, Diffenderfer ! Je ne t'ai pas vu en cours de physique aujourd'hui. D'après M. Young, tu abandonnes, c'est vrai ?

Logan baissa le regard vers son appareil.

— Oui.

— Pourquoi ? l'interrogea Martha.

Logan hésita, puis un brouhaha ameuta la file devant eux. Il sembla soulagé de cette diversion. Ava le devina à son expression. Elle faisait la même tête chaque fois qu'un événement extérieur lui évitait *in extremis* d'être au centre de l'attention.

Un peu plus loin, deux de leurs camarades se disputaient avec la dame en charge des formulaires d'inscription. Le ton montait.

— Nous avons des droits, protesta une jeune fille.

C'était Kaia Huber. Une des plus belles plumes du journal.

Jordan se tourna vers Logan.

— Prépare ton appareil. On y va.

La file se dispersa à mesure que le tapage s'amplifiait. Jordan avait déjà sorti de son sac un carnet et un stylo. Elle nota rapidement quelques déclarations. CJ lui emboîta le pas. Ava aurait préféré ne pas s'en mêler mais Martha l'entraîna par le bras.

— Viens. Allons voir ce qui se passe.

Elles atteignirent la table où une cohue d'élèves encerclait la préposée aux inscriptions. Elle avait le look typique des présentatrices de télé-achat.

— Je regrette, déclara cette dernière d'une voix pincée. Seuls les administrés peuvent intervenir lors de cette réunion.

Ava ne savait pas ce qu'était un administré. Elle n'eut pas le temps de le chercher discrètement sur Google ; Logan Diffenderfer posa la question pour elle :

— C'est quoi, un administré ?

— Un électeur de cette circonscription, répondit Kaia avec agacement. Aucun d'entre nous n'est inscrit. Donc on ne nous donnera pas la parole.

— On voudrait bien s'inscrire, parlementa CJ. Sauf qu'on ne peut pas : on n'est pas majeurs.

— Je regrette, répéta la femme qui ne semblait rien regretter du tout. C'est le règlement.

— En tant que premiers concernés par la fermeture du parc, nous devrions avoir le droit d'en débattre, souligna Martha.

La femme resta de marbre, agacée.

— Libre à vous d'assister au débat.

— Mais on n'a pas envie de rester assis là à écouter, insista Logan. Ce qu'on veut, c'est être vent debout et entendus.

Des acclamations s'élevèrent parmi leurs camarades et Ava dut admettre que cette réplique était bien trouvée. Elle vit Jordan la noter en vitesse dans son carnet. La femme leva les mains comme si elle affrontait une bande de fortes têtes.

— Si vous tenez à faire une scène, je vais être contrainte de vous demander de partir. Une telle conduite est inappropriée.

Martha leva les yeux au ciel.

— Inappropriée ? Vous plaisantez ou quoi ? Tout ce qu'on vous demande, c'est deux minutes de temps de parole.

Ava prenait peu à peu conscience que son vœu allait être exaucé. Elle n'aurait pas à se dresser face à cette assemblée, la voix tremblotante et les joues empourprées. Le soulagement ressenti ne fut cependant pas aussi merveilleux que ça.

— Tiens, fit CJ en montrant du doigt un homme près de la porte. Ce ne serait pas le conseiller municipal ?

Ava, Jordan et Martha suivirent son regard en direction d'un monsieur d'un certain âge en costume trois pièces. Il s'avança d'un pas mesuré et suffisant, suivi de près par un type plus jeune, vêtu lui aussi d'un costume, mais de moins bonne facture.

— Si ! C'est lui, confirma Martha. Je le reconnais à sa photo sur le site Web du district.

Le conseiller Kenneth Lonner avait tout du votant en faveur des grands lotissements.

— Bon. Alors, marche arrière toute, déclara Jordan en tirant sur sa jupe et en remontant son haut afin de bien couvrir tout ce qui devait l'être. Puisqu'on ne veut pas nous donner la parole, je crois que c'est aux médias de régler ça.

Elle se tourna vivement vers Logan.

— Prends un maximum de photos.

Puis elle s'élança d'un pas décidé.

— Monsieur le conseiller ! Accordez-moi un instant, je vous prie.

Impressionnée, Ava la regarda se diriger droit vers lui et le provoquer sans détour.

— Je travaille pour le *Blaze* de McKinley et souhaitais vous interroger sur votre décision d'ignorer l'avis des lycéens présents à la réunion de ce soir.

Le conseiller leva le nez du dossier qu'il feuilletait en marchant. Il le ferma et le tendit au jeune à ses côtés qui semblait avoir presque le même âge qu'eux. Sûrement un stagiaire.

— Pardon, répondit le conseiller. Pour quel journal travaillez-vous ?

— *Blaze*, lycée McKinley. Je suis la rédactrice en chef. Jordan Schafer.

Elle lui tendit la main et le conseiller la serra en lui décochant un sourire charmant.

— Je suis ravi que les jeunes s'impliquent dans notre action municipale, Jordan. Vraiment. Mais j'ai peur d'être un peu débordé ce soir. Appelez mon bureau, nous serons ravis de vous faire visiter les lieux. Mon assistant ici s'en chargera. Bonne continuation, Jordan.

Il plongea la main dans sa poche et lui tendit un bout de papier qu'elle prit, embarrassée. Puis il poursuivit son chemin vers l'avant de la salle où un siège lui était réservé. Ava, CJ et Martha rejoignirent précipitamment leur amie. Logan resta en arrière pour prendre quelques photos.

— C'était quoi, *ça* ? questionna CJ. Qu'est-ce qu'il t'a donné ?

Jordan semblait abasourdie. Elle finit par ouvrir le poing. C'était un autocollant de campagne.

— Je voulais une interview sans complaisance, balbutia-t-elle. Et il m'a donné un autocollant.

***

Ce soir-là, Jordan se coucha furieuse et se réveilla dans le même état le lendemain. Après avoir appris qu'ils n'auraient pas le droit de s'exprimer, bon nombre d'élèves étaient partis. Mais Ava, CJ, Jordan et Martha avaient pris place au premier rang pour tenter de jouer la carte de l'intimidation. Jordan était assez fière du regard noir qu'elle avait lancé au conseiller Kenneth Lonner, mais ça ne suffirait pas à résoudre le problème. La réunion n'avait pas joué en leur faveur. La promotrice immobilière s'était montrée convaincante et, même si plusieurs participants s'étaient exprimés pour la préservation du parc, leurs arguments étaient incohérents et désordonnés. Contrairement aux filles, ils n'avaient rien préparé et pas répété. La soirée s'était achevée sur la déclaration de soutien du conseiller Lonner au projet d'aménagement urbain. Ce dernier devait encore être validé par le maire, mais avec l'appui de cet homme, l'affaire était considérée comme conclue. Si les lycéens voulaient empêcher la destruction du parc, il leur fallait un vrai plan, et vite.

Jordan sauta du lit et alluma son ordinateur portable pour chercher « techniques de protestation qui fonctionnent ». Pourquoi pas une pétition doublée d'une manifestation ? Ils pourraient fabriquer des pancartes et débarquer à la mairie en masse. Ou s'enchaîner à la grille du parc ? En temps normal, Jordan n'approuvait pas les mesures extrêmes. Mais ça, c'était avant que ce conseiller la traite comme une gamine et lui refile un autocollant.

Voyant qu'elle avait reçu un mail de Logan, elle l'ouvrit. Il lui avait envoyé les photos prises à la réunion. Elle les parcourut puis s'arrêta en tombant sur un cliché d'elle. Logan avait réussi à saisir l'instant précis où l'homme lui avait tendu l'autocollant. La tête légèrement penchée de côté, elle affichait un air déconcerté.

Par ailleurs, elle s'était sentie très à l'aise au cours de cette soirée. Elle portait sa robe trapèze rétro imprimée de pommes rouge vif qui, d'après son petit frère, la faisait ressembler à une méchante reine. Ce n'était pas un compliment dans sa bouche, mais elle le prenait comme tel. D'ordinaire, cette robe lui procurait un sentiment de puissance. Maintenant qu'elle se voyait à l'image, porter cette tenue à un événement important lui sembla être une idée puérile. Jordan était habituée à ne pas être prise au sérieux de prime abord. Pas seulement à cause de son style vestimentaire. Sa couleur de peau n'y était pas étrangère non plus. En général, cet a priori s'effaçait dès qu'elle ouvrait la bouche. On lui disait alors qu'elle « s'exprimait bien » et on s'émerveillait de son intelligence. Elle détestait l'idée de devoir être plus dégourdie, plus brillante et éloquente que ses camarades blancs, mais elle l'était vraiment, et ça lui plaisait.

Le conseiller Lonner l'avait mal jugée. Il l'avait jaugée d'un regard et prise pour une gosse. Certes, c'est ce qu'elle était encore, vu son âge. Mais il ignorait que cette gosse avait reçu un tas de récompenses pour son travail journalistique. C'est grâce à elle que le lycée avait été contraint de changer de prestataire de cantine après la publication d'un article dans lequel elle pointait du doigt ses pratiques commerciales contraires à l'éthique. Quant à son enquête sur la mauvaise gestion des fonds dans les cursus musicaux, elle lui avait valu une reconnaissance à l'échelle nationale. Elle voulait que le conseiller sache tout ça. Qu'il la regarde en face et admette qu'il s'était trompé sur son compte.

Aussitôt, une idée lui traversa l'esprit. Elle venait de trouver le moyen pour que son vœu se réalise. C'était simple et efficace. Elle envoya sur-le-champ un texto à ses amies tout en sachant qu'elles ne seraient pas encore debout. Trop excitée, elle ne pouvait pas attendre. Maintenant qu'elle avait un plan, elle ne tenait plus en place. Le conseiller Lonner n'avait qu'à bien se tenir.

***

Le son d'une corne de brume tira Martha d'un sommeil profond et paisible. Elle se redressa d'un bond en cherchant l'origine du vacarme. D'habitude son portable émettait un son de clochette apaisant quand elle recevait un SMS, mais quelqu'un avait modifié ses réglages. CJ, sûrement. Depuis cet été, elles s'étaient lancées dans une bataille de canulars sur leurs téléphones.

La corne de brume retentit à nouveau et Martha ouvrit les messages tout en méditant sa vengeance. Elle découvrit les deux messages de Jordan.

JE SAIS COMMENT SAUVER LE PARC !
Ce conseiller n'aurait pas dû me prendre de haut. ✊

Martha ne répondit pas tout de suite. Elle marcha à pas feutrés vers la salle de bains et grimaça en découvrant son reflet dans le miroir. Elle n'avait pas pris la peine de se démaquiller la nuit dernière et ses yeux étaient cernés de traînées d'eye-liner. Tandis qu'elle se débarbouillait, elle songea à tout ce que la promotrice immobilière avait dit pendant la réunion. Elle s'était montrée très convaincante, affirmant que cet immeuble de bureaux flambant neuf allait créer trois cents nouveaux emplois une fois sa construction achevée. D'après elle, cela donnerait un coup de pouce aux restaurateurs locaux et rapporterait de nombreuses recettes fiscales. Et le quartier connaîtrait un nouvel essor. Chiffres détaillés à l'appui.

Le visage propre, Martha examina ensuite ses cheveux. Elle ne savait jamais comment les arranger. Sa couleur naturelle était d'un châtain terne, mais au cours de l'été, Jordan l'avait aidée à les teindre dans une nuance de noir baptisée « Urban Death ». Sa mère en avait pleuré (Martha en était d'autant plus contente). Elle releva ses cheveux pour les attacher en chignon négligé. *Trois cents emplois.* Martha n'arrêtait pas de penser à ce chiffre. Son père pourrait peut-être décrocher un de ces postes. Et si ce n'était pas lui, ce serait le père d'un autre. La mère. Ou quelqu'un d'autre.

Martha ne supportait pas que son père soit forcé de faire un boulot de manutention difficile. Il n'en avait pas toujours été ainsi. Elle se souvenait encore de l'époque où il était chef de production à l'usine de moteurs Ford. Ses employés l'appelaient « monsieur ». Il avait même ses propres cartes de visite. Son nom et son titre officiel inscrits en relief sur une petite carte blanche vernissée. Il en avait donné une à Martha pour qu'elle la garde dans son sac à dos, au cas où elle aurait un jour besoin de l'appeler au bureau. Elle avait pris la carte avec enthousiasme, même si elle connaissait déjà son numéro par cœur (et ne l'avait toujours pas oublié). Puis, en 2012, l'usine avait fermé, peu de temps après, les parents de Martha avaient divorcé, et Martha avait emménagé dans ce minuscule deux-pièces à la moquette grise, dans un quartier qui arrachait une moue à la mère d'Ava chaque fois qu'elle y passait en voiture. Que cet endroit connaisse un nouvel essor n'était pas une si mauvaise idée…

La corne de brume retentit une nouvelle fois en faisant sursauter Martha. Cette fois, c'était CJ.

Compte sur moi. ✊

La réponse d'Ava suivit de près.

Tant que je ne suis pas obligée de parler en public. ✊

Martha se demanda ce qui serait le pire : laisser tomber ses amies ou son quartier. Son hésitation ne dura qu'un instant. Elle tapa sa réponse et l'envoya.

Parfait. ✊

CHAPITRE QUATRE

CJ attendait ses amies dans la cour. Le rendez-vous était fixé vingt minutes avant la première sonnerie et, comme d'habitude, CJ était la seule à être à l'heure. Elle avait hâte de découvrir l'idée de génie de Jordan et espérait que ce n'était rien de trop excessif. Pas question pour elle de s'enchaîner à la grille du parc ou de prendre le moindre risque de compromettre ses chances d'entrer à Stanford.

Elle consulta l'application Trouver Mes Amis pour voir où en étaient les filles et s'aperçut qu'elle avait reçu un nouvel e-mail. C'était la conseillère d'orientation de l'école. *Inscription aux examens d'entrée à l'université : la date limite approche / DERNIÈRE CHANCE.* CJ ouvrit le message, s'attendant à lire un rappel général à toute la classe. L'e-mail lui était personnellement adressé.

Bonjour CJ,

Je souhaiterais te recevoir pour discuter de la suite de tes études. Je voulais également m'assurer que tu avais bien en tête la date limite d'inscription à la session d'examen de cet automne. Étant donné ta moyenne actuelle et tes ambitions universitaires, je te recommande vivement de t'inscrire pour repasser l'examen.

Cordialement,

Mme Fischer

CJ ferma le message. Elle avait les joues en feu. Mme Fischer pensait-elle sérieusement que CJ ne savait pas déjà que sa note à l'examen était nulle ? Elle en avait bien conscience. *Douloureusement* conscience. La première fois qu'elle avait passé ce test, le résultat l'avait abasourdie : 1150/1600. Pour elle, il y avait forcément une erreur quelque part ou, dans le cas contraire, c'était une mauvaise passe, non une fatalité. Alors elle s'était ressaisie, elle avait mis les bouchées doubles et repassé l'examen. De nouveau : 1150. Cette fois, en découvrant sa note, elle avait été furieuse. Pas contre l'examen en soi ni contre elle-même. Elle était en colère contre tous ceux qui lui avait répété toute sa vie qu'elle était une fille à part, futée, talentueuse, et que son travail acharné finirait par payer. Ses parents, ses professeurs, ses amis. À l'évidence, ils s'étaient tous trompés. Clarke Josephine Jacobson n'avait aucun don particulier. C'était une fille ordinaire.

Elle n'avait plus qu'une occasion de repasser l'examen. La date était entourée en rouge au-dessus de son bureau et définitivement gravée dans son cerveau.

Pour avoir une chance d'entrer à Stanford, il fallait qu'elle comptabilise 1400 points au moins. Elle faisait son maximum pour obtenir cette note. Durant l'été, elle avait dépensé presque tout l'argent de ses heures de baby-sitting et de son anniversaire pour suivre des cours intensifs. Elle avait même arrêté l'athlétisme pour pouvoir réviser davantage.

— Salut ma belle.

En se retournant, CJ vit Jordan arriver d'un pas plein d'entrain.

— Tu es en retard, fit remarquer CJ.

— Et toi, grognon. Qu'est-ce qu'il y a ?

— Rien. Mais je croyais qu'on avait rendez-vous vingt minutes avant les cours ?

— Tu m'as déjà vue arriver à l'heure ? Où sont Ava et Martha ?

— Et elles, tu les as déjà vues arriver à l'heure ?

Quelques instants plus tard, Ava et Martha les rejoignirent en débitant un chapelet d'excuses. Jordan n'avait donc plus que quelques minutes pour leur dévoiler son super plan.

— Je vais interviewer le conseiller municipal, annonça-t-elle.

Ava, CJ et Martha échangèrent des regards. Pas convaincues. CJ était néanmoins soulagée que Jordan ne lui demande pas de s'enchaîner quelque part.

— Euh, tu as déjà essayé, commenta Martha. Il t'a ignorée.

— J'ai essayé en tant que rédactrice en chef d'un journal de lycéens. Pas en tant que journaliste pour adultes.

— Journaliste pour adultes ? répéta Ava. Genre, d'articles porno ?

Jordan lui décocha un regard affligé.

— Mais non, une journaliste qui écrirait pour un public d'âge adulte, j'entends.

CJ ne comprenait pas où elle voulait en venir.

— Mais tu n'es pas une adulte.

— Il n'est pas obligé de le savoir, répliqua Jordan. Si j'appelle pour solliciter un entretien par téléphone, il n'aura aucune idée de mon âge. Une fois mon interview obtenue, je la publierai dans *Blaze*. Il sera stupéfait par la qualité de l'article. Et plus jamais il ne sous-estimera une lycéenne.

— Et en quoi ça empêchera la destruction du parc ? rebondit Ava.

— Une chose à la fois, tempéra Jordan. Au moins, j'aurai l'occasion de poser toutes les bonnes questions. À partir de là, on verra ce qu'on peut faire.

La sonnerie retentit et CJ se crispa. Avec Martha, elles avaient cours avancé de physique. C'était la première interrogation écrite du trimestre, et CJ stressait. Elle n'avait de facilités ni en maths ni en sciences et, depuis le premier jour, elle se sentait larguée. Parfois, elle jetait un coup d'œil à Martha qui prenait des notes distraitement, vu qu'elle comprenait tout. Contrairement à elle, Martha était à sa place dans cette salle de classe.

— Attendez, ajouta Jordan. J'ai besoin que l'une de vous m'aide à créer une fausse empreinte numérique.

CJ et Ava pointèrent toutes deux Martha du doigt. Elle était douée en codage.

— Si tu veux, accepta cette dernière.

— Rien de trop compliqué. C'est juste au cas où il essaierait de se renseigner sur moi. Je pensais à un profil LinkedIn et quelques liens vers des coupures de presse à moi. Mais attribués à des journaux pour adultes.

Ava avait raison. Dit comme ça, ça faisait penser à du porno.

— Ah ! et j'aurais besoin d'un coup de main pour faire des recherches sur ce conseiller : historique de votes, liste de ses donateurs… Tout.

Ava et Martha désignèrent CJ. Normal. Question enquête, elle était la meilleure. Si toutefois elle trouvait le temps. CJ songea à sa liste de choses à faire déjà monstrueusement longue. Elle devait réviser son examen et ses cours avancés. Rédiger des compositions pour ses candidatures à l'université. Passer un entretien après les cours pour un projet de bénévolat. En raison de coupes budgétaires, la banque alimentaire où elle travaillait avait fermé durant l'été et l'envie de se rendre utile la démangeait. Certes, c'était aussi parce qu'elle s'inquiétait de ce que penseraient les recruteurs universitaires s'il y avait un trou dans son emploi du temps de bénévole. Et voilà que Jordan lui demandait maintenant de dresser le portrait complet d'un homme politique. Franchement, CJ ne voyait pas comment elle allait réussir à jongler entre toutes ces activités.

***

D'ordinaire, Ava était la première arrivée en classe de dessin. Mme Simon ouvrait la salle une heure avant le début du cours. Ava, qui n'avait toujours pas trouvé le courage d'annoncer à sa mère son projet de postuler à l'école des Beaux-Arts, en profitait pour peaufiner le portfolio de son dossier d'inscription en dehors de la maison.

Alors qu'elle réfléchissait encore à tout ce que Jordan avait expliqué, la seconde sonnerie retentit. Elle salua rapidement Isla et Tobin, les autres meilleurs élèves du cours, avant de se dépêcher de s'asseoir au premier rang. Le jour de la rentrée, Mme Simon avait proposé à chaque élève de s'installer où il voulait. Il n'y avait qu'en dessin que ça ne dérangeait pas Ava d'être assise devant. C'était le seul moment où elle n'était pas gênée qu'on la regarde. Les chevalets étaient répartis par groupes de deux dans la salle, et seule Ava n'avait pas de binôme à côté d'elle. Elle ne s'en vexait pas. Non pas que les autres ne l'aimaient pas. Mais elle les intimidait.

Mme Simon énonça quelques consignes en arpentant la pièce, puis leur demanda de se mettre au travail. Leur premier projet de l'année consistait à réaliser un autoportrait. Ce devoir mettait Ava mal à l'aise. Elle ignorait si c'était typique des enfants adoptés de faire ça, mais il lui arrivait souvent de se contempler dans le miroir pendant des heures en détaillant ses traits. N'ayant jamais vu de photo de sa mère biologique, elle ne pouvait que supposer avoir les mêmes yeux expressifs soulignés de longs cils, le même petit nez ou des épis identiques dans les cheveux. Son visage était le seul indice dont elle disposait pour imaginer à quoi ressemblait sa mère.

Ava tenait toujours à ce que ses tableaux aient un sens, alors elle décida d'exprimer dans celui-ci la relation compliquée qu'elle entretenait avec cette femme qui lui avait donné naissance mais qui demeurait une énigme. Elle choisit de représenter une silhouette féminine qui apparaissait de façon indistincte au second plan et l'observait de loin. Puisqu'elle ne savait pas comment était sa mère biologique, ce portrait resterait flou, tel celui d'une femme mystérieuse et insaisissable.

Tout en peignant, Ava s'interrogea sur bien d'autres aspects que la seule forme du visage de sa génitrice. Les questions s'amoncelaient dans son esprit au rythme de ses coups de pinceau. Avait-elle un sens artistique, elle aussi ? Était-ce difficile pour elle de se faire entendre dans une foule ? Lui arrivait-il d'être triste sans raison ?

Ava était absorbée par son travail quand la porte de la classe s'ouvrit brusquement et la déconcentra. Logan Diffenderfer entra en trombe et se confondit en excuses.

— Bonjour, madame. Je suis désolé. Je ne savais pas où se trouvait la salle de dessin. Est-ce que je suis au bon endroit ?

Mme Simon leva le nez.

— Tout à fait. Puis-je vous aider ?

Logan lui tendit une feuille.

— Oui. Je suis censé assister à ce cours. J'imagine que c'était le seul où il restait de la place.

Mme Simon s'approcha pour lire le document. L'instant d'après, elle acquiesça.

— Bienvenue en cours avancé de dessin, monsieur Diffenderfer. Il y a une place libre au premier rang.

Elle lui indiqua le seul chevalet vacant de la salle. Juste à côté d'Ava.

***

— Dans cinquante mètres, tournez à droite.

La voix du GPS de CJ avait un accent anglais très prononcé. Cela l'horripilait, mais si elle s'arrêtait pour toucher aux réglages de son téléphone, elle allait être en retard. Cette farce était l'œuvre de Martha. La veille, CJ s'était couchée tard après avoir révisé son interro de physique et elle était si fatiguée que, durant la cinquième heure de cours, elle s'était endormie. Assez profondément pour ne même pas remarquer que Martha avait déverrouillé son portable. Pendant que CJ continuait sa sieste, Martha avait changé tous les réglages du téléphone. C'était censé être drôle et, n'importe quel autre jour, ça l'aurait sûrement faire rire (après le coup de la corne de brume, c'est sûr qu'elle ne l'avait pas volé), mais au lieu de ça, CJ avait fondu en larmes. Stupéfaite, Martha s'était tout de suite excusée et empressée de tout remodifier. Mais apparemment, elle avait oublié de supprimer l'accent anglais.

— Au parking, restez à gauche, indiqua la voix souveraine.

L'e-mail de la conseillère pédagogique l'avait anéantie. Avant même que le message de Mme Fischer n'arrive dans sa boîte de réception, CJ craignait déjà de ne pas avoir le niveau pour entrer à Stanford.

Cette université était son premier choix. C'était un campus baigné de lumière et bordé de palmiers, où personne ne vous riait au nez quand vous affirmiez vouloir changer le monde. Là-bas, on encourageait les grandes perspectives, les idées fortes ou qui dérangent. De celles que CJ gardait pour elle de peur de les présenter à voix haute. Elle voulait donner un sens à sa vie. Accomplir quelque chose de plus sérieux et plus capital que de peindre des pancartes pour des manifestations ou de recycler ses briques de lait. Mais elle ne savait pas comment s'y prendre. Stanford lui fournirait les outils. Et la crédibilité pour s'en servir. Plus jamais elle n'aurait l'impression d'être dans l'imposture.

— Dans cent mètres, vous arriverez à destination.

La destination en question était le bureau de Loisirs en Délire, un programme extrascolaire qui enseignait le sport à des enfants handicapés.

— Dans cinquante mètres, vous arriverez à destination, répéta la voix anglaise.

CJ avait dix minutes d'avance. Elle devrait le mentionner dans son dossier pour Stanford. *Toujours ponctuelle.* Elle se rappela que le coordinateur des bénévoles lui avait répondu presque aussitôt après l'envoi de son CV. Sa lettre de motivation l'avait impressionné. Car CJ était une de ces filles qui sont à l'heure et qui rédigent des lettres de motivation originales. Qu'est-ce que ça pouvait faire que ses notes d'examens soient légèrement médiocres ? Même Hermione Granger flanchait de temps en temps.

— Vous êtes arrivé à destination, annonça enfin la voix à l'accent britannique, CJ se rendant alors compte qu'elle ressemblait à celle d'Hermione Granger adulte.

Elle se gara sur le parking et marqua une pause avant de sortir de sa voiture. Elle allait obtenir cette mission de bénévolat et en mettre plein la vue à Stanford avec son beau profil bien complet. Mais d'abord, il fallait qu'elle réussisse haut la main cet entretien, façon Hermione. Elle inspira un coup, expira, et ajusta sa posture. C'était une de ses habitudes quand elle s'adressait à quelqu'un d'important. Épaules en arrière, menton relevé, sourire confiant et…

Elle traversa le parking et ouvrit la porte du centre de loisirs. Une rafale de basses l'accueillit.

« TIN. TIN-TIN-TIN… »

La musique du film *Rocky* jouait si fort que CJ eut un mouvement de recul. Était-elle au bon endroit ? Elle en eut confirmation grâce à un panneau cloué au mur du fond.

Assis derrière la réception, un garçon qui devait avoir son âge était occupé à des tâches administratives. À l'évidence, il n'avait pas entendu CJ arriver dans ce raffut. Ses cheveux châtains hirsutes lui tombaient dans les yeux. CJ s'approcha du comptoir et lui adressa un « bonjour » des plus professionnels.

Lorsqu'il leva la tête, CJ constata que le regard marron qui lui faisait face était plus mûr que ne le laissait penser la tignasse.

— Bonjour, cria-t-il pour se faire entendre. Hé, Alexa, baisse le son !

Le vacarme continua.

— Alexa : éteins ça !

Cette fois, la musique s'arrêta.

— Désolé. Je suis en train de créer une playlist motivante. La chanson de *Rocky*, c'est pas un peu trop prévisible ?

Clairement, si. Plutôt que de le lui avouer, CJ tendit la main en se présentant :

— Pardon de te déranger. Je m'appelle CJ Jacobson.

Perplexe, il fixa sa main tendue. Il était très mignon, mais lui faisait tout de même mauvaise impression. CJ avait reçu pour principe d'éducation que quand quelqu'un vous tendait la main, on se levait pour la serrer.

— Je peux te renseigner ? offrit-il.

Conservant sa posture professionnelle, CJ consulta les détails de l'e-mail qu'elle avait reçu en réponse à sa candidature.

— J'ai rendez-vous à seize heures avec… Wyatt.

Elle vérifia encore l'e-mail.

— Désolée. Aucun nom de famille n'est précisé.

— Wyatt Sans-Nom-de-Famille, c'est moi, déclara ce garçon sans manières.

— C'est toi ?

— Oui, c'est moi.

Il existait forcément un autre Wyatt.

— Wyatt, le coordinateur des bénévoles ?

— Wyatt Sans-Nom-de-Famille. Wyatt le coordinateur des bénévoles. Je réponds à l'un ou l'autre. Mais je ne comprends pas. J'ai rendez-vous avec…

Il se référa à *son* e-mail comme pour contester celui de CJ.

— Clarke Jacobson.

— C'est moi.

— Ah ! fit-il en la regardant de haut en bas.

D'expérience, elle savait ce que signifiait ce regard. Il n'était pas en train de la reluquer. Mais de se rendre compte qu'elle n'était pas un mec.

— Je croyais que tu étais…

— Un garçon. Oui. On me le dit souvent. Mais je suis une fille.

— De toute évidence.

Elle fut troublée. À cause de son sourire. Il était désarmant. Bref, cet entretien commençait mal et il fallait absolument qu'elle se ressaisisse.

— Mon vrai prénom, c'est Clarke. Mais tout le monde m'appelle CJ.

Quatrième enfant arrivée dans une famille comptant déjà trois sœurs, elle représentait la dernière occasion pour son père de donner son nom à un garçon. Quand CJ était née, pleine d'entrain et robuste, il avait quand même choisi de l'appeler comme lui.

Wyatt sortit son CV parmi une pile de candidatures. Le cœur de CJ se serra dans sa poitrine. Elle détestait l'idée d'être en compétition.

— Ton CV est impressionnant, Clarke, affirma-t-il, indifférent au fait qu'on la surnommât CJ.

— Merci.

— Cependant, je cherchais vraiment à engager un garçon.

— Pardon ? fit-elle.

Elle avait forcément mal compris.

— J'espérais engager un garçon.

CJ était loin d'être naïve. Elle savait que la société n'avait pas changé au point d'avoir éradiqué la misogynie. En revanche, elle croyait que personne n'était encore assez stupide pour se déclarer ouvertement machiste. Prête à contacter de ce pas la Ligue des droits de l'homme, elle comptait bien lui dire aussi ses quatre vérités.

— Bon, Wyatt. Ça m'embête de te l'apprendre, mais outre le fait que tes méthodes de recrutement sont parfaitement illégales, elles sont aussi tout à fait mesquines car je peux te garantir que je suis tout autant capable qu'un homme.

La tirade passionnée de CJ ne sembla pas du tout perturber Wyatt. Son sourire s'était un peu estompé, mais il était toujours là, collé à ses lèvres.

— C'est vrai ? s'étonna-t-il. Tu peux tout faire comme un homme ?

— Absolument.

— Tu peux entrer dans le vestiaire des garçons et les aider à se changer ?

Suffisante. Voilà l'expression qu'il affichait.

— Ah. Euh. Bon… non, ça peut-être pas.

Sa suffisance laissa place à l'amusement.

— Je ne suis pas sexiste. Mais la question du vestiaire est un vrai souci. Nous avons plus de garçons que de filles parmi nos inscrits. En théorie, c'est sûrement illégal que je ne t'engage pas en raison de ton genre, mais c'est un poste non rémunéré, donc…

Sa remarque était juste. Intenter un procès à une association qui permettait à des enfants en fauteuil roulant de s'épanouir ne serait sûrement pas du meilleur effet aux yeux des recruteurs universitaires... Alors, d'un air quelque peu penaud, elle remercia poliment Wyatt Sans-Nom-de-Famille de l'avoir reçue et tourna les talons pour s'en aller.

— Ravi de t'avoir rencontrée, Clarke, lança-t-il alors qu'elle atteignait la sortie. Nous n'étions pas faits l'un pour l'autre, désolé.

Elle posa la main sur la poignée de porte, mais marqua un temps d'arrêt avant de l'ouvrir.

— Au fait. Pourquoi avez-vous plus de garçons que de filles ?

Il haussa les épaules.

— Aucune idée. Ce programme a démarré récemment. Du moins, sa version étendue. Avant, il n'était proposé qu'une fois par mois le week-end. Du coup, ça attirait des jeunes de tout l'État. Mais j'ai convaincu mes patrons de me laisser tester la formule à un rythme hebdomadaire. Je trouve que ces gosses méritent de s'amuser plus qu'une fois par mois, pas toi ?

CJ hocha la tête.

— La contrepartie, c'est qu'il n'y a que des enfants du coin. Et pour l'instant, ce sont surtout des garçons. Mais on a quand même une fille.

CJ ne put retenir un rire.

— Pardon, mais... *une seule* ?

— C'est un début. Je suis déjà content que des enfants viennent.

— Des garçons.

— Et une fille.

CJ lui décocha un regard outré.

— Oui, d'accord, concéda-t-il. Je sais, on peut mieux faire. En plus, en toute franchise, ajouta-t-il, je ne crois pas qu'elle s'amuse beaucoup parmi nous.

— Qu'est-ce qui te fait dire ça ?

— Chaque fois qu'elle vient, elle me dit qu'elle déteste être là.

CJ avait déjà fait partie d'équipes mixtes, mais l'équilibre entre filles et garçons étaient plutôt bien respecté. Jamais elle n'avait été la seule fille. Elle se demanda ce qu'on pouvait ressentir dans ce cas-là.

— Ça pourrait aider d'avoir une figure féminine dans l'équipe, suggéra CJ. Ce serait sans doute moins bizarre et plus sympa pour elle si elle n'était pas la seule fille de la salle.

Wyatt leva le nez. Elle sentit que son argument ne le laissait pas indifférent.

— Je dis ça comme ça, mais si tu es vraiment déterminé à développer ce programme, un modèle féminin serait utile.

— Et ce modèle, ce serait toi ?

CJ avait ouvert une brèche en sa faveur. Il ne lui en fallait pas plus. Maintenant il ne lui restait plus qu'à conclure. Épaules en arrière, menton relevé, Hermione Granger et…

— Écoute, je suis une bosseuse et une passionnée. Et quelqu'un de très sociable.

Wyatt eut l'air songeur.

— Continue.

— J'ai fait du sport toute ma vie, donc je sais quelles sont les qualités requises pour entraîner et motiver une équipe.

À cet instant, c'est à Mlle Chandran, son entraîneuse de cross, que pensait CJ. Comparée à ses coéquipières qui ressemblaient à de beaux petits lévriers en minishorts d'athlétisme, elle se trouvait gauche et gigantesque. CJ avait une morphologie qu'on qualifiait poliment de « charpentée ». Son corps n'était pas bâti pour le sprint et elle préférait s'en tenir aux cross plus courts. Jamais elle n'oublierait ce jour où Mlle Chandran lui avait annoncé sans cérémonie qu'elle allait devoir participer à une épreuve de fond. CJ avait répondu « non » de la tête, pensant que ses jambes ne tiendraient pas le coup. Mlle Chandran lui avait assuré le contraire. Mais CJ n'en démordait pas. La joute verbale avait continué un petit moment jusqu'à ce que l'entraîneuse pose les mains sur ses épaules et lui dise, en la regardant droit dans ses yeux verts affolés : « Ce ne sont pas tes jambes qui te freinent, CJ. »

CJ avait participé à cette course. Une course rythmée par tous les conseils de Mlle Chandran, qui résonnaient dans ses oreilles. « Puise au fond de toi-même, CJ. » Ignorant la douleur dans ses poumons et la brûlure dans ses jambes, elle avait puisé et puisé encore avant de franchir la ligne d'arrivée en exultant et s'écroulant comme une masse, éreintée, émue et totalement admirative de ce qu'elle venait d'accomplir. Malgré son classement d'avant-dernière, elle n'avait jamais été aussi fière d'elle.

— Et je sais… reprit-elle d'une voix un peu hachée qu'elle noya dans une toux, je sais ce que c'est *d'avoir* un bon entraîneur. Cette fille en a besoin. Elle le mérite.

Une fois de plus, Wyatt observa CJ de haut en bas. Ça se voyait qu'il était bluffé.

— OK, Clarke. Je t'embauche. Enfin, pas comme salariée. On est juste une asso…

Elle sourit.

— Tu ne le regretteras pas.

— J'en suis convaincu. Toi, en revanche, c'est moins sûr.

À son tour, Wyatt sourit. D'une manière qui poussa CJ à se demander dans quoi elle venait de s'embarquer.

— Bien, conclut-il. J'ai du travail administratif pour toi derrière. Suis-moi.

Forte de son triomphe, CJ fit un pas en avant. Pas Wyatt, qui recula son fauteuil du bureau. CJ n'avait pas compris que si Wyatt ne s'était pas levé quand elle lui avait tendu la main, ce n'était pas parce qu'il était mal élevé. Mais parce qu'il ne pouvait pas se mettre debout : il était en fauteuil roulant.

— Un problème ? demanda-t-il.

— Aucun, assura CJ.

Elle lui sourit et le suivit.

***

Martha travaillait dans un vieux cinéma poussiéreux. Le principal avantage de ce boulot était aussi son pire défaut : l'ennui. N'y passaient que des films d'auteur qui n'avaient pas franchement la cote auprès du public de leur banlieue de Cleveland, et il arrivait qu'il n'y ait pas un seul spectateur de la journée. Martha espérait que ce serait le cas aujourd'hui. Elle avait forcé Ava à l'accompagner car elle voulait discuter du plan de Jordan pour sauver le parc. Martha avait des doutes. Pour l'heure, cependant, Ava n'avait qu'un sujet à la bouche : Logan Diffenderfer.

— Il profane mon sanctuaire.

Martha glissa sa clé dans le verrou et tira la porte pour l'ouvrir.

— Je suis à peu près certaine qu'il ne s'est pas inscrit en dessin exprès pour te gâcher la vie.

Ava la suivit à l'intérieur.

— Mais le résultat est le même. Pourquoi il a laissé tomber la physique, d'abord ?

Martha haussa les épaules. Elle se posait la même question.

— Le dessin est le seul endroit – le *seul* – où je ne me sens pas totalement mal à l'aise en permanence.

— *Primo*, c'est ridicule, rétorqua Martha. Tu devrais te trouver géniale en toute circonstance. *Secundo*, montre-lui que tu assures en dessin, ça lui filera des complexes. Ça me semble être une façon marrante d'occuper ta première heure de cours de la semaine.

Ava ne réagit pas, alors Martha profita de ces quatre secondes de silence pour changer de sujet.

— Bon… j'ai réfléchi à l'idée de Jordan. Et aussi aux arguments de la promotrice à la réunion.

Mais elle n'eut pas le temps d'en dire plus car elle remarqua une personne dans le hall du cinéma.

— Bonjour, dit l'individu.

Martha sursauta. La porte était verrouillée. Autrement dit, si cette fille se trouvait à l'intérieur…

— Euh, bonjour. C'est pour un cambriolage ?

La fille rigola. Elle semblait avoir l'âge de Martha.

— Hilarant. Oncle Benny m'a prévenue que tu étais une comique !

Ava se pencha.

— C'est qui, oncle Benny ?

Martha n'en avait pas la moindre idée.

— Pardon, dit-elle à la fille. Mais qui êtes-vous ?

— Je m'appelle Victoria.

Elle avait un accent dont l'origine était difficile à identifier avec précision. L'Angleterre, peut-être.

— Mon oncle est ton patron. Ravie de vous rencontrer.

Victoria les salua toutes les deux d'un petit geste de la main. Elle portait du vernis rose pâle sur les ongles et, à son poignet d'une incroyable finesse, un bracelet à breloques Tiffany que Martha supposa être un vrai. Pour autant, ça n'expliquait pas ce que fabriquait la nièce vaguement anglaise de l'oncle Benny dans le hall du cinéma. Elle n'avait pas l'air d'être là pour profiter de tous les films en accès libre, mais qui sait.

— Voici Ava. Et moi, c'est Martha.

Ava fit un signe de tête maladroit. Elle était toujours gênée face à un nouveau visage.

— Je sais. Oncle Benny me l'a dit. Il m'a raconté que tu tenais ton prénom de Martha Washington, car vous aviez un lien de parenté. C'était ton arrière-arrière-arrière-grand-mère, c'est bien ça ?

Ça remontait à quelques générations de plus que cela. Mais Martha acquiesça.

— C'est vrai.

— C'est trop drôle que tu sois une descendante de George Washington.

Martha ne voyait pas ce que ça avait de drôle. Mais au fond, peu lui importait puisqu'elle n'avait aucun lien avec George. Uniquement avec Martha. Lui n'avait jamais eu d'enfant biologique. La majorité des gens n'avait pas l'air de savoir ni de se soucier du fait que le Père de la Nation n'ait jamais été père.

— Je tiens mon nom de la reine Victoria. Enfin, pas exactement. Je veux dire, elle n'est pas de ma famille. Ma mère aimait bien ce prénom, c'est tout. Mais c'est drôle que je porte un prénom issu de la monarchie anglaise et toi, disons, d'un père fondateur américain, bref tu vois ce que je veux dire. Bon, est-ce qu'on a un uniforme ?

Martha lança un regard étonné à Ava qui se contenta de hausser les épaules.

— Hein ? fit Martha.

— Un uniforme ? Une tenue qui nous identifie en tant qu'employé du cinéma ?

Et c'est ainsi que l'arrière-arrière-arrière-arrière-arrière-arrière-arrière-petite-fille de Martha Washington apprit qu'elle avait une nouvelle collègue.

— Hmm, non. Pas de tenue spécifique.

— Dommage. Je trouvais que ce serait amusant de porter un uniforme. Enfin, je suis prête à commencer la formation quand tu veux.

Ava comprit que le moment était venu pour elle de s'en aller.

— En fin de compte, on dirait que tu vas être occupée aujourd'hui. On se reparle plus tard ?

Martha hocha la tête.

— Absolument. Je t'appelle ce soir.

— Enchantée, Eva, dit la nouvelle.

— De même, répondit poliment Ava sans se donner la peine de la reprendre.

Elle étreignit Martha en lui chuchotant à l'oreille.

— Ne t'en fais pas pour le parc. On trouvera une solution. Et sinon, cette fille est bizarre. Envoie-moi un message si ça devient louche.

Sur ces mots, Ava partit et Martha se retrouva seule avec cette étrange nouvelle recrue.

CHAPITRE CINQ

Le lendemain matin, Ava se traîna hors de son lit, se servit un grand bol de céréales au chocolat et se laissa tomber lourdement sur le canapé. Sa mère était déjà partie faire son footing du samedi matin. Le silence régnait dans la maison. Il n'y a pas si longtemps, cette dernière avait tenté de convaincre Ava de venir courir avec elle. Après les refus répétés de sa fille, elle avait finalement renoncé.

Ava attrapa son téléphone et constata qu'il y avait déjà des échanges entre CJ et Jordan dans leur groupe de discussion à propos du conseiller municipal. Ava avala une cuillérée de céréales. Avec une pointe d'amertume, elle réalisa qu'elle était la seule de ses amies à ne pas jouer de rôle précis dans ce plan. Non qu'elle ait particulièrement envie de créer un faux profil LinkedIn ou de faire des recherches sur ce politicien. Seulement, ce serait sympa que parfois ce soit elle qu'on désigne pour accomplir une mission.

Ava allait reposer son téléphone quand l'écran afficha l'arrivée d'un nouvel e-mail.

— Ben merde, alors ! s'écria-t-elle pile au moment où sa mère ouvrit la porte d'entrée.

Cette dernière retira vite ses écouteurs.

— Quoi ? Qu'est-ce qui se passe ?

Ava relut le message pour s'assurer qu'elle n'avait pas rêvé.

— J'y crois pas ! C'est pas vrai…

— Ava, que se passe-t-il ?

Les écouteurs de sa mère pendillaient à son cou et Ava entendit résonner tout bas la *Cinquième* de Vivaldi.

— Ava, tu me fais peur.

— Désolée maman. Tout va bien. C'est une bonne nouvelle. Très bonne, même. C'est la galerie Coventry. Mon tableau a été sélectionné.

Un grand sourire égaya le visage d'Ava. Il déteignit sur sa mère, dont le visage s'illumina à son tour, sans toutefois comprendre.

— Attends. De quoi tu parles ? Sélectionné dans quel but ?

Ava ne pouvait pas reprocher à sa mère d'avoir oublié qu'elle avait soumis une de ses créations à une grande galerie d'art : persuadée que ça n'aboutirait jamais, elle n'avait même pas pris la peine de lui en parler. À l'origine, Ava était furieuse contre CJ de l'avoir poussée à se présenter. Depuis le début, elle se voyait déjà l'appeler pour l'accuser de toujours croire en elle et de la forcer à faire des choses contre sa volonté. Mais les galeristes l'avaient choisie ! L'e-mail disait qu'ils avaient reçu plus de deux cents propositions et que c'était la sienne qu'ils avaient retenue.

— C'est formidable, se réjouit sa mère lorsque Ava reprit enfin son souffle pour relire l'intégralité du message à voix haute. Quel amusant projet !

Amusant ? À dire vrai, c'était un peu plus que ça.

— La galerie Coventry est une vraie salle d'exposition, maman.

Ce n'était pas non plus un concours sans intérêt destiné aux ados.

— Les candidatures étaient ouvertes à tout public. Je l'ai emporté sur des artistes professionnels.

— C'est formidable. Tu peux être fière de toi, approuva sa mère. Et ce sera très bien vu dans ton dossier pour l'université.

Cela aurait été le moment idéal pour Ava d'annoncer à sa mère qu'elle souhaitait se présenter aux Beaux-Arts. Elle n'aurait sûrement jamais une plus belle occasion. Elle tenta de se préparer mentalement. *Allez Ava. Tu peux le faire. Ça va aller.* Elle ouvrit la bouche…

— Oui, c'est sûr, acquiesça-t-elle mollement.

Sa mère remarqua le bol posé en équilibre instable sur le canapé. Elle n'aimait pas les céréales au chocolat et encore moins les voir sur son beau canapé d'angle en lin… Quand Ava ramassa le bol, sa mère se détendit enfin.

— Crois-moi, Ava, les petites universités de sciences humaines ne tiendront pas compte de cet unique mauvais semestre que tu as eu. Cette histoire de galerie leur prouvera que tu es une candidate épanouie.

— Oui, maman.

Ava n'avait pas envie de parler de ce semestre raté. Elle n'aimait pas repenser à cette période.

— Je vais écrire aux filles, dit Ava.

— D'accord, je te laisse tranquille, alors.

Sa mère se dirigea vers sa chambre et s'arrêta sur le seuil.

— Au fait, pendant que j'y pense… Tu as pris ton médicament ce matin ?

Son ton se voulait désinvolte, comme si cette question venait juste de lui traverser l'esprit. Mais c'était calculé. Sa mère avait un rappel sur son téléphone qui sonnait tous les matins à sept heures trente en semaine et dix heures le week-end. Non que ce fût indispensable. Sa mère n'oubliait jamais.

Ava non plus, du reste.

— Oui. J'y ai pensé.

— Ava.

Ava leva les yeux vers sa mère.

— Je suis vraiment fière de toi.

Ava ne savait pas comment réagir aux compliments. Elle fut soulagée d'entendre son portable sonner.

— C'est sûrement une des filles. Il faut que…

Sa mère hocha la tête et la laissa à ses occupations. Dès qu'elle eut fermé la porte, Ava consulta le message. Il ne venait pas de Jordan. Ni de CJ. Mais d'un numéro qu'elle ne connaissait pas.

Bravo pour Coventry !

C'était peut-être quelqu'un de la galerie. Le directeur, peut-être.

Un autre message s'afficha.

Franchement, respect. C'est énorme.

Ce n'était pas le langage d'un expert en art.

J'ai vu la page Instagram de la galerie et j'ai failli avoir une crise cardiaque quand j'ai lu ton nom. Alors franchement : bravo.

Aucun doute, ce n'était pas le message d'un professionnel. Ava tapa une réponse.

Qui est-ce ?

Elle regarda les petits points bleus s'agiter tandis que son admirateur secret révélait son identité.

Oh, désolé. J'aurais dû commencer par là. J'ai trouvé ton numéro dans le répertoire de la classe. C'est Logan Diffenderfer.

Ava ne répondit jamais.

Ce silence créa un gros malaise le lundi suivant, lorsqu'elle le revit en cours. Elle arriva en avance. Logan, déjà installé à son chevalet, était en train de fixer avec embarras son autoportrait foutraque. À vrai dire, ses talents de photographe ne se traduisaient pas sur la toile.

Le visage de Mme Simon s'illumina à l'arrivée d'Ava.

— Ava ! Bravo à toi, l'artiste !

— J'en déduis que vous avez vu l'annonce de la galerie ? répondit Ava, gênée.

Elle était très consciente de la présence de Logan de l'autre côté de la salle.

— C'est chouette, non ? ajouta-t-elle.

— C'est fantastique, oui ! Et raison de plus de poser ta candidature dans une école d'art. Pas forcément le l'école de design de Rhode Island[1]. L'institut artistique de l'Ohio serait ravi de t'accueillir si tu veux rester dans la région.

Ava jeta un coup d'œil en direction de Logan.

— Je vais y réfléchir, promit-elle doucement.

La sonnerie retentit et Ava s'avança vers son chevalet.

— Salut, dit Logan.

— Salut, répondit-elle en regardant devant elle.

— Tu n'as jamais répondu à mon SMS.

— Oui, je… j'étais occupée.

— Comme par hasard, tu t'es retrouvée occupée dès que tu as su que j'étais l'auteur du message.

— Non. J'étais occupée, c'est tout.

— Tout le week-end ?

— Ouaip.

— Tu dois être plutôt contente. Pour l'expo.

Ava continuait de regarder devant elle. Comment pouvait-il être aussi nul pour interpréter des signaux sociaux ?

— En effet, confirma-t-elle sèchement.

— Pourquoi tu es bizarre avec moi ?

— Je ne suis pas bizarre.

Ava l'était pourtant. C'était plus fort qu'elle. Dès qu'il s'agissait de Logan Diffenderfer, elle ne pouvait pas réagir autrement.

— Bon sang, Ava !

— Quoi ?

— Je sais pas. Je pige pas ! C'était un message gentil. J'ai pris le temps de chercher ton numéro.

1. L'école de design de Rhode Island (en anglais, le RISD, *Rhode Island School of Design*), est l'un des principaux instituts d'art des États-Unis.

Je pensais que ça te ferait plaisir. Je ne comprends pas pourquoi tu es si…

Elle se tourna vers lui en le défiant de terminer cette phrase. Il s'abstint.

— Laisse tomber. Alors… Tu vas tenter une école d'art ?

Merde. Ava enfonça ses orteils au fond de ses chaussures plus fort que jamais.

— Je n'ai pas encore décidé. C'est… compliqué.

— Pourquoi ?

Brusquement, elle leva la main. Elle allait demander à changer de place, expliquant qu'elle se concentrait mieux au dernier rang.

— Madame Simon ?

L'enseignante lui fit signe de baisser sa main.

— Une seconde, Ava. J'aimerais que tout le monde entame un nouveau projet.

Mme Simon arpenta les rangées en s'adressant à la classe.

— Je suis très contente des progrès accomplis sur vos autoportraits, même si certains parmi vous doivent encore s'améliorer.

Elle marqua une pause derrière Logan avant de poursuivre son chemin.

— Toutefois, dans l'ensemble, c'est du beau travail. À présent, il est temps de passer à la vitesse supérieure. Vous allez découvrir que peindre un visage que vous connaissez déjà intimement, c'est une chose. Mais restituer les traits d'une personne qui vous est moins familière, c'est une autre paire de manches. Je pense que ce défi va vous plaire. Alors rangez vos miroirs et tournez-vous vers votre voisin.

Ava crut halluciner. Non, ce n'était pas possible. Elle pivota sur sa droite et croisa le regard de Logan Diffenderfer.

— Bon, soupira-t-il. Les choses sérieuses commencent.

***

— Mais qu'est-ce qu'elle a, Ava ?

En refermant la porte de son casier, Jordan trouva Logan caché derrière.

— Sérieux, pourquoi est-ce qu'elle est toujours aussi…

Jordan écarquilla les yeux, puis les plissa d'une manière qui cloua le bec à Logan.

— Aussi quoi, Logan ?

— Je suis toujours sympa avec elle et elle me traite comme si… comme si j'avais tué son chien.

— Elle n'a pas de chien.

— Tu m'as très bien compris.

Jordan hissa son sac à dos sur une épaule et se mit à marcher. Il lui emboîta le pas.

— Franchement. Pourquoi elle est comme ça ?

Jordan aurait aimé pouvoir simplement lui répéter ce qu'Ava l'avait entendu dire. Il ne se réjouirait pas de savoir qu'il l'avait blessée. Au contraire, il s'en voudrait. C'est ça qu'Ava refusait de comprendre. Il avait dit une vacherie. Il n'était pas un sale type pour autant. Mais elle avait beau avoir très envie de tout lui expliquer, Jordan ne pouvait pas trahir la confiance d'Ava.

— Je ne sais pas pourquoi elle ne t'aime pas, déclara-t-elle.

Logan soupira.

— Mytho.

Un appel entrant fit vibrer le portable de Jordan. Elle jeta un coup d'œil au numéro.

— J'y crois pas !

— Quoi, c'est qui ?

— Chut !

Elle s'éclaircit la voix. À deux reprises. Puis elle prit une grande inspiration avant de décrocher.

— Jordan James à l'appareil, annonça-t-elle d'un ton aussi professionnel que possible.

— Jordan James ? répéta Logan. Mais à qui tu parles… ?

Jordan lui couvrit la bouche d'une main. Il parut surpris. Bien trop pour oser la repousser.

— Bonjour, mademoiselle James, dit une voix masculine.

C'était sûrement le conseiller municipal. *Oh punaise !* Son cœur tambourinait. Elle n'avait envoyé la demande d'interview que ce matin. Elle ne s'attendait pas à avoir des nouvelles si vite.

— Appelez-moi Jordan.

— Bonjour Jordan. C'est Scott Mercer.

Bien que déçue, Jordan se ressaisit.

— Oh ! bonjour, monsieur Mercer.

— Appelez-moi Scott. Je suis l'adjoint législatif du conseiller Kenneth Lonner. M. Lonner est débordé par des réunions de comité, donc je crains qu'il n'ait pas le temps de répondre à vos questions sur le parc.

— Ah, d'accord... bredouilla Jordan en grimaçant aussitôt.

Non seulement son intonation était enfantine, mais son manque de repartie laissait à désirer. Une vraie journaliste ne se contenterait pas d'un refus. Elle insisterait.

— Bon, dans ce cas, je vais être contrainte de publier l'article sans qu'il ait pu le commenter. Et compte tenu de mon angle, j'imagine qu'il aimerait avoir une chance de se défendre.

Logan inclina la tête, intrigué. La main de Jordan sur sa bouche suivit le mouvement.

— Je vois, concéda Scott Mercer.

De son côté, ça bougeait aussi à l'autre bout du fil. Un bruit de clavier.

— Euh... vous permettez que je vous mette en attente un instant ?

— Je vous en prie.

Jordan entendit un petit bruit sec sur la ligne. Elle écarta sa main de la bouche de Logan et exécuta une petite danse de la joie dans le couloir.

— Oh, la vache ! Trop bien !

Logan s'essuya la bouche d'un revers de manche.

— Mais qu'est-ce que tu... ?

Elle plaqua de nouveau une main sur sa bouche en entendant un nouveau déclic dans son haut-parleur.

— Jordan, vous êtes toujours là ? s'enquit Scott Mercer.

— Tout à fait.

— Voilà ce que je peux vous proposer. En tant qu'adjoint du conseiller municipal, je suis très concerné par les questions d'aménagement urbain et habilité à m'exprimer en son nom.

— Oh ! fit Jordan. C'est, euh... cette solution pourrait convenir.

— Est-ce que jeudi à onze heures vous irait ?

— Certainement, accepta-t-elle avant de se rappeler qu'elle serait en classe à cette heure-là. Ah non, attendez. Je viens de consulter mon agenda et, euh... je suis déjà prise.

Il n'avait pas besoin de savoir qu'elle était prise par un cours avancé d'anglais.

— Alors, disons quinze heures ?

Jordan réfléchit. C'était parfait. Après les cours, la salle de rédaction serait déserte et tranquille. Elle n'aurait qu'à passer l'appel de là.

— Quinze heures, ce sera très bien.

— Formidable. Je vous enverrai l'adresse de notre permanence par SMS. Retrouvons-nous sur place.

Un entretien en personne ? Ça ne marchera jamais. Toute l'idée était justement qu'il ne se doute pas de son âge.

— En fait, je...

La sonnerie du lycée retentit juste à ce moment-là.

— Qu'est-ce que c'est ? s'étonna Scott. Vous êtes dans une école ?

— Jeudi, parfait, à bientôt, merci, au revoir !

Elle raccrocha à la hâte. La sonnerie s'arrêta, mais elle la sentait encore résonner dans sa poitrine. Logan repoussa la main sur sa bouche.

— Tu m'expliques ce qui vient de se passer ?

Le cœur de Jordan battait à tout rompre. Tout allait bien se passer. Elle trouverait une astuce. Elle n'aurait qu'à se vieillir. Sécher son dernier cours de la journée. Ça lui laisserait le temps de traverser la ville. Tout irait comme sur des roulettes.

— Euh… Jordan, intervint encore Logan. Je rêve ou tu viens d'insinuer à cette personne au téléphone que tu avais des informations compromettantes sur ce projet d'aménagement ?

Ah oui… c'est vrai. Elle avait fait ça.

— Merde, ronchonna-t-elle.

***

Cet après-midi-là, CJ révisa en vue de son examen, installée au bureau dont elle avait hérité lorsque sa sœur aînée était partie étudier à Brown. Auparavant, Jordan avait supplié toutes ses amies de venir faire du shopping avec elle. Il fallait qu'elle s'achète une tenue qui lui donnerait l'air assez mature pour interviewer un adjoint législatif. En temps normal, CJ se serait laissé entraîner au centre commercial, mais il ne lui restait plus que quelques semaines avant le fameux examen. Elle était obligée de refuser. Ava était occupée, elle aussi, donc seule cette pauvre Martha avait dû se sacrifier pour le groupe. Mais CJ était trop stressée pour culpabiliser.

Elle feuilleta son énorme pile de fiches de vocabulaire et s'arrêta sur un terme. « Bosquet ». Elle se sentit bête d'avoir oublié sa signification. Elle retourna la fiche pour lire la définition : « petit bois ; groupe d'arbres plantés pour l'agrément ». CJ tenta une astuce qu'elle avait apprise durant ses cours intensifs et visualisa le sens de ce mot. Elle se représenta le vieil érable du parc, celui sous lequel elles avaient pique-niqué cet été et qui se parait de belles nuances rouge orangé à l'automne. CJ se demanda s'ils seraient forcés de l'abattre pour laisser place au nouvel immeuble de bureaux.

Maintenant qu'elle pensait au parc, quelque chose la tracassa. La promotrice avait cité la baisse de popularité du parc comme motif de fermeture. D'après elle, sa fréquentation avait chuté de manière significative ces dix derniers mois. CJ passait tout le temps devant le parc pour se rendre chez Martha et il était toujours rempli d'enfants. Elle chercha des chiffres de fréquentation sur Internet et tomba sur un élément très intéressant : les horaires d'ouverture du parc avaient changé. Avant, il était ouvert jusqu'à vingt-deux heures. Depuis peu, ce n'était plus le cas. Il y a dix mois, pour être précis. Désormais, le parc fermait au coucher du soleil. En hiver, cela pouvait être à partir de seize heures. D'autres détails incitèrent CJ à poursuivre sa lecture.

— Oh ! j'y crois pas, s'exclama-t-elle.

Elle composa le numéro de Jordan en vitesse. Comme celle-ci ne décrochait pas, elle tenta le numéro de Martha.

— Ici Martha.

— Passe-moi Jordan.

— Bah, bonjour à toi aussi.

— J'ai trouvé du lourd.

— J'aimerais quand même que tu me dises bonjour. Ça se fait. Et puis, Jordan doit en être à son millième essayage de jupe et je meurs d'ennui, donc tu me dois bien ça.

— Je crois que le conseiller municipal s'emploie activement à faire raser notre parc.

— Quoi ? Attends.

CJ entendit Martha faire quelques pas, puis sa voix résonna à nouveau, à présent lointaine et caverneuse.

— Tu es sur haut-parleur. Jordan est à côté de moi. Tu veux que je lance le mode conférence avec Ava ?

— Oui, appelle-la.

Ava révisait au bureau de sa mère en compagnie de son éminent professeur particulier de français. À moins que ce ne fût son éminent tuteur de maths. Sa mère engageait plein d'éminents enseignants. CJ attendit que la connexion s'établisse. Elle trépignait d'impatience et d'excitation.

— On est toutes là, annonça Martha.

Ava voulut dire bonjour, mais fut interrompue par CJ.

— Je crois que le conseiller est de mèche avec la promotrice pour détruire le parc. Est-ce que c'est légal ?

— Quoi ? s'exclamèrent trois voix à l'unisson.

CJ entendit un « clic » de double appel. Elle vérifia le numéro. C'était Wyatt, son nouveau patron chez Loisirs en Délire. Que lui voulait-il ? Elle n'était pas censée commencer avant la semaine suivante. Pourvu que ce ne soit pas une mauvaise nouvelle.

— J'ai un double appel, il faut je le prenne, écourta-t-elle.

— Non, attends. Reste en ligne, supplia Jordan.

— Pas le choix. Je t'envoie un lien. Si la fréquentation du parc a baissé, c'est parce que quelqu'un a réduit ses horaires d'ouverture. Vous ne devinerez jamais qui.

— Qui ? s'écrièrent trois voix à l'unisson avant que CJ ne coupe court.

— Allô ? dit cette dernière après avoir basculé l'appel.

Elle s'efforça de garder un ton calme alors même qu'elle était surexcitée. Celui qui avait réduit les horaires du parc n'était autre que le conseiller municipal en personne. Pourquoi aurait-il pris cette décision, sinon dans le but de raser cet endroit ?

— Tout va bien ?

— Clarke. J'espère que je ne te dérange pas.

Wyatt parlait fort, c'était limite s'il ne braillait pas pour se faire entendre dans le tumulte qu'on devinait derrière lui. On aurait dit les hurlements d'un animal en train de mourir.

— Qu'est-ce qui se passe ?

— Rien de grave. Je sais que tu n'es censée commencer que la semaine prochaine, mais est-ce qu'il y aurait moyen de te convaincre de venir avant ?

— Euh… c'est-à-dire… avant quand ?

CJ entendit un fracas suivi d'autres cris.

— La vache ! C'était quoi, ce bruit ? s'inquiéta-t-elle pile au moment où Wyatt demanda :

— Tu peux venir vite ?!

— C'est quoi, ce boucan ?

— Ce boucan, comme tu dis, ce sont des enfants qui jouent, Clarke. Bon, est-ce que tu peux venir vite ?

Quinze minutes plus tard, CJ se garait dans le parking du centre de loisirs. À peine descendue de voiture, elle entendit les cris en provenance du gymnase. Elle traversa le parking en courant. Lorsqu'elle poussa la porte à double battant, elle fut surprise de constater que Wyatt n'avait pas menti. C'était bien le bruit d'enfants en train de jouer. Dispersés sur le terrain de basket, une dizaine de garçons en fauteuil roulant disputaient un match de ce qu'elle découvrirait être du rugby foulard. Ce jeu était totalement déroutant et super violent ; et les garçons adoraient ça.

CJ repéra Wyatt sur la touche. Vêtu d'un maillot rayé d'arbitre, il suivait l'action en cours. De temps à autre, il utilisait le sifflet pendu à son cou et, selon sa décision, les garçons poussaient des cris de joie ou de protestation. Wyatt aperçut CJ et lui fit signe d'approcher.

— Clarke. Tu en as mis du temps !

C'était une blague ?

— Euh… pourtant, je suis venue directement. Mais je suis prête à m'y mettre. En quoi puis-je t'aider ?

Distrait par une manœuvre sur le terrain, Wyatt donna un coup de sifflet qui fit sursauter CJ.

— Pardon, dit-il.

Puis il cria une remarque à l'un des gamins qui le contredit plusieurs fois avant de finalement accepter la pénalité.

— Je m'en veux beaucoup, avoua-t-il à CJ en se retournant vers elle, mais en fin de compte, je t'ai fait venir pour rien. Il y a eu un incident, mais c'est réglé.

— Qu'est-ce qui s'est passé ?

— C'est Dakota. Ma seule inscrite. Elle était triste. Vraiment déprimée. Alors je me suis dit que tu pourrais venir ici et apporter une touche…

féminine. Tu sais, ce baratin que tu m'as sorti durant ton entretien. Pour lui montrer qu'on s'amuse bien. Franchement, tu trouves qu'on a l'air de s'ennuyer ?

CJ observa deux garçons qui venaient de se percuter et qui hurlaient de rire. Ils avaient l'air de s'éclater, en effet.

Wyatt siffla.

— Oh, les gars : c'est du rugby foulard. Pas de contact direct !

Il se retourna vers CJ.

— Dakota nous a ghostés juste avant ton arrivée.

— Ah bon ?

Pour le coup CJ s'inquiéta.

— Tu veux que je parte à sa recherche ? Tu as une idée de l'endroit où elle a pu aller ?

— Oui. Elle est rentrée chez elle. Avec sa mère.

CJ se détendit.

— Ah ! Mais tu as dit « ghostés ».

— Oui. C'est ce qu'elle a fait.

— Si elle t'a dit où elle allait, elle ne t'a pas ghosté. On ghoste quelqu'un quand on disparaît sans aucune explication. Le genre de truc qu'on ferait à quelqu'un avec qui on sort.

— Eh bien, moi je ne ferais jamais une chose pareille en étant en couple. C'est ignoble. Alors j'utilise ce verbe autrement. Mais je respecte ton argot de jeune branchée.

— Tu es au courant que je n'ai que deux ans de moins que toi, n'est-ce pas ?

— Oui, mais ce sont des années cruciales.

CJ lui jeta un regard étonné.

— Bref, désolé de t'avoir interrompue dans ce que tu étais en train de faire. J'espère que ce n'était rien d'important.

— Pas de souci, répondit CJ en s'efforçant de garder un ton léger alors qu'elle mourait d'envie de rentrer chez elle.

Elle avait reçu une centaine de textos de ses amies. La plupart entièrement écrits en majuscules. Elles devaient être sur le point de faire une découverte capitale.

— Bon, à lundi alors ?

— Attends. Puisque que tu es là, reste un moment avec nous. J'aimerais te présenter aux gars.

Wyatt donna un coup de sifflet.

— Les garçons ! Temps mort ! Rassemblez-vous. Je vous présente Clarke.

CJ le suivit sur le terrain.

— Je t'ai dit qu'on m'appelait plutôt CJ ?

***

Martha n'en revenait pas de la découverte de CJ. Évidemment, elle n'en revenait pas non plus d'être la seule amie disponible ce jour-là pour se faire traîner dans les boutiques par Jordan. D'habitude, elle travaillait le lundi, mais ça, c'était avant l'arrivée de Victoria et le remaniement total de son emploi du temps pour arranger la nièce du patron. Quitte à être coincée au centre commercial, Martha décida au moins d'en profiter. Alors, pendant que Jordan réglait l'achat d'une jupe crayon et d'un chemisier blanc qui la vieillissaient, Martha fit un saut dans la zone des restaurants. Elle voulait commander un plat à emporter pour le dîner avec son père. Il était nul en cuisine, et si Martha déménageait un jour, il finirait sûrement par mourir de malnutrition.

En traversant le centre commercial, elle tenta d'analyser la découverte de CJ. Au début, elle avait trouvé qu'il n'y avait pas vraiment de quoi s'emballer. Mais ensuite, Jordan avait sorti son tableau blanc, comme ceux des flics qui chassent les tueurs en série. Elle s'en servait pour garder une trace de tout ce qu'elle savait sur le conseiller municipal. C'était très méthodique. Voire légèrement flippant. Elle avait dressé la liste de tous les donateurs politiques du conseiller et des dates de leurs contributions. À peine deux semaines avant qu'il ne limite les horaires d'ouverture du parc, la promotrice immobilière lui avait justement fait un chèque d'un montant assez important. Curieuse coïncidence, en effet. Cependant, sur le moment, c'est un autre élément noté sur ce tableau blanc qui avait davantage irrité Martha. Jordan avait noté la position du conseiller concernant un vote imminent sur l'augmentation du salaire minimum : il était contre. Qu'il veuille s'y opposer mettait Martha en rage. Ça changerait la vie de plus d'un travailleur d'obtenir un supplément de cinquante cents de l'heure. Pour elle, ça ferait une différence certaine. Surtout si cette Victoria continuait de lui piquer ses heures.

— Vous m'avez tout l'air d'une future bachelière, lança une voix masculine non loin.

Martha jeta un coup d'œil autour d'elle. En apercevant l'homme en question, elle eut soudain envie de rentrer sous terre.

— Alors, j'ai raison ? insista-t-il. Vous allez passer votre bac ?

Le sergent Broderick se tenait devant le centre de recrutement de l'armée, un lieu qu'on trouvait dans à peu près tous les centres commerciaux des villes ouvrières. Son nom n'était pas affiché sur son uniforme mais elle le connaissait car il lui avait déjà donné sa carte de visite. Plusieurs fois, même. Il essayait toujours de l'aborder et, curieusement, ne se rappelait jamais sa tête. La deuxième fois, Martha avait effectué quelques recherches sur Google. Elle avait découvert qu'il avait pour objectif d'enrôler un certain nombre de recrues par mois, ce qui expliquait sa pugnacité. Elle avait aussi appris que l'âge limite pour s'engager dans l'armée était de trente-cinq ans.

— Non, réfuta Martha. Ça fait longtemps que j'ai eu mon bac. J'ai trente-six ans. Désolée.

— Ah ! ah ! fit-il d'un ton dégagé. Bien tenté. Alors, que comptez-vous faire après le lycée ? Vous voulez entrer pour en discuter ?

Martha n'en avait aucune envie. À l'intérieur du centre, une femme dont l'uniforme indiquait « commandante Malone » était assise à un des bureaux. Cherchant une échappatoire, Martha attira sans le vouloir son attention. Plus âgée, la quarantaine sans doute, elle avait un air franc qui plaisait bien à Martha. Sans compter qu'elle n'arrêtait pas de regarder dans leur direction et semblait s'agacer du discours du sergent Broderick.

— Vous connaissez un peu l'armée ? questionna ce dernier.

— Eh bien… hésita Martha. Je sais qu'en matière de recrutement des femmes, elle n'a pas atteint ses objectifs depuis plusieurs années.

Ça aussi, elle l'avait lu sur Internet.

— Donc je sais que vous avez un besoin urgent de profils comme le mien.

La femme assise au bureau derrière leva une nouvelle fois le regard.

— C'est juste, admit Broderick. Raison pour laquelle nous offrons quarante mille dollars de prime, en plus du remboursement du prêt étudiant.

Martha dut paraître interloquée car il prit ça pour un encouragement.

— Entrez, que je vous explique.

Elle fit non de la tête et s'éloigna à reculons.

CHAPITRE SIX

Le jeudi matin, face à son miroir, Jordan tenta de trouver le meilleur moyen de camoufler ses mèches violettes dans sa coiffure. Sa nouvelle tenue était soigneusement rangée dans son sac à dos pour son rendez-vous, mais ses mèches colorées risquaient de trahir son âge. Elle avait essayé de suivre les conseils d'un tuto YouTube pour les glisser dans un beau chignon négligé. Au moment où elle reculait pour évaluer le résultat (ni beau ni négligé), son petit frère entra dans la pièce.

— C'est quoi, le problème, avec tes cheveux ?

Élève de quatrième, Lucas était un vrai petit effronté.

— Aucun. Sors de là !

— Tu as une sale tête.

— Maman ! cria Jordan.

Sa mère apparut dans l'encadrement de la porte, vêtue d'un tailleur mal assorti avec une paire de vieux sabots qu'elle qualifiait de confortables. Elle attendait toujours le dernier moment pour enfiler ses escarpins.

— Dis à Lucas de me laisser tranquille.

— Lucas, sors de là, ordonna sa mère.

Il leva les yeux au ciel et s'éloigna en marmonnant quelque chose à propos des femmes. Jordan se tourna vers sa mère en montrant sa tête du doigt.

— Au secours.

— Quel est l'objectif visé… ?

Sa mère observa le chignon avec curiosité.

— Je ne comprends même pas ce que tu as voulu faire.

— J'en sais rien. J'essaie juste de cacher… ça, expliqua Jordan en tirant sur les mèches violettes d'un air désespéré. Il faut que j'aie l'air pro.

Jordan avait informé sa mère de son entretien à venir avec le conseiller municipal. Elle lui racontait toujours tout.

— Inutile d'essayer de te faire passer pour quelqu'un d'autre. Il s'attend à rencontrer une lycéenne. Pas Barbara Walters[1].

OK, elle ne lui racontait peut-être pas *tout*. En l'occurrence, elle avait omis de préciser qu'elle avait menti sur son âge.

— S'il te plaît, maman. J'ai aussi rendez-vous avec la conseillère d'orientation aujourd'hui. J'ai peur qu'elle ne me prenne pas au sérieux.

Et ça, c'était vrai. Jordan s'était réveillée avec la boule au ventre. Elle savait que ses premiers choix

1. Célèbre journaliste politique et animatrice de télévision américaine.

d'universités n'étaient peut-être pas réalistes et elle n'était pas certaine de bien réagir si la conseillère le confirmait.

— Je veux qu'en me regardant, elle voie en moi… je ne sais pas… une future universitaire.

— Oh, ma chérie… Tu as déjà tout d'une universitaire, bien plus que la moitié des paumés avec qui j'ai étudié. Mais d'accord. Je comprends. Assieds-toi.

Jordan s'assit docilement sur le rebord de la baignoire, dos à sa mère. Elle défit ses cheveux en les secouant et sa mère les peigna du bout des doigts. Jordan adorait cette sensation. Cela l'apaisa et dissipa aussitôt son inquiétude concernant l'interview. Elle ne pouvait rien faire de plus pour se préparer. Tout au long de la semaine, elle avait répété à maintes reprises, obligeant ses amies à jouer le rôle de l'adjoint. Son intention était de démarrer avec des questions simples. Histoire de le mettre à l'aise. Après quoi, elle l'attaquerait de plein fouet et on verrait bien s'il se dérobait.

Sa mère s'activa, relevant les cheveux de Jordan à l'aide d'un peigne fin. La coiffure, c'était son truc. Enfant, elle avait passé des milliers d'heures à s'entraîner sur toutes ses amies. Elle avait grandi au sein d'une communauté majoritairement noire, et presque toutes ses copines d'enfance avaient les mêmes cheveux qu'elle. Jordan se demandait parfois ce que cela faisait de partager des codes, d'avoir une culture et une histoire communes. Ne plus avoir la sensation d'être dévisagée en marchant dans sa propre rue. Son quartier n'était pas aussi blanc que celui d'Ava, mais quand même, Jordan ne passait pas inaperçue.

— Ne laisse pas la conseillère te dissuader de viser haut, prévint sa mère en continuant de s'affairer. Tant pis si elle estime que Columbia et Northwestern sont trop ambitieux. Ça ne coûte rien de déposer un dossier d'inscription.

Jordan préférait ne pas y penser. Elle avait simplement envie de se détendre et de profiter de ce moment avec sa mère, assise sur la baignoire.

— On peut changer de sujet ? Je stresse assez comme ça.

— De quoi veux-tu parler ?

Elle haussa les épaules.

— Je sais pas. Comme tu veux.

— OK. J'ai une idée.

Elle devina un sourire dans l'intonation de sa mère.

— Comment trouves-tu Logan Diffenderfer ?

Jordan tenta de tourner la tête pour décocher un regard à sa mère.

— Il est pas mal, maman.

Sa mère adorait Logan. Il était poli, charmant, et il savait parler aux adultes. En outre, il ne craignait pas que Jordan lui fasse de l'ombre. Le jour où Jordan avait remporté un prix pour un de ses articles, sa mère avait vu Logan rayonner de joie. Elle était persuadée qu'ils finiraient par se marier. Ce qui était ridicule pour à peu près un million de raisons. D'ailleurs, qui, de nos jours, épousait encore quelqu'un de son lycée ?

— Ava lui en veut toujours, maman. Mais merci de t'en inquiéter.

Jordan ne pourrait jamais sortir avec un garçon qu'une de ses meilleures amies méprisait.

— Très bien, soupira sa mère. Mais un jour, elle passera à autre chose. En tout cas, c'est vraiment un gentil garçon.

— Message reçu.

Sa mère termina de la coiffer.

— Voilà.

Jordan se retourna face au miroir. Ses mèches étaient presque entièrement cachées sous d'autres cheveux. En regardant bien, on pouvait encore les discerner, mais un type au poste d'adjoint législatif ne le remarquerait sans doute pas.

***

Dans l'après-midi, Martha partit au travail en bus. Ava, qui était censée la déposer, lui avait envoyé un message laconique expliquant qu'elle devait filer car Logan lui pourrissait la vie.

Martha descendit à son arrêt et parcourut à pied les trois pâtés de maisons qui menaient au cinéma. Non sans surprise, elle découvrit que la porte d'entrée principale n'était pas fermée à clé. À l'intérieur, Victoria l'accueillit d'un air fringant avec son accent vaguement anglais.

— Bonjour !

— Je me suis trompée dans l'emploi du temps ? s'étonna Martha d'un ton dégoulinant d'agacement non dissimulé. Je croyais être de service aujourd'hui.

D'ordinaire, en semaine, une seule employée travaillait l'après-midi. Martha ne pouvait pas se permettre de continuer à perdre des heures au profit de Victoria.

— Donc ? s'impatienta Martha.

— Je suis venue voir le film.

Victoria portait un jean rose, concept vestimentaire dont Martha ignorait l'existence jusqu'à ce jour.

— Il faut que j'achète mon billet ? Oncle Benny ne m'a pas dit si on avait des entrées gratuites.

— On n'en a pas. Mais je fermerai les yeux.

Martha se dirigea vers le guichet et commença à s'installer. Victoria la suivit.

— Sinon, quoi de neuf ? s'enquit cette dernière.

Martha avait horreur des échanges de banalités.

— Il fait un temps magnifique, répondit-elle impassible, espérant que Victoria comprendrait à demi-mot.

Raté.

— Je trouve aussi. Tellement de gens se plaignent de l'humidité, mais je préfère cent fois ça à un froid tristounet.

Comprenant qu'elle n'allait pas couper à ces bavardages, Martha décida d'en tirer au moins quelques informations.

— Dis, je peux te poser une question ? D'où vient ton accent ? Il est…

Elle allait dire « bizarre » mais opta finalement pour « difficile à localiser ».

— Eh bien, maman est américaine. Mais je l'appelle « *mum* » parce que je suis née à Londres[1]. Papa est anglais. On a déménagé à Paris quand j'avais cinq ans. Je suis allée dans une école anglophone mais mes profs étaient canadiens, pour la plupart. Après Paris, on est retournés à Londres. Puis ici.

— Comment se fait-il que tu atterrisses à Cleveland après un tel parcours ?

1. Par opposition au « *mom* » américain.

— À cause d'un sale divorce, confia Victoria. Pas moi. Mes parents, s'empressa-t-elle de préciser.

— Oui. J'avais compris.

Elle se garda d'avouer à Victoria que le mariage de ses parents s'était mal terminé aussi.

Victoria attrapa une boîte contenant un assortiment de barres chocolatées dans le meuble de rangement et se mit à approvisionner le présentoir.

— Ne t'embête pas avec ça, commenta Martha. En plus, le film va bientôt débuter et ça m'étonnerait qu'un spectateur se pointe pour voir un documentaire de trois heures sur l'agriculture urbaine.

Victoria fit la moue.

— C'est ce qui est à l'affiche ? Je ne savais même pas.

— Pourquoi tu es venue, alors ?

Martha prit conscience que sa question était abrupte et se reprit :

— Je veux dire. Bon. C'est un pays libre. Tu peux sortir où tu veux. Mais pourquoi ici ?

Victoria haussa les épaules.

— J'avais besoin de m'échapper de chez moi.

— Oh, désolée. Tout va bien ?

Victoria empila les confiseries avec soin. Une barre après l'autre, les emballages tournés dans le même sens.

— Ça va. Ce n'est pas comme si je fuyais un drame. C'est juste que je m'ennuie, en fait. On a emménagé ici il y a seulement un mois. Dans mon nouveau lycée, personne ne me parle.

— Tu vas où ?

— À l'académie Hawthorne, précisa Victoria. Tu connais ?

— Oui.

C'est là que la mère d'Ava avait voulu inscrire sa fille après ce qui lui était arrivé en classe de seconde. Cet établissement était aussi réputé pour son cadre rigoureux que pour les gros comptes en banque des parents de ses élèves. D'après les ragots, là-bas tout le monde roulait en BMW et avait le numéro d'un dealer d'amphétamines.

— C'est pas l'endroit idéal pour arriver en cours d'année. Et crois-moi, être nouvelle, ça me connaît. Laisse. Je m'en occuperai.

Victoria prit deux grosses piles de serviettes en papier des mains de Martha et se chargea de garnir les porte-serviettes.

— Laisse tomber. Tu n'es même pas payée aujourd'hui.

Du moins, Martha l'espérait. Cette réduction de ses horaires continuait de la préoccuper.

— Ça ne me dérange pas.

Victoria sourit et, pour la première fois, Martha se rendit compte que sa nouvelle collègue était très jolie. Elle était spéciale, c'est sûr. Mais dans le bon sens du terme.

— Alors, dis-moi, qu'est-ce qu'il y a de sympa à faire à Cleveland ? J'ai encore du mal à me repérer.

— Il n'y a rien de sympa à faire à Cleveland.

Le portable de Martha tinta. C'était sûrement Jordan. Elle avait promis de lui envoyer un message dès que l'interview serait terminée. Martha mourait d'envie de savoir comment ça s'était passé. Elle dégaina son téléphone d'un geste si vif qu'il lui glissa des mains. Victoria se pencha pour le ramasser exactement en même temps que Martha et, si elles ne se cognèrent miraculeusement pas la tête, leurs doigts, eux, s'effleurèrent.

— Désolée, bafouilla Martha. J'attends un message important.

C'était en effet un message de Jordan.

Il est super en retard. Je poireaute toujours dans le hall. Du coup, maintenant j'ai envie de faire pipi, mais si je pars aux toilettes, j'ai la trouille qu'il vienne me chercher et croie que je suis partie. JE FAIS QUOI ?

— Tout va bien ? s'inquiéta Victoria.

— Oui, assura Martha en riant. Parfois je me dis que mon amie est une fille très équilibrée et, par moments, qu'elle ne l'est pas tant que ça.

Martha tapa sa réponse.

Va faire pipi, idiote.

— Alors, reprit Martha, quel parent t'a récupéré ? Dans le divorce ?

Elle supposa, avec raison, que tout enfant de divorcés comprendrait le sens de cette question.

— Ma mère. Mon père est resté à Londres.

— L'inverse pour moi. Mes parents sont divorcés aussi.

— Désolée.

— Pas de mal. Ça va mieux maintenant. Je ne sais pas combien de temps ça fait pour toi, mais à la longue, on s'habitue. Étrangement.

— J'espère. Ça n'a jamais été génial entre eux. Ça devait finir par arriver. Mon père travaillait tout le temps, donc ça ne me change pas trop de ne pas le voir. Le plus dur, ça a été de m'adapter à Cleveland.

Je me sens seule. Je crois que c'est pour ça qu'oncle Benny m'a proposé ce boulot. Il m'a dit que tu étais très cool. À mon avis, c'est un coup monté.

Martha déglutit. La gorge serrée.

— Ah bon ?

— J'ai besoin de me faire des amis.

— Ah… répéta Martha.

Son portable tinta de nouveau.

— Excuse-moi un instant.

Martha lut le message.

— Houlà !

— Qu'est-ce qui se passe ?

Jordan avait écrit son message tout en majuscules.

C'EST LA MERLE GRAVE

Victoria jeta un coup d'œil par-dessus son épaule.

— C'est quoi, une merle grave ? Un oiseau américain ?

Martha était sûre et certaine que Jordan n'avait pas voulu écrire « merle ».

***

Ava et Logan se fixaient attentivement quand elle entendit son portable sonner.

— Il faut que je réponde, commença-t-elle par dire.

Logan secoua la tête. Curieusement, il réussit à le faire sans la quitter des yeux. Pour tout dire, c'était un peu déstabilisant.

— On n'est pas censés bouger.

— C'est sûrement Jordan, avança-t-elle en continuant à le regarder. Elle a peut-être fini d'interviewer le gars de la mairie.

— Tu as envie de tout recommencer ? Moi, vraiment pas.

Ils se fixaient toujours. Au bout d'un moment, le regard d'Ava commença à dévier.

— Non, non, non, avertit Logan. Par ici.

Avec ses doigts, il forma un V qu'il pointa vers ses yeux.

Pour Ava, la situation était insupportable. Mme Simon les avait obligés à rester après le cours. Son portrait de Logan était médiocre. Elle l'avait bâclé pour en finir au plus vite.

— C'est gênant, fit-elle remarquer.

— Je sais.

Ava pensait que Mme Simon leur donnerait des conseils supplémentaires pour ombrer correctement un nez ou peindre les traits du cou. Elle ne s'attendait pas à ce qu'elle les oblige à se fixer durant quinze minutes sans interruption.

Logan se gratta le bras.

— Ça fait combien de temps, d'après toi ?

Ava avait mis un minuteur sur son portable mais elle ne pouvait pas jeter un coup d'œil à l'écran sans le quitter du regard.

— Aucune idée.

— Ah, attends, fit Logan. Si tu bouges légèrement la tête vers la gauche, je crois que je pourrai voir la pendule derrière toi.

Ava inclina la tête sans le quitter des yeux et Logan ronchonna.

— Quoi ? Qu'est-ce qu'il y a ?

— Ça fait trois minutes, annonça-t-il. Seulement.

Ava aurait voulu pouvoir rentrer sous terre. Environ une minute de plus s'écoula. Le silence était presque aussi pesant que le tête-à-tête.

— Si on se posait des questions ou un truc du genre ?

À en croire sa proposition, Logan se sentait aussi mal qu'elle.

— Si tu veux, répondit Ava. Quelle est ta couleur préférée ?

— Le gris.

— Le gris ? Vraiment ?

— Oui. Vraiment. Tu as un problème avec le gris ?

— Ce n'est pas une couleur.

Allez savoir comment, Logan réussit à lever les yeux au ciel sans les détourner.

— Soit. Le bleu, c'est accepté ?

— Bien sûr. À toi.

— Pourquoi tu me détestes autant ?

Elle ne dit rien.

— Allez, insista-t-il. C'est ma question. Tu es obligée de répondre.

— D'accord. Parce que tu m'énerves.

Ce n'était pas faux. Mais ce n'était pas toute la vérité.

— N'importe quoi. À ton tour.

— Ton plat préféré ? demanda-t-elle.

— Le gratin de ziti de mon père. Recette brevetée de la famille Diffenderfer. Tes questions sont nulles. Demande-moi un vrai truc.

— C'est ton tour, rétorqua Ava.

Logan réfléchit un instant.

— OK, j'en ai une. Qui est la femme du tableau ? Celle que tu as peinte ?

Il inclina légèrement la tête vers l'autoportrait d'Ava.

— Eh bien, si on appelle ça un autoportrait, c'est parce que…

— Je sais que c'est toi. Je parle de la femme au second plan.

Ava hésita.

— Sinon, on continue de se poser des questions débiles toute la journée, ajouta Logan. Comme tu veux.

— C'est ma mère. Ma mère biologique, pas adoptive.

— Oh.

— Je ne sais pas à quoi elle ressemble. Une brune aux yeux marron, je suppose, un peu comme moi. Mais au fond, je n'en sais rien. C'est pour ça que je l'ai laissée floue.

— C'est… très chouette, commenta-t-il. Tu vas le présenter à l'école de design de Rhode Island, celui-là ?

— À mon tour de poser une question.

Elle réfléchit quelques secondes. Logan poussa un soupir.

— Mon sport préféré, c'est la course. Mon livre préféré, *L'attrape-cœurs*. Mon groupe préféré, Amen Dunes. Et mon…

— Pourquoi avoir laissé tomber le cours avancé de physique ?

Logan se tut.

— Pourquoi ? insista-t-elle. Je veux savoir.

Il répondit en la regardant droit les yeux.

— Parce que j'ai fait une crise d'angoisse.

Elle cligna des yeux.

— Oh, fit-elle. Je ne...

— C'est pas grave. Je veux dire, c'est embêtant que ce soit arrivé. Mais c'est comme ça. Ma mère était là, elle a flippé. Elle voulait que j'aille consulter un psy mais... pas question.

Ava se fit violence pour ne pas baisser les yeux.

— Alors elle a décrété que puisque je ne voulais pas consulter, il fallait que j'allège mon emploi du temps. Le dessin était le seul cours optionnel où il restait de la place. Je ne l'ai pas choisi pour te persécuter, contrairement à ce que tu sembles penser.

— Pourquoi as-tu refusé de voir... un psy ?

Ava détestait cette abréviation, « psy ». Ça lui donnait l'impression d'être réduite à quelque chose de cassé. Comme si elle n'était pas normale.

— Tu as déjà posé ta question, objecta Logan. À moi.

Elle se prépara au pire.

— OK.

— Et toi, c'est quoi ta couleur préférée ?

Ava en voulut à Logan de s'être défilé. Ça lui fit l'effet d'une douche froide. Et elle eut soudain l'impression que l'air était devenu irrespirable. Après cela, ils se posèrent encore quelques questions. Pour la plupart, sans intérêt. Puis ils reprirent leur échange de regards silencieux. Par moments, l'atmosphère semblait moins tendue et, à d'autres, plus qu'avant. Tout en le fixant, elle remarqua ses traits distinctifs. Elle prit conscience de toutes les erreurs qu'elle avait commises en peignant son portrait. Certes, il avait les oreilles décollées, mais sans que ça lui donne un air idiot pour autant. L'effet produit était plutôt enfantin. Comme si Logan se cherchait encore. Elle s'aperçut aussi qu'il souriait un peu en coin, un sourire qui selon elle devait receler autre chose. Il n'était pas triste. Mais pas tout à fait joyeux non plus. Le portrait qu'elle avait peint de lui ne révélait que l'apparence de Logan Diffenderfer. L'épaisseur du personnage lui avait complètement échappé.

Le minuteur de son téléphone sonna enfin. Ils avaient survécu à ces quinze minutes.

— N'en parle à personne, s'il te plaît, demanda Logan. Pour la crise d'angoisse. J'ai pas envie qu'on me prenne…

Il n'acheva pas sa phrase. C'était inutile. Ava savait ce qu'il allait dire. *Pour un fou.*

Elle ramassa son portable afin d'arrêter l'alarme.

— Houlà ! fit-elle.

— Quoi ?

Elle lui montra le texto de Jordan.

C'EST LA MERLE GRAVE.

CHAPITRE SEPT

Debout devant la porte du bureau de l'adjoint, Jordan priait l'univers pour qu'il ne se souvienne pas d'elle. Quant à elle, à peine avait-il levé le nez de ses dossiers qu'elle l'avait reconnu. C'était le jeune homme qui escortait le conseiller Kenneth Lonner lorsqu'elle avait sollicité une interview. *C'était vraiment la merle.*

Il était au téléphone, ce qui avait permis à Jordan d'envoyer en vitesse un message à ses amies. Elle attendait maintenant qu'il termine son appel. L'hôtesse d'accueil qui avait accompagné Jordan depuis le hall patientait avec elle pour faire les présentations. Jordan songea à l'informer qu'elle avait besoin de retourner aux toilettes. Elle pourrait alors filer à l'anglaise.

Scott Mercer raccrocha.

— Navré pour l'attente, s'excusa-t-il.

— Voici Jordan James, annonça l'hôtesse.

Jordan redressa ses épaules et leva la tête bien haut. CJ jurait que cette technique lui donnait plus d'assurance. Scott Mercer se leva et eut ce geste leste typique de l'homme politique qui ferme le bouton de sa veste tout en tendant la main. Ne sachant pas quoi faire d'autre, Jordan la serra. Au contact de leurs paumes, il plissa ses yeux bleus.

— Nous nous sommes déjà vus, non ?

— Je ne crois pas.

En fait, si : le soir de la réunion municipale.

— Vous êtes sûre ? Votre visage me dit quelque chose.

— Certaine, affirma Jordan.

L'hôtesse s'en alla et Jordan envisagea sérieusement de lui courir après. Si elle n'avait pas emprunté ces escarpins à sa mère sans demander la permission. Elle se sentait perchée en équilibre instable. En somme, comme une petite fille dans les chaussures de sa mère.

— Eh bien, entrez, Jordan. On m'a ajouté une réunion avec le conseiller, donc malheureusement, je n'ai que vingt minutes à vous accorder.

Il reprit place en se calant au fond de son fauteuil, avant de subitement s'interrompre. Il la dévisagea comme si un détail venait juste de lui revenir.

— Je sais d'où je vous connais !

Jordan se voûta, consciente de lui devoir une explication. Autant dire la vérité. *Je voulais simplement qu'on me prenne au sérieux.*

— Je…

— Vous étiez à la soirée des jeunes actifs.

Elle cligna des yeux.

— Euh…

— À l'hôtel Hyatt Regency ?

Toute l'adrénaline qui bouillonnait dans le corps de Jordan retomba brusquement.

— Ah, oui ! La soirée des jeunes actifs. Ça devait être ça.

— Vous voyez ? Je savais bien qu'on s'était déjà croisés quelque part, répéta Scott. Vous voulez répondre ?

Jordan ne s'était même pas rendu compte que son portable n'arrêtait pas de sonner.

— Mince. Désolée. J'ai oublié de le mettre en silencieux.

Elle jeta un coup d'œil à l'écran et constata que les messages en cascade venaient de Martha.

Pourquoi c'est la merle ?
Mais en vrai ? Ça va ?
RÉPONDS purée !
Allôôôô ?

— C'est mon rédacteur en chef. Excusez-moi un instant.

Jordan tapa vite fait des lettres au hasard pour qu'il la voie écrire.

czopiuvawerawlu

Elle appuya sur « envoyer » et coupa la sonnerie.

— Voilà, c'est réglé. Bien…

Elle prit une grande inspiration. Vingt minutes, c'était le temps qui lui était imparti. Il fallait qu'elle se concentre. Elle s'assit en croisant les jambes : ça faisait plus sérieux.

— Ça vous dérange, si j'enregistre ?

— Du tout, répliqua Scott tandis qu'elle cherchait le bouton à tâtons. Alors, vous aussi, vous êtes fraîchement émoulue de l'université ?

Jordan releva les yeux vers lui.

— Oh, je…

Elle tenta de se rappeler quel âge lui avait donné Martha sur son profil LinkedIn. Est-ce que c'était précisé, au moins ?

— Cette fameuse soirée était dédiée aux jeunes diplômés, non ?

Jordan acquiesça.

— C'est vrai. Oui. Les jeunes diplômés.

Il fallait qu'elle se détende. Elle était nerveuse, et ses pensées, éparpillées.

— J'assiste à tellement d'événements que je m'y perds un peu. J'essaie d'élargir mon réseau professionnel.

— Je comprends, affecta Jordan. Tout est une question de relations, n'est-ce pas ?

Elle sourit et prit une brève inspiration pour se recentrer sur son objectif. Puis elle posa son iPhone sur le bureau entre eux et vit que Martha et CJ avaient réagi à son charabia.

MARTHA : *C'est un appel à l'aide ?*
CJ : *Sérieux ? Tout va bien ?*
MARTHA : *Tu t'es fait kidnapper ?*
CJ : *Si on t'a enlevée, envoie-nous ta localisation.*

Jordan reprit son portable d'un geste vif, le régla en mode avion et le reposa.

— Bien, entama-t-elle. Si je me lançais directement ?

— Parfait.

Elle inspira encore, le temps de se remémorer sa stratégie : démarre sur un ton aimable. Incite-le à établir des faits. Si le stress monte, visualise Hermione Granger (ça, c'était le conseil de CJ). Après quoi, porte le coup de grâce.

— Pour commencer, j'aimerais connaître la position du conseiller concernant les espaces verts de ce secteur.

— Bien sûr, commenta Scott, les espaces verts sont un élément tout à fait indispensable à une communauté et une de ses priorités.

Jordan en prit note.

— Je vois. Alors, parlez-moi du décret qu'il a instauré l'an dernier pour limiter les horaires d'ouverture de Memorial Park. Je serais notamment curieuse que vous m'expliquiez cette coïncidence avec…

La ligne fixe de Scott sonna et il l'interrompit d'un doigt levé.

— Excusez-moi un instant.

Il décrocha :

— Bureau du conseiller Lonner. Scott Mercer à l'appareil.

Il acquiesça au rythme des paroles de son interlocuteur.

— Je vois. Et où se trouve ce nid-de-poule exactement ?

Jordan le jaugea du coin de l'œil. Un nid-de-poule ? Il avait coupé court à sa question pour prendre un appel concernant un nid-de-poule ? Elle le regarda noter une adresse et deux autres détails. Une fois qu'il eut raccroché, il se retourna vers elle.

— Navré. Vous me parliez d'une coïncidence ?

Coupée dans son élan, Jordan avait un peu perdu le fil.

— En fait, j'ai constaté que ce décret n'avait eu d'incidence que sur Memorial Park. Aucun des six autres parcs du secteur n'a subi de restriction des horaires d'ouverture.

— C'est exact.

— Pourquoi cela ?

— Eh bien, je ne sais pas si vous situez bien l'emplacement de Memorial Park ?

Jordan faisait du vélo dans ce parc depuis qu'elle avait cinq ans.

— Je me suis renseignée.

— Dans ce cas, vous êtes au courant que c'est un quartier très criminogène. À la tombée de la nuit, il y avait beaucoup de trafic de drogue. C'est pour cette raison que les horaires ont été réduits.

Parfait. C'était pile la réponse qu'elle attendait de lui. Celle qu'elle *voulait* entendre. À présent, elle allait pouvoir le coincer.

— D'accord. Je comprends. Mais d'après mes recherches, ce nombre de délits était au plus haut il y a *cinq* ans. Et une légère baisse a même été constatée ces dernières années.

— C'est vrai. Mais très légère.

— Oui. C'est bien ce que j'ai lu. Ce qui est curieux (Jordan garda un ton aussi posé que possible), c'est le moment choisi. Le conseiller a instauré ce décret municipal deux semaines *après* sa première rencontre avec la promotrice qui cherchait à construire des bureaux sur ce terrain.

Elle recula dans son siège, s'attendant à voir Scott perdre un peu ses moyens. Sa ligne fixe sonna de nouveau.

— Désolé. Il faut que je prenne cet appel.

Jordan se sentit dépossédée quand il décrocha le combiné.

— Bureau du conseiller Lonner. Scott Mercer à l'appareil. Oh, bonjour madame Montgomery !

Scott mit sa main sur le combiné pour que son interlocutrice n'entende pas ce qu'il murmura à Jordan :

— Ça risque de durer un petit moment. Elle appelle toutes les semaines à propos d'un centre de désintoxication en construction dans sa rue. Ça ne la réjouit pas. Et elle nous le fait longuement savoir.

Jordan était sidérée. Faisait-il exprès de prendre ces appels ? Pour casser le rythme ? Rogner sur son temps ? Que ferait une vraie journaliste ? Elle ne tolérerait pas ça, si ?

— Si vous n'avez que vingt minutes à m'accorder…

Scott leva un index comme pour dire : *une minute.*

— Je comprends, madame Montgomery. Je transmets vos doléances au conseiller, soyez-en assurée. Je connais vos inquiétudes mais… OK… Hmm-hmm.

Il mit une nouvelle fois le combiné en sourdine.

— Je suis vraiment navré. Mais je ne peux pas ignorer ces appels. Durant les heures d'ouverture de la mairie, je dois être disponible pour recueillir les plaintes de nos administrés. Cela fait partie de mon travail de les consigner pour le conseiller.

Il reprit l'appel. Mme Montgomery parlait suffisamment fort pour que Jordan l'entende. En voyant Scott se faire remonter les bretelles par une vieille dame, il lui vint à l'idée que, contrairement à ce que laissait penser son titre, il n'était peut-être pas aussi haut placé qu'elle l'avait imaginé. La femme finit par s'épuiser et Scott raccrocha.

— Pardon, s'excusa-t-il encore. Donc, vous parliez de la restriction des horaires du parc ?

— Non, je parlais plutôt du moment choisi pour l'instaurer. La promotrice a rencontré le conseiller. Et *ensuite,* le conseiller a réduit les horaires du parc. N'allez pas me dire que c'était une (rebelote, le téléphone fixe sonna)… coïncidence ? termina Jordan tout bas.

— Bureau du conseiller Lonner. Oh ! bonjour monsieur le conseiller. Oui. Bien sûr. Tout de suite.

Scott raccrocha et se leva d'un seul mouvement.

— Malheureusement, je dois écourter. On me demande en réunion.

C'était une plaisanterie ? Jordan accrocha son regard.

— Mais vous n'avez répondu à aucune de mes questions !

— Je suis sincèrement navré.

Elle était trop furieuse pour se laisser intimider davantage.

— Vous m'avez promis vingt minutes d'entretien.

Scott soupira et, à cet instant précis, son téléphone retentit une nouvelle fois. L'absurdité de la situation le fit rire. Pas Jordan. Alors il reprit son sérieux.

— Un instant, lui souffla-t-il. Bureau du conseiller Lonner. Scott Mercer à l'appareil.

Jordan n'en revenait pas. Elle attrapa son portable et le jeta dans son sac à main.

— Merci de m'avoir reçue, lança-t-elle d'une voix éteinte en commençant à partir.

— Jordan. Attendez.

Elle se retourna.

— Je peux vous faire patienter juste un instant ? demanda-t-il à son interlocuteur.

Il mit l'appel en attente.

— Écoutez Jordan, voilà ce que je vous propose : si vous avez la possibilité de revenir, je serai tout à vous pendant vingt minutes. Ça me laissera le temps de parler directement au conseiller et de vous obtenir une réponse sur le sujet qui vous préoccupe. Car, très franchement, je ne suis au courant de rien. Mais j'aurai la réponse, et je vous revaudrai ces vingt minutes. Vous avez ma parole.

Une autre ligne sonna sur le téléphone de Scott. Il leva les bras d'un air incrédule. Cette fois, Jordan rit. Alors, Scott aussi.

— Et, Jordan, si on faisait ça en dehors des heures de bureau. Le week-end, vous êtes dispo ?

Jordan fit oui de la tête.

— Puisque vous me donnez votre parole, c'est d'accord.

— Que dites-vous de samedi, onze heures ?

— Attendez, je consulte mon agenda.

Jordan savait qu'elle était libre, mais elle prit un malin plaisir à faire semblant de vérifier.

— Je peux m'arranger.

— Parfait, se réjouit Scott.

Il sourit et ses yeux bleus pétillèrent.

— À samedi, alors.

***

CJ était vautrée en travers du lit géant de la mère d'Ava, cette dernière d'un côté et Martha de l'autre. Toutes trois se repassaient l'enregistrement de l'interview de Jordan en fixant son portable comme si c'était une radio à l'ancienne et non un iPhone.

— « Je serai tout à vous » ? répéta CJ.

— C'est louche qu'il ait dit ça.

Jordan passa la tête hors de la penderie.

— Il ne l'a pas dit dans ce sens. Je crois qu'il était juste troublé.

Elle sourit d'un air triomphal.

— *Je* l'ai troublé.

— Carrément, acquiesça Martha avant de basculer sur le dos.

Elle attrapa un coussin qu'elle serra fort contre elle.

— Vous êtes au courant que les Tyler ont lancé une chaîne YouTube dédiée à la protection du parc ?

CJ hocha la tête. Les Tyler désignaient Tyler Welles et Tyler Ziegler, deux amis inséparables. Surtout parce qu'ils avaient le même prénom.

— Mais tu es allée regarder ? questionna CJ.

Ils demandaient aux gens de raconter leurs plus beaux souvenirs dans ce parc. Sur le papier, l'idée était très bonne. Dans sa réalisation, c'était un carnage.

— Je ne suis pas sûre qu'une vidéo de Grayson qui se remémore avec émotion la fois où il s'est défoncé sous le toboggan servira vraiment notre cause.

Jordan hésitait devant la penderie.

— Ça me gêne, geignit-elle en se retournant vers Ava. Tu es sûre que ta mère ne dira rien ?

— Elle ne remarquera même pas que des vêtements ont disparu. La pile de trucs à donner est au fond. Dans un grand sac, je crois.

Si Jordan voulait mener à bien cette seconde interview, il lui fallait une nouvelle tenue de pro. Ava lui avait gracieusement fait l'offrande des tailleurs que sa mère avait mis au rebut. Tandis que Jordan prenait racine devant la penderie, Martha afficha une des vidéos des Tyler. Sasha, une fille niaise, membre du club de théâtre, déclamait un monologue dramatique sur la cruauté de la mairie qui « opprimait leur droit à la liberté d'expression ».

Son discours, peu convaincant, rendit CJ nerveuse. Comme si tout reposait sur leurs épaules. Elle se redressa en se massant les tempes.

À la fin de cette vidéo, Martha cliqua sur la suivante. CJ était trop distraite pour regarder. Un incident, qui avait eu lieu plus tôt dans la journée, la tourmentait. Elle s'empara du coussin que tenait Martha et le serra contre elle.

— Hé ! rouspéta Martha. Il y a au moins dix coussins sur ce lit. Prends-en un autre.

CJ ne broncha pas et serra le coussin plus fort.

— J'ai eu mon entretien avec la conseillère pédagogique aujourd'hui.

Jordan sortit de la penderie.

— C'est ça ? demanda-t-elle en levant un sac de courses devant elle.

CJ relâcha le coussin auquel elle était cramponnée.

— Toi aussi, tu avais rendez-vous avec Mme Fischer aujourd'hui, non ?

— Oui, répondit Jordan.

— Est-ce que…

CJ ne savait pas comment terminer cette phrase.

— Ça s'est… bien passé, précisa Jordan d'une voix hésitante, qui signifiait que ça s'était plus que bien passé. Comment s'est déroulé le tien ?

— Mal. Quand j'ai annoncé que je rêvais d'aller à Stanford, elle a pincé les lèvres. Genre, littéralement. Elle a répondu que c'était admirable de viser haut mais que nous devions aussi évoquer ensemble des options plus réalistes.

— Elle est comme ça.

Martha lui reprit le coussin d'un geste vif.

— Moi aussi elle m'a conseillé d'élargir mes choix.

— Et moi, d'en faire trois, ajouta Jordan. Désolée, CJ. Tu n'es pas un cas isolé.

Ava resta en dehors de cette discussion. Elle était la seule à ne pas avoir encore vu la conseillère.

Jordan vida le contenu du sac par terre. Des vêtements de grandes marques éparpillés partout.

CJ attrapa un autre coussin à la tête du lit. Celui-ci était bordé de franges entre lesquelles elle passa ses doigts.

— Elle m'a suggéré l'université de Boston.

— C'est vrai ? À moi aussi.

Jordan sembla se réjouir.

— Peut-être qu'on finira dans la même université. Ce serait marrant, non ?

Jordan fouilla dans la pile de vêtements et en tira une petite robe de tailleur noire.

— C'est mignon, ça.

Elle la tint contre elle.

— D'après elle, cette université est une valeur sûre.

Mme Fischer n'avait pas employé les termes de « valeur sûre » quand elle en avait parlé à CJ. Elles avaient passé le reste de l'entretien à parler principalement de sa note à l'examen d'entrée à l'université. Et elle l'avait stressée en lui conseillant très vivement de consacrer tout son temps à ses révisions, quitte à sacrifier sa vie sociale pour quelques semaines. Quand CJ lui avait demandé s'il y avait d'autres aspects sur lesquels elle pouvait se concentrer pour compenser sa note à l'examen, la conseillère avait pris un ton lénifiant qui l'avait hérissée.

Elle avait reconnu que la moyenne générale de CJ était remarquable et que la longue liste de ses activités extrascolaires entrerait en ligne de compte. « Si tu rédiges une lettre de motivation béton, peut-être. Mais vraiment béton, j'entends. Enfin, il ne faut pas que tu mises tout sur ça. » Après quoi, elle avait donné à CJ des astuces portant sur l'utilisation des manuels de révision et des logiciels gratuits. CJ était trop gênée pour avouer qu'elle avait déjà fait tout ça.

Jordan déboutonna son pantalon, le retira et l'envoya valser d'un coup de pied. Elle était là à examiner la robe dans ses sous-vêtements Wonder Woman. CJ aimerait bien être aussi détendue qu'elle en petite tenue. Même en présence de ses amies, elle avait toujours ce réflexe de croiser les bras devant son ventre pour le cacher. Elle se leva.

— Il faut que j'y aille.

Jordan venait d'enfiler la robe.

— Attends. Non. Reste.

— Je peux pas.

— Et le parc, alors ? insista Jordan.

— Désolée, lâcha CJ.

Elle ne pouvait pas se concentrer sur le parc pour l'instant. Elle en ferait sa priorité une fois l'examen passé. Mais en attendant, il fallait qu'elle rentre ; qu'elle ait ses fiches de révision dans les mains pour avoir le sentiment d'agir.

— Désolée, répéta-t-elle.

Puis elle s'en alla.

CHAPITRE HUIT

Un jour, Martha avait vu un reportage sur la production de viande de veau. Elle avait découvert que les animaux étaient parqués dans des enclos étroits car le manque de mouvement rendait leur chair plus tendre. C'est exactement ce qu'elle ressentait, derrière ce minuscule guichet de cinéma : un veau à l'étroit et condamné.

On était samedi matin et elle se vernissait les ongles avec du Tipp-Ex en songeant à l'année prochaine, juchée sur le tabouret haut de la petite cabine. Tout le monde se prenait la tête avec ces demandes d'inscription à l'université. Pour elle, le problème n'était pas tant d'être admise que de trouver le moyen de payer les frais de scolarité. Tout le monde lui avait conseillé de contracter un emprunt, comme si ce n'était pas la fin du monde. Comme s'ils ne comprenaient pas que cet argent, il faudrait quand même le rembourser. Son premier choix se portait sur le

MIT[1], qui coûtait plus de cinquante mille dollars par an. En ajoutant à cela le coût de la chambre avec pension, Martha évaluait sa dette à deux cent quatre-vingts mille dollars une fois son diplôme en poche. Minimum. Ça la rendait malade. En revanche, si elle intégrait l'université d'État de Cleveland, elle obtiendrait sans doute une bourse suffisante pour couvrir les frais d'inscription. Cette solution lui permettrait de rester vivre chez elle, voire de faire des économies. Et elle pourrait continuer à travailler au cinéma. Cette pensée la rassura un peu. Mais elle ne chassa pas de son esprit l'impression d'être un veau.

— Je m'ennuie, soupira une voix dans son dos. Je meuuurs d'ennui.

En se retournant, Martha découvrit Victoria dans l'embrasure de la porte. Elle portait un short en jean riquiqui déchiré et un crop-top à col bateau qui dévoilait sa fine clavicule.

— Bizarre, ironisa Martha en s'appliquant pour vernir l'ongle de son petit doigt. Moi, je m'amuse comme une folle.

— Tu plaisantes, là ? Parfois, j'ai du mal à saisir l'humour américain.

Martha reboucha le Tipp-Ex et secoua les mains pour que ça sèche plus vite.

— Tout à fait.

Il n'y avait pas beaucoup de place dans la cabine et qu'un seul tabouret, alors Victoria s'appuya contre le comptoir. Elle se tenait si près de Martha que leurs genoux se touchaient presque.

1. Massachusetts Institute of Technology.

— Tu fais quoi pour passer le temps ? questionna Victoria.

Martha souffla ostensiblement sur ses ongles.

— D'accord. Voilà comment tu trompes l'ennui, comprit Victoria. Je croyais que c'était un choix esthétique.

Martha rigola et Victoria se retourna face à la vitre.

— C'est si étrange, tous ces passants qui vaquent à leurs occupations pendant que nous, on est coincées ici.

Martha envisagea de lui raconter le reportage sur les veaux.

— C'est toujours mou le samedi. Tu pourrais peut-être parler à ton oncle de son choix de passer d'obscurs films étrangers qu'aucun spectateur sain d'esprit ne paierait pour voir. Je te parie un Washington[1] qu'on n'aura pas un seul client de la journée.

Le regard de Victoria s'éclaira.

— Je prends le pari ! s'empressa-t-elle d'accepter.

Elle se pencha en avant, si bien que ses fesses se retrouvèrent collées aux genoux de Martha.

— Bonjour, cher monsieur, lança-t-elle dans le micro. Vous venez pour cet obscur film étranger ?

Comme Victoria barrait son champ de vision, Martha ne voyait rien de ce qui se passait. Or, un client en chair et en os s'approchait de la billetterie.

— Il faut que tu appuies sur le bouton sinon on ne t'entend pas.

1. Nom du président représenté sur les billets de un dollar.

D'un coup de coude espiègle, Martha poussa Victoria et découvrit un client visiblement très perplexe de l'autre côté de la vitre. Elle soupira en le reconnaissant et enfonça le bouton du micro.

— Qu'est-ce que tu veux, Diffenderfer ?

Logan cligna des yeux.

— Ah ! salut, Martha. Je vais prendre un billet pour la première séance.

— Et moi, je vais te prendre ce fameux dollar, ajouta Victoria avec un petit sourire satisfait.

Martha coupa le micro.

— T'as pas encore gagné, reine Victoria. On pourrait croire que tu as l'avantage pour l'instant, mais ça va finir exactement comme la guerre d'Indépendance.

Martha ralluma le micro.

— Tu es sûr, Diffenderfer ? C'est un film inintelligible. En polonais.

— C'est du français, en fait, rectifia-t-il. C'est le réalisateur qui est polonais.

L'air gêné de connaître son sujet, il plongea les mains dans ses poches, puis les ressortit aussitôt.

— Alors, je peux avoir un billet ? Juste un. Il n'y a que moi. Je suis venu seul.

Ou alors, c'est le fait de ne pas être accompagné, qui le gênait.

Victoria décocha un sourire triomphal à Martha.

— Ça fera sept dollars, s'il te plaît.

Il lui donna la somme, contre laquelle elle lui remit un ticket.

— Je te rejoins à l'entrée de la salle pour prendre ton ticket. Bon film.

Une fois qu'il se fût éloigné, Martha applaudit lentement.

— Bien joué, reine Victoria.

L'intéressée fit une révérence.

— Si la Grande-Bretagne avait été dirigée par une reine au lieu d'un roi à l'époque de la guerre d'Indépendance, l'issue de cette révolution aurait été quelque peu différente.

Sur ces mots, elle sourit en tendant la main pour encaisser son dû.

— Ça fera un Washington, s'il te plaît.

Martha attrapa son portefeuille.

— Soit, dit-elle. Mais tu oublies un truc.

Elle sortit une pièce qu'elle fourra dans la paume de Victoria.

— George Washington est aussi sur les pièces de vingt-cinq cents.

Victoria rit, et Martha constata que c'était de bon cœur. Elle remarqua aussi la chaleur et la douceur de sa main en lui donnant la pièce de monnaie.

— Viens, proposa Victoria. On va s'asseoir au fond de la salle pour regarder ce film.

— Tu veux te taper un film en polonais qui traite d'un sujet triste ?

— D'abord, c'est en français. Ensuite, ce mec est très mignon.

***

C'est confiante et préparée que Jordan se gara sur le parking de la permanence du district. La réception étant fermée le samedi, elle devait envoyer un SMS à Scott pour annoncer son arrivée. Quand il sortit l'accueillir, elle constata qu'il portait une tenue décontractée composée d'un jean et d'un polo. Dans sa robe de tailleur empruntée à la mère d'Ava, Jordan se sentit tout de suite bien trop apprêtée.

— J'ai un autre rendez-vous après, s'empressa-t-elle de dire pour se justifier. Un déjeuner important. Dans un restaurant chic. Bonjour.

— Bonjour, répondit-il. Ravi de vous revoir.

Il tendit la main et elle la serra.

— Suivez-moi.

Tandis qu'elle lui emboîtait le pas dans le couloir, elle remarqua que la majorité des pièces étaient plongées dans le noir. Ils s'arrêtèrent devant une grande salle de réunion aux parois vitrées.

— Je me suis dit que nous serions plus à l'aise ici que dans mon minuscule bureau.

— Parfait, acquiesça-t-elle en gigotant et tirant sur le bas de sa robe.

— Tout va bien ?

— Oui, oui !

Cette robe était absurdement moulante et Jordan arrivait à peine à respirer. Elle prit place avec précaution sur le siège qui lui fut proposé, cala un talon aiguille derrière l'autre en orientant légèrement les genoux à droite. C'était « l'inclinaison de la duchesse », une position très prisée par les femmes de la monarchie britannique, qui l'adoptaient pour éviter de dévoiler leurs sous-vêtements suprêmes.

— Bien, allons-y, déclara-t-elle en rentrant le ventre autant que faire se peut.

— Je suis sincèrement désolé pour l'autre jour. Café ?

La seule fois de sa vie où Jordan avait bu un café, c'était quand elle avait commandé un moka avec supplément de crème fouettée, mais elle se doutait que ce n'était pas exactement ce que lui proposait Scott.

— Non merci.

Impatiente, elle le regarda attraper une cafetière posée sur la table du fond et se remplir une tasse. Elle était pressée de démarrer cet entretien. Avant tout pour rentrer chez elle, retirer cette robe et respirer à nouveau.

— Alors, dit-il, comment se passe votre samedi ?

Jordan se racla la gorge, mal à l'aise.

— J'aimerais commencer, lâcha-t-elle d'un ton brusque.

Puis elle tenta de se rattraper tant bien que mal.

— Comme j'ai ce déjeuner après...

— Bien sûr, opina-t-il.

Il avait l'air nerveux. Elle espérait que c'était le cas. Ça voudrait dire qu'elles avaient vraiment fait une découverte utile. Un complot infâme pour soutenir un projet immobilier lucratif. Son article lui vaudrait peut-être un prix. Peut-être même qu'il défraierait la chronique et arriverait jusqu'aux oreilles du comité chargé des inscriptions à Northwestern. Elle se pencha pour sortir son téléphone de son sac (déjà réglé en mode avion) et le posa entre eux.

— Bien, fit Jordan. La question qui m'intéressait était la suivante : le conseiller Lonner a instauré un décret pour restreindre les horaires d'accès au parc seulement deux semaines après la présentation du projet immobilier. Comment l'explique-t-il ?

— J'en ai discuté avec lui, raconta Scott. Il a signé cet arrêté en raison de plaintes du voisinage.

Jordan attendit qu'il poursuive.

— Vous savez qu'une partie de ma tâche consiste à consigner les plaintes des administrés, n'est-ce pas ? Eh bien, les habitants qui vivent autour de Memorial Park, une famille en particulier, ont commencé à exprimer régulièrement leur crispation quant à la vente de drogue qui s'y déroulait. Ils estimaient que ça devenait dangereux. Le conseiller les a reçus et a reconnu que leurs inquiétudes étaient légitimes, alors il a pris l'initiative de limiter les heures d'ouverture du parc.

— Et ça s'est passé juste après sa rencontre avec la promotrice ? Drôle de coïncidence.

Jordan se pencha en avant, guettant le point de rupture… En vain.

— Non. La réunion avec les administrés a eu lieu avant. Rédiger un décret demande toujours quelques semaines. Mais je reconnais que les deux événements semblent concorder.

Il haussa les épaules.

— C'est vrai, je comprends que ça paraisse suspect. Mais non. C'est vraiment un pur hasard. Vous êtes sûre, vous ne voulez pas de café ? Ou un verre d'eau ?

Jordan déclina d'un signe de tête. Elle prit quelques notes pour se laisser le temps de se ressaisir. Il lui restait une dernière question et elle comptait bien la poser sans ambages.

— Comment le conseiller explique-t-il la donation des investisseurs immobiliers à sa campagne électorale ?

Elle connaissait le montant exact. Il était écrit sur son tableau blanc. La promotrice avait donné la somme maximum autorisée.

Scott but son café à petites gorgées. Il semblait sincèrement perplexe.

— Comment il l'explique ?

— La contribution de la promotrice correspond à la somme maximum autorisée par la loi. Et maintenant, le conseiller soutient son projet.

— Ah, fit-il. Je vois où vous voulez en venir. Le conseiller accepte des dons de diverses personnes. Dont beaucoup ont des points de vue opposés. Je peux vous assurer qu'en aucun cas ils n'influencent sa prise de décisions.

Jordan l'observa attentivement. Rien n'indiquait qu'il mentait. Son intonation et son attitude étaient neutres, et il la regardait dans les yeux sans ciller. Son calme la contrariait. Elle qui espérait le coincer avec cette ultime question, elle allait devoir creuser davantage. Car elle n'était pas prête à admettre l'autre éventualité : Scott disait la vérité.

***

Ce week-end-là, CJ ne sortit quasiment pas de chez elle. Ses amies lui donnaient régulièrement des nouvelles, donc elle savait que l'interview de Jordan ne s'était pas déroulée comme elles l'avaient espéré. Assise à son bureau à réviser ses fiches et enchaîner les exercices, elle culpabilisait de ne pas être avec elles. Le dimanche soir, son père entrouvrit la porte de sa chambre et passa la tête à l'intérieur.

— Maman voudrait savoir si tu dînes avec nous ou si tu préfères qu'on te glisse un plateau sous la porte comme en prison ?

CJ se retourna sans sourire.

— Je crois que je vais arrêter là pour ce soir. Je faisais justement une pause.

— Rester assise devant l'ordinateur, ce n'est pas une vraie pause. Viens. On va tirer quelques paniers.

CJ attrapa ses baskets et le rejoignit dans l'allée de la maison. Ils effectuèrent des étirements sans se dire grand-chose, puis il lui lança le ballon.

CJ exécuta quelques dribbles. D'une feinte, son père la doubla et lui piqua facilement la balle. Elle était rouillée. Il dribbla à son tour et elle se baissa, genoux pliés, prête à le contrer. Ses trois sœurs aînées étaient des fashionistas jusqu'au bout des ongles. Elles aimaient les vêtements, les garçons et le maquillage. CJ n'avait rien contre ces trucs-là, mais elle aimait aussi la lutte au corps à corps, se salir les mains et battre son père au basket dans des un-contre-un. Il lui avait appris à être solide en défense et ils avaient joué assez de matchs ensemble pour qu'elle connaisse toutes ses ruses. Il tenta une accélération par la droite, mais elle lui barra tout de suite le passage. Elle intercepta le ballon, se rua vers le panier, tenta de marquer, mais tira complètement à côté.

— Allez, CJ ! cria son père. Ne te précipite pas. Concentre-toi.

Il ne lui facilitait jamais les choses. Il la poussait sans relâche jusqu'à ce qu'elle progresse. Ou qu'elle craque. Bien souvent, elle finissait les matchs en larmes en se demandant si elle serait un jour assez douée pour qu'il soit fier d'elle. CJ attrapa la balle au bond et tenta un nouveau tir. Cette fois, le ballon rentra en traversant directement le filet. Sans toucher ni l'arceau ni le panneau. Elle adorait le bruissement que ça produisait. C'était le son de la victoire.

Durant vingt minutes, ils jouèrent à fond, jusqu'à ce que sa mère sorte parce que le dîner était en train de refroidir. Ses parents étaient à bien des égards un couple traditionnel. Son père travaillait. Sa mère cuisinait. Du point de vue financier, c'était lui qui décidait. Et elle le laissait faire. Néanmoins, CJ s'efforçait de ne pas porter trop de jugements. Leur couple fonctionnait très bien comme ça. Sa mère était gentille. C'était même une super maman. Pourtant, CJ avait toujours le sentiment qu'il y avait un fossé entre elles. C'était sans doute en partie dû au fait que sa mère n'était plus toute jeune. Celle d'Ava aussi, mais elle ne faisait pas son âge. Comme l'avait un jour formulé la mère de CJ : « Nous sommes simplement de deux générations très différentes. » La mère de CJ n'avait jamais travaillé mais elle n'appréciait pas qu'on la décrive de cette façon. « Mon métier, c'est d'élever mes enfants. » Elle avait épousé le père de CJ à la sortie de l'université, puis donné naissance à trois filles à la suite. CJ n'en faisait pas partie. Alors que le nid familial commençait à se vider et que sa mère envisageait de chercher un travail, CJ était survenue comme un coup de théâtre. Parfois, elle se demandait si ses parents avaient songé à une autre option. Cependant, elle n'avait jamais entendu sa mère prononcer le mot « avortement » de sa vie, donc elle voyait mal comment elle aurait pu l'envisager.

Le lendemain débutait sa première demi-journée officielle de bénévolat chez Loisirs en Délire. Après les cours, elle se rendit directement là-bas en voiture et c'est en affichant son sourire le plus enjoué qu'elle ouvrit la porte du gymnase. En l'apercevant, Wyatt lui fit signe d'approcher. Deux garçons étaient déjà arrivés et faisaient les pitres sur le terrain. CJ avait apporté ses affaires de sport dans son vieux sac polochon de cross. Celui qui était marqué sur le côté de ses initiales et du chiffre 33, son numéro de maillot, décolorés par le soleil et craquelés.

— Salut Wyatt, dit-elle. Je suis prête et impatiente de prendre mon service.

— Et je suis tout aussi prêt et impatient de t'accueillir parmi nous, Clarke.

Elle vit son regard dévier vers son sac.

— J'ai apporté de quoi me changer. Une tenue de sport.

— Tu cours ?

— Oui. Enfin non. Plus maintenant. J'ai arrêté.

— Ça nous fait un point commun, alors, répliqua Wyatt.

CJ ne savait pas si c'était une blague ou non. Est-ce qu'elle était censée rire ? Faute de le savoir, elle regarda ailleurs avec embarras.

— Dakota est arrivée ?

— À ce propos, signala-t-il. Il faut que je te parle.

Il fit rouler son fauteuil et elle marcha à son côté.

— La mère de Dakota a appelé vendredi pour m'annoncer qu'elle quittait le centre.

— Oh non !

— J'ai réussi à l'en dissuader.

— Ah, tant mieux.

— Je lui ai promis que j'aurais une surprise pour Dakota aujourd'hui.

— Super. De quoi s'agit-il ?

Wyatt la dévisagea et ça fit tilt.

— Ah ! c'est moi, la surprise. Oui. D'accord ! Compris.

— Clarke…

Il prononça son nom d'une voix douce.

— Elle traverse une mauvaise passe. Ne lui en demande pas trop. Et ne sois pas trop exigeante envers toi-même.

CJ fut soudain envahie par un accès de nervosité, dont elle s'efforça de se défaire.

— Aucun souci. Ça va très bien se passer.

— À la base, j'avais prévu de mettre les jeunes au basket aujourd'hui. Mais la mère de Dakota m'a glissé que son sport préféré AFR était le tennis.

Comme CJ n'avait pas l'air de comprendre, Wyatt précisa :

— AFR : avant le fauteuil roulant.

— C'est une vraie expression ?

— Non. Je ne l'avais jamais entendue de ma vie. Mais j'aime bien. Je m'en resservirai peut-être. Bref, je me suis dit qu'on allait essayer le tennis aujourd'hui.

Les portes du gymnase s'ouvrirent et Wyatt inclina la tête.

— La voilà.

CJ se retourna et vit Dakota pour la première fois. Elle avait les cheveux d'un beau roux vif et, même à l'autre bout du terrain, on devinait les taches de rousseur qui constellaient son nez. Sa mère aussi était rousse, mais d'une autre nuance, plus profonde et intense. C'était la Sansa Stark du *Trône de fer*, et sa fille *Anne with an « E »*.

Mère et fille aperçurent CJ et se dirigèrent vers elle. L'une vint de son plein gré, l'autre dut être poussée.

— Clarke ? supposa la mère de Dakota.

— En fait, c'est CJ. Vous devez être Mme Gorman. Bonjour.

— Appelez-moi Margaret.

Elle semblait nerveuse.

— Je suis impatiente de faire équipe avec Dakota aujourd'hui, déclara CJ.

— Eh bien, vous pouvez compter sur elle pour vous en passer l'envie.

Dakota décocha à sa mère un regard méprisant typique d'une adolescente, pas d'une fille de onze ans. Sa mère soupira.

— Ma chérie, essaie d'être de bonne composition aujourd'hui. Wyatt a prévu du tennis rien que pour toi. Et CJ est là pour veiller à ce que tu en profites.

— Et comment ! enchérit CJ. On va s'amuser comme des folles toutes les deux !

Dakota leva les yeux au ciel et fixa sa mère.

— Elle est sérieuse, elle ? J'hallucine.

Margaret regarda CJ en haussant les épaules d'un air désolé, puis se tourna vers sa fille.

— Je viendrai te chercher à dix-sept heures pile.

Elle l'embrassa tendrement puis articula deux mots en silence à l'intention de CJ : *Bon courage.*

Dès que Margaret fut partie, CJ s'accroupit pour se mettre au niveau des yeux de Dakota.

— Alors, prête à t'amuser ? Viens, on va choisir une super raquette. J'en ai vu une violette très belle dans la pile. Tu aimes le violet ?

Dakota tira sur les deux manettes qui bloquaient les freins de son fauteuil. Elle roula jusqu'à la ligne de touche et s'arrêta là. CJ regarda Wyatt.

— C'est pas ta faute, la rassura-t-il. Ne le prends pas pour toi.

CJ afficha son plus beau sourire de monitrice de colonie.

— Pas de problème. Elle a juste besoin d'un petit discours d'encouragement. Je sais faire.

Tandis que les garçons se regroupaient autour de Wyatt pour choisir leurs raquettes, CJ se glissa jusqu'à Dakota.

— Je peux te confier un secret ?

Devant le mutisme de Dakota, elle continua.

— Avant, le sport, ça me stressait énormément. J'estimais que ça ne servait à rien de jouer si ce n'était pas pour gagner. Mais je ne me suis jamais autant amusée que le jour où j'ai perdu une course. On est là pour passer un bon moment, c'est tout. Ça va être sympa, non ?

Elle désigna le terrain d'un geste. Wyatt faisait le pitre en montrant aux jeunes comment tenir la raquette et le spectacle était comique. Tout le monde était plié de rire.

— Je ne trouve pas ça drôle, marmonna Dakota.

— Tu ne peux pas savoir tant que tu n'essaies pas. Si tu tentais le coup au moins cinq minutes ? Je peux même mettre un minuteur pour qu'on ne dépasse pas d'une seconde.

Dakota se tordit les doigts en levant les yeux vers CJ. Elle n'avait plus l'air fâché ni boudeur. Elle semblait juste triste.

— Pitié, ne m'oblige pas à jouer.

La pointe de sanglots dans sa voix désarma totalement CJ. Alors, cette dernière répondit de la seule façon qui lui semblait adaptée :

— D'accord.

CHAPITRE NEUF

— Tu crois qu'il va revenir aujourd'hui, ce Danglehoffner ?

— Hein ? fit Martha.

Accoudée au comptoir de la buvette, Martha scrutait son téléphone pendant que Victoria faisait distraitement le ménage autour d'elle.

— Danglehuffer. Dargenderfner. Non. C'est pas ça. Comment il s'appelle, ce mec ? Le beau gosse, mordu de cinéma ?

— Dinglehopper, répondit Martha avant de revenir à son téléphone.

Elle lisait le dernier numéro du *Blaze* de McKinley paru en ligne.

— Dinglehopper[1] ? Comme la fourchette qui sert de brosse à cheveux à la petite sirène ?

1. Néologisme anglais traduit par « zirgouflex » dans la version française du dessin animé éponyme.

— Voilà, confirma Martha.

Jordan avait décidé de remettre à plus tard la publication de son article sur le parc et ce numéro ne contenait rien de très excitant à lire.

— C'est Diffenderfer, non ? Logan Diffenderfer. C'est bien son nom ? insista Victoria.

L'autre jour, après avoir donné à Victoria sa pièce de vingt-cinq cents, Martha et elle avaient fini par aller s'installer au fond de la salle pour regarder ce film bizarre. Sauf que le film n'était pas bizarre du tout. Il était magnifique. Triste et sombre, mais profondément optimiste. À un moment, Martha avait été tellement submergée par l'émotion qu'elle avait dû quitter la salle en hâte. À peine arrivée aux toilettes, elle avait éclaté en sanglots. Pleurer, ce n'était pas son truc, et en public encore moins. Quand elle avait enfin pu retourner dans la salle, le film était terminé, et Logan et Victoria discutaient. De façon rapprochée.

— Non, objecta Martha d'un ton catégorique. C'est Dinglehopper, je t'assure.

On frappa à la porte d'entrée et Martha se leva d'un bond.

— Merde. L'une de nous aurait dû rester au guichet. Ça doit être un client qui s'impatiente.

Cette dernière se dirigea vers l'entrée pour ouvrir la porte.

— Papa ? s'étonna-t-elle.

C'était la première fois que son père passait la voir au travail. Quelqu'un était mort. C'était la seule explication plausible. Une mort dans des circonstances atroces. Elle s'empressa de le faire entrer.

— Qu'est-ce que tu fais ici ?
— Pourquoi tu n'es pas au guichet ?
— Quelqu'un est mort ?
— Pourquoi quelqu'un serait mort ?
Son père entra et ôta sa casquette de base-ball.
— Tu peux garder ta casquette, papa. On s'en fiche.
— Pas moi. C'est impoli de porter un couvre-chef à l'intérieur.
Les règles du savoir-vivre en société auxquelles il choisissait de se raccrocher étaient si arbitraires que c'en était agaçant.
— Alors, comment ça va ? s'enquit Martha.
— Bien. J'ai fini de remplir ces formulaires de demande d'emprunt.
— Ah ? s'étonna Martha. Merci.
Elle n'avait pas envie de s'endetter, mais elle ne voulait pas non plus finir comme un veau. Elle avait transmis ces formulaires à ses parents pas plus tard que la veille. Étant donné qu'ils étaient divorcés, il lui fallait un exemplaire signé par chacun des deux.
— Il est indiqué qu'il faut les scanner, précisa son père. Je me suis dit que tu avais peut-être une de ces machines ici.
Elle secoua la tête.
— Non. Mais j'ai une appli sur mon téléphone. Je m'en occuperai.
Son père sortit une enveloppe de sa poche arrière. Il hésita avant de la lui remettre.
— Surtout, ne flippe pas quand tu verras les chiffres. Ils voulaient connaître le montant de mes charges aussi. Quand on additionne tout dans une

seule colonne, la somme paraît énorme. Mais ça ne l'est pas. C'est la vie d'adulte, voilà tout. Je connais ton rapport à l'argent mais… tu n'as pas de quoi t'inquiéter.

Martha prit l'enveloppe.

— Merci.

— Patsy. Regarde-moi.

Elle obéit.

— J'aurais aimé pouvoir te donner plus.

Elle ne supportait pas de voir son père comme ça. Elle aurait préféré qu'il sache se servir d'« une de ces machines » ou remplir un formulaire en ligne comme n'importe quel parent sur terre. Qu'il trouve le moyen de se débrouiller tout seul pour qu'elle n'ait pas à lire la honte sur son visage à cet instant.

— Mais non, papa. Ne t'en fais pas. Franchement, moins tu as de revenus, plus ça m'arrange. J'aurai droit à un plus gros emprunt. Donc, vraiment, c'est mieux comme ça.

Soudain, elle prit conscience de la présence de Victoria au comptoir de la buvette. Son père avait retroussé ses manches de chemise, si bien qu'on voyait le tatouage commémoratif du 11 Septembre sur son avant-bras : un aigle en plein essor au-dessus du drapeau américain. L'encre avait pâli et les contours s'étaient estompés. Quand les gens rencontraient son père pour la première fois, ils se méprenaient toujours sur son compte, et Martha se demanda s'il en serait de même avec Victoria. Ce que les gens ignoraient, c'était que derrière ce physique un peu brut de décoffrage se cachait un lecteur prodigieusement fécond, qui avait autrefois occupé un poste important. Ils ignoraient qu'au lycée, tout le monde voyait en lui un homme d'exception. Martha avait feuilleté l'almanach de sa promotion. Star du foot à l'automne, il devenait une légende du base-ball au printemps. En terminale, on l'avait élu élève le plus populaire de l'année, meilleur espoir des Browns de Cleveland et, avec la mère de Martha, plus beau couple de l'année. Les gens ignoraient qu'il avait fait ce choix admirable de décliner une bourse pour jouer au football à l'université afin de rester à Cleveland avec sa fiancée, enceinte.

Il reprit la casquette qu'il avait calée sous son bras.

— À ce soir à la maison, Patsy.

— À plus tard, papa. Et merci, ajouta-t-elle en lui montrant l'enveloppe.

Après son départ, Martha entendit des pas dans son dos.

— Patsy ?

On devinait une pointe de taquinerie dans l'intonation de Victoria.

Martha haussa les épaules.

— Quoi ? Tes parents ne t'ont jamais donné un surnom bizarre ?

Victoria sembla blessée et Martha fit marche arrière.

— Excuse-moi, soupira-t-elle.

— Y a un souci ? s'inquiéta Victoria.

Martha fit non de la tête.

— Aucun. Patsy était le surnom de Martha Washington enfant. Mon père m'a toujours appelée comme ça. Il pense que je suis de la même trempe. Que genre, quand je serai adulte, je deviendrai une femme…

Remarquable. C'était l'adjectif qu'il employait toujours.

— Bref. C'est juste un surnom idiot.

Victoria sourit.

— Je ne le trouve pas idiot. Je le trouve même très mignon.

Martha haussa les épaules. Non pas parce qu'elle avait horreur de ce surnom. Au contraire. Elle l'adorait. Seulement, cette enveloppe entre ses mains ne lui donnait pas le sentiment d'être remarquable. Ça lui fichait surtout la trouille.

— Je vais tenir le guichet, dit Martha pour écourter la conversation. On abuse un peu de le déserter aussi longtemps.

Elle s'éloigna avec son enveloppe sous le bras.

***

Jordan fixa ce tableau blanc qui, d'après ses amies, lui donnait l'air de traquer un tueur en série. Elle était convaincue que, si elle prenait le temps de bien regarder, tout s'éclaircirait d'un coup.

Son frère entra d'un pas nonchalant et se vautra dans son pouf violet.

— Papa a dit qu'on faisait encore un frichti pour le dîner.

Cela voulait dire que ses parents en avaient marre de cuisiner et que chacun était libre de manger les restes qu'il trouverait dans le frigo.

— OK, approuva-t-elle.

— Tu fais quoi ?

Jordan ne répondit pas. Elle avait noté la date de réunion du conseiller avec les habitants du quartier et celle où il avait passé le décret. L'intervalle était si court… presque trop pour que ce soit une coïncidence.

— Tuuu…. faaais… quoooiii ? répéta Lucas, cette fois en imitant le personnage de Dory qui essaie de parler baleine dans *Le monde de Némo.*

— J'essaie de préserver ton avenir. Tu aimerais bien un jour graver ton nom dans Memorial Park, pas vrai ?

— Carrément.

Il se rapprocha du bureau de sa sœur et examina la pile de prospectus universitaires.

— L'université George Washington ?

— C'est à DC[1].

La conseillère pédagogique avait dit que si elle n'était pas prise à Northwestern, ce serait un bon plan B, de même que l'université de Boston.

— Je ne veux pas que tu partes à Washington.

— Stresse pas. Moi non plus.

Cette région ne l'attirait pas. Mais alors pas du tout.

— Pourquoi les habitants d'un quartier iraient se plaindre d'un parc ?

Il se planta devant le tableau blanc en lui bouchant la vue.

— Sors, Lucas. J'essaie de me concentrer.

— Je croyais que tu faisais ça pour moi.

— C'est le cas. Il y a eu des plaintes du voisinage car des gens viennent revendre de la drogue et faire des bêtises là-bas.

1. *District of Columbia* : territoire autonome où s'étend la capitale fédérale Washington.

— C'est pas la faute du parc.

Lucas attrapa un de ses feutres et dessina un bonhomme souriant au tableau. Puis il remit le capuchon sur le feutre.

— Prems' sur les restes de spaghettis ! cria-t-il en quittant la pièce.

Jordan se rapprocha de son tableau blanc. En effet, ce n'était *pas* la faute du parc. En outre, c'était injuste envers les gosses du quartier, qui désormais devraient jouer chez eux. La seule raison pour laquelle le conseiller passait pour un gentil, c'était parce qu'il avait déclaré agir pour le bien-être de la population. Jordan observa les deux dates qu'elle avait notées, puis parcourut rapidement ses notes. Scott lui avait fourni une date en affirmant que c'était à ce moment-là qu'avait eu lieu la réunion avec les détracteurs du parc. Elle n'avait même pas songé à réclamer une preuve. Maintenant, elle était furieuse contre elle-même. Tout ça à cause du regard de Scott Mercer. Ces yeux bleu vif qui semblaient incapables de mentir. Jordan se jeta sur son téléphone. Elle ferma la porte de sa chambre tout en composant le numéro. Il n'y eut que deux sonneries avant qu'elle entende sa voix.

— Bureau du conseiller Lonner. Scott Mercer à l'appareil.

— Scott. Bonjour. C'est Jordan. Jordan Scha… euh… James. Jordan James.

— Jordan.

À l'entendre, il était surpris par son appel.

— Que puis-je faire pour vous ?

— Je suis toujours dans la préparation de mon article et je me suis rendu compte qu'il me serait très utile de lire les plaintes exprimées par les administrés. Ceux qui ont dénoncé le trafic de drogue au sein du parc.

Un long silence s'ensuivit.

— Hum, fit-il. Je ne crois pas avoir quelque chose à vous montrer. Cette réunion entre le conseiller et les habitants s'est tenue en privé, donc ça m'étonnerait qu'ils en aient gardé des notes.

Intéressant. Jordan ne savait pas si le procédé était inhabituel. Elle craignait que le fait de poser la question ne trahisse son manque d'expérience.

— Et si vous me donniez le nom et le numéro de téléphone de l'un des plaignants ? proposa-t-elle. Comme ça, je pourrai les citer directement.

— Je n'ai pas le droit de divulguer les informations personnelles de nos administrés.

Cet argument paraissait légitime. Mais très pratique, aussi. Assise là, son sixième sens en ébullition, Jordan décida d'y aller au culot.

— Vous êtes conscient que je pourrais déposer une demande d'accès aux documents en vertu de la loi sur le droit d'accès à l'information, n'est-ce pas ?

Jordan ne savait pas du tout ce que prévoyait réellement ladite loi. Elle misait sur le fait que Scott non plus.

Elle crut l'entendre soupirer. En fin de compte, il ne faisait que s'éclaircir la voix pour parler plus bas. Voire, chuchoter.

— Écoutez, répondit-il. Je ne peux rien vous dire officiellement. Mais je vous montrerai quelque chose sous réserve que cela reste entre nous.

— D'accord.

— Seriez-vous disponible demain ?

— Sans problème. Voulez-vous que je vienne à la permanence ?

— Sûrement pas. Et si nous nous retrouvions là où s'est tenue cette soirée des jeunes actifs ? Au Hyatt Regency. Retrouvons-nous au bar du hall.

— Euh…

— J'y serai à dix-neuf heures.

Il raccrocha. Jordan eut aussitôt le réflexe de téléphoner à l'hôtel Hyatt pour demander si le bar était réservé aux clients majeurs. Elle fut soulagée d'apprendre que le lieu faisait aussi restaurant. « Les enfants sont les bienvenus », avait précisé l'homme au bout du fil. Une fois cette question réglée, elle déboucha son feutre rouge et écrivit une nouvelle note au tableau.

Mensonge du conseiller ?

CHAPITRE DIX

Au départ, Ava n'avait pas l'intention de regarder le portrait que Logan avait peint d'elle. Il lui avait demandé d'attendre qu'il ait terminé et elle avait promis. Après les cours, elle était revenue en salle de dessin car elle avait eu une révélation sur la façon dont elle pourrait représenter sa mère au second plan de son autoportrait. En dehors du cours, en général, seuls Isla, Tobin et Ava se croisaient dans la salle. D'où sa surprise lorsqu'elle ouvrit la porte et aperçut Logan, pinceau à la main. Lui aussi fut pris au dépourvu. Son chevalet était orienté de sorte qu'elle pouvait voir la toile. Au début, elle se détourna pour tenir parole. Mais en fin de compte, ce fut plus fort qu'elle. Elle y jeta un coup d'œil. Vite fait.

— Tu m'as peinte toute blanche !

Logan fit volte-face.

— Tu as regardé ? Tu avais promis.

— Non. Enfin, si. J'avoue. Je n'ai pas pu m'en empêcher. Mais Logan ! Je suis latina. Je n'ai pas ce teint. Même les Blancs ne sont pas aussi blancs.

Logan recula un peu pour examiner son tableau. Ava voyait bien qu'il était embarrassé.

— Tu as raison. C'est affreux. Je ne vais pas y arriver. Mme Simon va me saquer, non ?

— Eh bien...

— Merde. Je ne peux pas me permettre d'avoir une note inférieure à 14 sur mon bulletin semestriel. Comment se fait-il que le dessin soit plus difficile qu'un cours avancé de physique ? Merde, merde, merde.

Logan s'affolait bien plus que de raison, et maintenant, Ava s'en voulait de sa réaction. Si jamais il faisait une nouvelle crise d'angoisse, elle serait vraiment mal.

— OK, du calme. Mme Simon note en fonction des efforts fournis, pas du talent. Le fait que tu sois ici en dehors des heures de cours... et que tu prennes l'exercice au sérieux...

— Je vais essayer de trouver la bonne couleur de peau, déclara-t-il.

Tandis que Logan partit au fond de la salle pour refaire le plein de peinture, Ava reprit son autoportrait. Elle le cala sur le chevalet et réfléchit à la façon dont elle allait s'y prendre. Son idée consistait à peindre ses propres traits sur le visage de sa mère. Après quoi, elle estomperait la peinture fraîche avec la paume de sa main pour créer un effet d'ombre. Logan revint équipé et marqua une pause derrière elle.

— Avec toi, ça paraît si simple.

— Pourtant, ça ne l'est pas, affirma-t-elle. Contrairement à ce qu'on croit, je bosse dur. Malgré tout, parfois ça ne ressemble à rien. Ce tableau-là me donne vraiment du fil à retordre. Je pensais que ce serait intéressant que son visage reste flou, mais le résultat est bizarre.

— Tu as déjà envisagé de la retrouver ? Ta mère ?

Ava agrippa le bord de ses manches pour les rabattre sur ses poignets.

— Hmm, c'est compliqué. C'est un sujet… dont je n'ai pas envie de parler.

Avec toi.

— Pardon, dit-il, l'air contrit. Je vais essayer de rectifier ton teint. Je vais faire de mon mieux.

Il reprit son tableau, et Ava, le sien. De temps en temps, elle sentait son regard sur elle. Concentré, il jetait un coup d'œil derrière son chevalet et l'observait furtivement, tentant d'obtenir une image fidèle.

Bien sûr qu'Ava avait déjà envisagé de retrouver sa mère biologique. Parfois, elle y songeait du matin au soir. Tant de questions l'habitaient. Voilà pourquoi ce visage indéfini ne lui convenait pas. Car jamais elle ne pourrait s'en contenter. Elle voulait à tout prix rencontrer cette femme qui l'avait abandonnée à la naissance, et lui demander *pourquoi*.

Soudain, Ava eut la chair de poule. Elle leva la tête et constata que Logan la fixait. Elle savait que c'était nécessaire dans le cadre de leur exercice, mais quand elle croisa son regard, il ne se détourna pas.

— Je vais y arriver, promit-il.

Ava fit oui de la tête. Puis elle fouilla dans ses affaires pour trouver son téléphone et envoya un message désespéré.

***

CJ était déjà sur le parking du centre de loisirs quand elle reçut le message d'Ava.

> *Logan m'observe. C'est insupportable. Il est toujours sur mon portrait. Est-ce que l'une de vous peut venir faire un tour en salle de dessin ? PAR PITIÉ. Pour faire écran à Diffenderfer ?*

Martha et Jordan répondirent d'emblée qu'elles étaient prises. CJ soupira. Elle serait prête à tout pour Ava. Et pour être tout à fait honnête, ça l'arrangeait d'avoir une bonne raison de sécher le bénévolat. Elle se trouvait vraiment nulle avec Dakota. Tout ce qu'elle disait tombait à plat. Ça ne faisait qu'empirer les choses. Elle envoya en vitesse un message à Wyatt.

> *Désolée, je ne vais pas pouvoir venir aujourd'hui. Je suis malade.*

Wyatt répondit aussitôt.

> *À cause de Dakota ?*

CJ commença à écrire qu'elle avait une fièvre de cheval mais, finalement, elle effaça ce mensonge. Elle n'avait qu'à prétexter des crampes abdominales ? Il n'oserait pas mettre ce motif en doute. Elle l'effaça aussi. Avant qu'elle ait le temps de trouver un troisième mensonge, un « bip » annonça un nouveau message de Wyatt.

WYATT : *Les petits points bleus te trahissent, Clarke. Je vois bien que tu essaies d'inventer une excuse.*
CJ : *J'invente rien.*
Enfin, si. J'ai menti.
Mais pas pour la raison que tu penses.

À peine eut-elle envoyé ce dernier message que son téléphone sonna. C'était lui.

— Allô ? répondit-elle.

— Clarke. À ta voix, tu n'es pas malade.

— Oui, je viens d'admettre que j'avais menti.

— Alors explique-moi. Pourquoi est-ce que tu ne nous honores pas de ta présence aujourd'hui ? Si c'est parce que tu penses avoir échoué dans ta mission de bénévole, ne sois pas si dure envers toi-même. Franchement, tu es moins nulle que tu crois.

— Waouh, merci du compliment !

— C'est une gamine difficile qui traverse une période compliquée.

— Je sais.

— Mais alors quel est le souci ?

CJ soupira.

— Le souci, concéda-t-elle, c'est que je dois gérer une autre gamine difficile qui traverse un moment compliqué.

— C'est encore un mensonge ?

— Pas totalement.

Ava avait dix-sept ans. Elle était mineure, donc en théorie, CJ ne mentait pas.

— Écoute, voilà ce qui se passe. Une de mes meilleures amies a dû faire équipe en cours de dessin avec son ennemi juré pour un exercice de portrait.

— Ah ! les mélodrames du lycée. Vas-y, raconte.

— Eh bien, c'est un peu long à expliquer. En seconde, il a dit un truc sur elle et…

— Il faudrait que tu apprennes à reconnaître les sarcasmes. Je n'en ai rien à faire. Dépêche-toi de ramener tes fesses ici.

— Je sais, ça paraît idiot, mais en fait, c'est très sérieux. Mon amie est…

CJ se retint de dire « fragile ». Ava ne l'était absolument pas. C'était même plutôt la personne la plus solide qu'elle connaissait.

— C'est une fille à part.

— Je te le redis, Clarke : je n'en ai rien à faire. Je t'attends dans un quart d'heure.

CJ raccrocha et pénétra dans le gymnase trente secondes plus tard.

— J'étais sur le parking, précisa-t-elle à Wyatt lorsqu'il haussa le sourcil, l'air étonné.

— Clarke, reprit-il. Ne te mets pas autant la pression. Tu n'es pas ici pour changer la vie de Dakota. Si un jour on arrive à la faire jouer au tennis, ce sera génial. Mais on ne parviendra pas à la faire sortir de sa réserve tant qu'elle ne l'aura pas décidé. Il faut que ça vienne d'elle, tu comprends ?

À son arrivée, Dakota ne leur dit même pas bonjour. Comme à son habitude, elle alla directement se poster le long de la touche. CJ lui fit signe. Dakota ne réagit pas. Elle songea à ce que venait de lui expliquer Wyatt. Il fallait que « ça vienne » de Dakota. Alors, elle la laissa venir et aida les participants motivés à effectuer des exercices. Au bout d'une vingtaine de minutes, Dakota semblait si maussade que CJ craqua. Elle se tourna vers Wyatt.

— Ça t'ennuie si je…

— Vas-y, acquiesça-t-il.

CJ s'approcha de la ligne de touche et s'assit à côté d'elle.

— Salut, Dakota.

— Salut.

— Ta mère n'est pas là aujourd'hui ? Je ne l'ai pas vue te déposer.

— C'est le père d'Angus qui m'a amenée.

Angus était un garçon en fauteuil dont l'arrière du dossier était couvert d'autocollants de death metal.

— Ma mère boit un café avec une autre mère. Celle de ma… une fille avec qui j'étais amie.

— Vous ne l'êtes plus ?

Dakota fit non de la tête.

— Elle est méchante. Je la déteste. On s'est disputées et maintenant nos mères sont obligées de prendre un café ensemble pour parler de nous.

— C'était à quel sujet, cette dispute ?

Dakota détourna le regard. CJ comprit qu'elle avait touché un point sensible.

— Il m'arrive aussi de me disputer avec mes amies, raconta CJ. J'ai horreur de ça mais, au fond, même quand on est fâchées, je sais qu'on s'aime toujours.

— C'est pas pareil. Elle, ce ne sera plus jamais mon amie. Je n'ai pas d'amis.

— Je parie que c'est faux. J'en suis même *sûre*. Puisque je suis ton amie.

Dakota lui décocha un regard affligé.

— C'est encore pire que de ne pas avoir d'amis. Tu n'es qu'une adulte bizarre qui est payée pour me tenir compagnie.

— Je ne suis pas payée, objecta CJ. Et techniquement, je ne suis même pas une adulte. Moi aussi, j'essaie de comprendre la vie, Dakota. Mais en vérité, je suis un peu perdue. Parfois plus qu'on ne croit. Je suis souvent dépassée. Effrayée. Donc il se peut que je te comprenne mieux que tu ne l'imagines. Sens-toi libre de me parler de ce que tu veux. C'est à ça que servent les amis.

Dakota eut aussitôt les larmes aux yeux. Puis une lueur de colère traversa son regard.

— TU N'ES PAS MON AMIE !

Des têtes pivotèrent et les joueurs se figèrent sur le terrain. CJ sentit tous les regards braqués sur elle.

— Dakota…

Wyatt attira son attention. D'un signe, CJ lui fit comprendre que la situation était sous contrôle. Même si elle était à peu près convaincue du contraire. CJ se pencha vers Dakota. Elle lui effleura le bras en murmurant :

— Si on allait faire un tour dehors ? On pourra discuter en marchant.

Ces paroles, qui avaient pour but d'apaiser Dakota, ne firent que jeter de l'huile sur le feu.

— Tu n'as toujours pas compris ? Je ne peux *pas* marcher ! Alors lâche-moi ! FICHE-MOI LA PAIX !

La voix de Dakota fut teintée d'une souffrance presque primale. CJ en resta abasourdie. Elle demeura assise là, figée, tandis que Dakota débloquait les roues de son fauteuil et filait vers la sortie. Ce n'est qu'en la voyant franchir les portes du gymnase comme une furie que CJ réalisa ce qui se passait. Dakota fonçait vers le parking.

Wyatt était déjà lancé à sa poursuite.

— Dakota ! cria-t-il en lui courant après.

C'était sa faute. Tout était sa faute et il fallait absolument qu'elle arrange ça.

— Carter, lança-t-elle à l'aînée des garçons sur le terrain. Fais-leur travailler le service. Je vais...

Elle ne termina même pas sa phrase.

Dehors, CJ constata que Dakota avait encore une longueur d'avance sur Wyatt. Le parking était plein de voitures. Et tout aussi plein d'automobilistes inattentifs. Une fourgonnette surgit. CJ la vit avant Dakota. Le véhicule freina brusquement en klaxonnant. Le conducteur ouvrit la bouche pour crier. Dès qu'il vit que c'était une fillette en fauteuil roulant, il se contenta de faire un signe de la main. « Désolé. »

Cette collision évitée de justesse avait dû ébranler Dakota car elle s'arrêta. Wyatt la rattrapa et la jeune fille se retourna vivement. Elle haletait et CJ se tenait assez près pour deviner son regard embué de larmes.

— Je... je... m'excuse, bredouilla Dakota.

CJ décida de rester en retrait et de laisser faire Wyatt. Elle avait trop peur de dire encore une bêtise.

Wyatt lança un regard plein de compassion à Dakota.

— De quoi t'excuses-tu ?

— D'avoir crié comme je l'ai fait.

— J'ai l'impression que tu en avais besoin.

Elle fit oui de la tête.

— As-tu envie de recommencer ?

Cette fois, elle fit signe que non.

— Tout le monde va me regarder.

— Et alors, on s'en fout, non ?

Dakota le dévisagea, troublée mais intriguée qu'il ait prononcé un gros mot devant elle.

— Tu as bien entendu, j'ai dit « on s'en fout ». Tu passes une journée de merde et tu as le droit de le crier. Je pense même que tu en as besoin. Alors vas-y, défoule-toi.

CJ soupira, gênée. Elle se sentait vraiment minable.

— Essaie, insista Wyatt. Crie ce qui te passe par la tête. Tout ce que tu penses et que tu as besoin d'exprimer tout haut.

Dakota s'efforçait encore de reprendre son souffle.

— Ça n'aurait pas dû arriver, souffla-t-elle.

— Quoi donc ? Répète plus fort.

— Je devais être opérée et tout devait s'arranger. Ma mère avait dit que j'irais mieux. Elle avait promis. Mais je ne vais pas mieux et maintenant mon amie a peur de moi, c'est pas juste. C'EST PAS JUSTE !

— Non, acquiesça Wyatt. C'est pas juste. PLUS FORT.

— C'EST PAS JUSTE ! C'EST PAS JUSTE !

Au moins six personnes traversaient le parking. Aucune ne releva. Deux d'entre elles tournèrent seulement la tête en souriant poliment. En présence d'un fauteuil roulant, tout le monde changeait de comportement. CJ baissa les yeux. Elle aussi se sentait mal à l'aise.

Maintenant que les vannes étaient ouvertes, Dakota s'en donnait à cœur joie. Wyatt se joignit à elle. Il n'en fallut pas plus à la jeune fille pour crier de plus belle. Elle brailla de toutes ses forces ce qu'elle avait sur le cœur. Jusqu'à ce que des larmes coulent sur ses joues. Et que ses cris s'entremêlent de rires. Wyatt leva les poings en hurlant comme un loup. Une fois à court de mots, Dakota l'imita. Leurs voix s'unirent un long moment, et leur écho oscilla entre colère et joie, tristesse et soulagement.

C'était un des plus beaux spectacles auquel CJ ait assisté de toute sa vie. Et jamais elle ne s'était sentie aussi inutile.

Ce jour-là, elle ne reparla pas à Wyatt de ce qui s'était passé. Elle évita même son regard. Elle l'aida à ramasser des cônes de délimitation et rangea les raquettes de tennis dans le bureau. Puis elle dit bonsoir à tout le monde. Wyatt tenta de la retenir, mais elle prétexta un rendez-vous. Elle courut jusqu'à sa voiture et, une fois à bord, elle agrippa fermement le volant. Une fois de plus, elle n'avait pas été à la hauteur. Pour le coup, il ne s'agissait pas simplement d'un examen raté ou d'une course perdue. Cette fois, elle avait déçu quelqu'un.

CJ démarra et quitta le parking. Elle se demanda si elle reviendrait un jour. À la réflexion, elle décida qu'il vaudrait mieux pour Dakota qu'elle s'abstienne.

***

Ce soir-là, Martha ouvrit l'enveloppe apportée par son père. Dans une colonne, il avait indiqué ses revenus bruts, dans une autre, ses charges. En découvrant les montants, Martha crut que ses genoux allaient lâcher. Son père n'était pas responsable de cette situation financière désastreuse, elle le savait bien. Peu de temps après son licenciement, il avait eu un accident de moto. Rien de très grave en soi, il avait été à peine amoché, mais à l'époque il n'avait pas d'assurance maladie. Rien que le trajet en ambulance lui avait coûté deux mille dollars. Elle l'avait entendu s'en plaindre à un de ses amis. « J'aurais préféré ne même pas monter sur ce brancard. »

Martha se laissa retomber à plat dos sur son lit. Elle fixa le plafond où elle distinguait encore les contours jaunis de son ancienne galaxie d'étoiles phosphorescentes. Un cadeau de son père qui l'avait aidée à les coller lors de leur première soirée dans ce nouvel appartement. À ce moment-là, Martha était dans sa phase astronomie. Pendant quelques années, elle avait rêvé de s'envoler vers les étoiles. Aujourd'hui, son ambition était beaucoup plus modeste. Elle voulait juste avoir de quoi se payer des études à l'université.

Martha décida d'appeler CJ. Certes, Jordan et Ava essaieraient de comprendre, mais ce serait plus simple avec CJ. En partie. Ses parents étaient loin d'être aussi pauvres, mais ils avaient quand même un budget serré. Eux aussi avaient dû remplir ces fichus formulaires.

Comme CJ ne décrocha pas, Martha appela Jordan. Puis Ava. Puis elle jeta son téléphone à travers la pièce et ferma les yeux. Elle voulait disparaître. Échapper à tout ça. Aux créances, à l'angoisse et à ces étoiles qu'elle croyait jadis pouvoir atteindre.

Son portable sonna et elle traversa la pièce pour le récupérer là où il avait atterri. Elle espéra que ce soit CJ. Raté.

— Allô ? dit-elle d'un ton hésitant.

— Salut, s'annonça Victoria. Je te dérange ?

— Non. Qu'est-ce qui se passe ?

Victoria appelait sûrement pour lui soustraire encore des heures. « L'oncle Benny » avait parlé de réaménager une nouvelle fois le planning.

— Rien. Je voulais juste discuter. Et savoir comment tu allais. Il m'a semblé que… je sais pas. Tu semblais passer une mauvaise journée.

— Je ne pense pas que tu comprendrais, rétorqua Martha.

— Explique toujours.

— C'est une question de finances. Ça n'a pas trop l'air d'être un problème pour toi. Sans vouloir te vexer.

— T'inquiète, il n'y a pas de mal. C'est vrai, je ne comprendrai peut-être pas. Mais je peux toujours t'écouter.

Martha regagna son lit. Elle se glissa sous la couette et se pelotonna. Puis elle ouvrit son cœur à Victoria en contemplant les étoiles.

***

Jordan avait retenu la leçon de la robe de tailleur trop moulante, alors ce soir-là, c'est vêtue d'un pantalon cigarette rouge vif élégant mais confortable, sorti de sa garde-robe personnelle, qu'elle franchit la porte à tambour du Hyatt Regency. D'ordinaire, elle assortissait ce bas à un tee-shirt imprimé et des baskets, mais aujourd'hui, elle avait assagi le look en enfilant un simple débardeur noir et des talons. Cette tenue lui correspondait mieux (c'était elle, en plus adulte) et ça lui donna de l'assurance tandis qu'elle cherchait Scott au bar.

Il était installé à une petite table sur laquelle vacillait la flamme d'une bougie. Une pochette était posée devant lui. Jordan eut un léger coup au cœur en la voyant. Même sans connaître son contenu, elle savait déjà que ce dossier allait tout changer.

À son approche, Scott se leva pour lui serrer la main. Il avait de bonnes manières. Elle voyait mal un garçon de son lycée se conduire comme ça.

— Ravi de vous revoir, dit-il tandis qu'ils s'asseyaient.

— C'est pour moi ? interrogea-t-elle en arrêtant son regard sur la pochette.

Il la fit glisser sur la table.

— Oui, c'est pour vous. Ne donnez aucune référence dans votre article. Ça pourrait m'attirer de gros ennuis.

— Ça restera strictement entre nous, promit-elle.

Elle ouvrit la pochette et vit qu'elle contenait une pile d'une trentaine de pages. Il y avait des notes manuscrites sur des feuilles arrachées à un bloc-notes jaune et des impressions de courriers électroniques. Elle se mit à lire. Dès qu'elle comprit de quoi il s'agissait, elle leva les yeux vers Scott.

— Ce sont les plaintes des administrés, souligna-t-elle, abasourdie.

Il confirma d'un signe de tête.

— J'ai bien senti que vous pensiez que je mentais, et je comprends. Mais tout est vrai. La plupart des habitants du quartier ont ce parc en horreur. Les notes manuscrites sont celles de mon prédécesseur. Prises lors d'appels. Les e-mails parlent d'eux-mêmes.

C'est à peine si Jordan l'écoutait. Elle lisait un des courriers. Le voisin qui vivait dans la rue juste en face détestait ce parc. Âprement. Le plus dur pour elle, c'était que ces plaintes semblaient fondées. Revente de drogue la nuit. Aiguilles trouvées à proximité de l'aire de jeux. Son voisin, pour ne citer que lui, n'était plus rassuré de laisser sa fille jouer là-bas. Jordan referma le dossier.

— Merci de votre confiance.

Ce quartier était celui de Martha. C'était trop dur pour elle d'admettre qu'il s'était dégradé à ce point.

— Je sais, ce n'est pas ce que vous espériez, reprit Scott.

Jordan fit mine de ne pas comprendre.

— Je suis journaliste. Je ne fais que rendre compte de la réalité. Et puisque vous me dites la vérité…

Il haussa un sourcil, l'air sceptique. Elle se renversa dans son fauteuil. Ça ne servait plus à rien de mentir.

— Très bien, admit-elle. J'espérais que mon article empêcherait la démolition du parc.

Scott sourit.

— Eh bien, puisque notre entrevue est confidentielle, je dois aussi vous avouer quelque chose. Au début, je me suis inquiété à cause de vous.

Elle releva les yeux.

— Lors de notre premier entretien. Quand vous avez soulevé la question de la date choisie pour l'arrêté municipal du parc.

— C'est vrai ?

Il opina.

— J'ai eu deux autres interviews au sujet du parc et aucun des journalistes n'a fait ce rapprochement. Vous savez creuser. En outre, vous avez aussi un certain talent pour l'intimidation.

Cette dernière remarque s'accompagna d'un sourire qui incita Jordan à se redresser un peu.

— Ah bon ?

— Oh, oui !

Le compliment compensait presque la déception qu'elle ressentait maintenant que son article tombait à l'eau. Presque, mais pas tout à fait.

— Je voulais vraiment que cet article ait un impact, confia-t-elle. Je sais bien qu'un journaliste doit rester neutre, mais c'est plus fort que moi. Je ne vois pas quel intérêt il y a à fermer ce parc. Les enfants de ce quartier méritent d'avoir un endroit où jouer en plein air, vous ne trouvez pas ?

Scott haussa les épaules, mais pas de façon dédaigneuse. Il avait plutôt l'air de réfléchir.

— Je suis convaincu que la construction d'un immeuble de bureaux à cet endroit est une bonne décision. Ce quartier a besoin d'un nouvel essor économique. Mais entre nous, j'avoue que l'idée de fermer des espaces verts me met mal à l'aise.

— Alors pourquoi ne pas le construire ailleurs ? Vous ne pourriez pas faire ça ?

Scott eut un rire amusé.

— Quoi ? s'étonna Jordan.

— D'une, ce n'est pas si simple. C'est un gros projet avec beaucoup d'argent et de procédures en jeu. Et deux, *moi* ? Je suis flatté que vous pensiez que j'ai ce pouvoir. Je sais que j'ai l'air d'un mec important, mais ce n'est pas le cas. Au fond, je ne suis qu'un vulgaire assistant. Autant dire, personne.

— Vous n'êtes pas personne.

Il croisa son regard et elle se sentit rougir. Alors elle se déroba.

— Je sous-entendais simplement que vous avez l'attention du conseiller.

Jordan n'osait pas imaginer ce qu'elle ferait si elle avait ce genre de contact.

— Vous pourriez le faire changer d'avis.

Finalement, elle trouva le courage de le regarder de nouveau. Scott affichait un air absent. Comme s'il se représentait quelque chose.

— Qu'y a-t-il ? s'enquit Jordan.

— Rien, je réfléchissais à votre suggestion. Pourquoi ne pas le construire ailleurs ?

Cette remarque lui donna de l'espoir. Un espoir infime, mais bien réel. Elle le laissa y réfléchir. Et assimiler cette idée.

— Je ne sais pas, soupira-t-il finalement. Pourquoi pas.

Ce « pourquoi pas » lui suffisait. Elle s'en contenterait.

— Bon, conclut-elle. Je ferais bien d'y aller.

Scott hocha la tête.

— Oui, moi aussi.

Mais aucun des deux ne se leva.

— Sauf si… vous aviez envie de rester boire un verre…

Jordan releva la tête, surprise par sa proposition, mais plutôt agréablement. Elle prit conscience qu'elle avait très envie de continuer à bavarder avec lui. Il n'y avait pas de mal à rester pour un verre. Elle n'aurait qu'à commander un Coca. Après tout, entretenir ses relations professionnelles était primordial.

— Avec plaisir, accepta-t-elle.

CHAPITRE ONZE

Ce samedi-là, CJ passa son examen d'entrée à l'université pour la troisième fois. Dès la sortie, elle envoya un message à Wyatt pour lui demander s'ils pouvaient se voir. Elle avait encore les idées embrouillées par son test, mais l'objet de ce rendez-vous était tout aussi important.

Arrivée au Starbucks avec quelques minutes d'avance, elle chercha un endroit où s'asseoir. C'est avec agacement qu'elle constata que les deux tables accessibles aux personnes handicapées étaient occupées par des clients qui, à l'évidence, n'en avaient pas besoin. Elle envisagea de leur faire une remarque, puis se contenta finalement d'une table pour quatre au fond de la salle. À l'arrivée de Wyatt, CJ se leva.

— Clarke, la salua-t-il. Ne te lève pas pour moi.

— C'est la faute de mon père. On m'a élevée comme ça.

— Bon, j'espère que tu ne te vexeras pas si je n'en fais pas autant.

Elle sourit gauchement.

— Tu veux un café ? proposa-t-elle.

— Alors tu démissionnes, c'est ça ? supposa-t-il en même temps.

Elle baissa le menton et fixa la table.

— Ce sera mieux pour tout le monde. Surtout pour Dakota. Je ne voulais pas la blesser.

— Tu n'es pas le centre du monde, Clarke.

Elle releva vivement la tête.

— Comment ça ?

— Tu sembles croire que tu es à l'origine de ses problèmes. Ou que tu es incompétente car tu n'as pas réussi à les résoudre. Désolé, Clarke, mais tu n'as pas autant de pouvoir…

CJ joignit les mains et les contempla.

— Je préfère te laisser la possibilité de recruter quelqu'un qui saura s'y prendre. Quelqu'un qui aura les mots. Je ne fais qu'aggraver la situation.

Lorsqu'elle releva les yeux, Wyatt la fixait, insensible à ses arguments.

— Écoute, j'essaie d'abandonner dignement là.

— Eh bien, c'est raté. Je refuse ta démission.

Quelqu'un avait gravé son nom sur la table (Laura) et CJ suivait du doigt le sillon des lettres. Elle se demanda qui était cette Laura et pourquoi cette fille avait laissé son empreinte. Ça lui fit penser au parc. Encore un problème qu'elle était incapable de régler.

— Allez, Clarke. Ne compte pas sur moi pour te laisser te défiler comme ça. Maintenant, allons faire un tour. Il fait beau aujourd'hui.

Wyatt recula son fauteuil et CJ le suivit dehors. Le trottoir était trop étroit pour qu'ils avancent côte à côte, alors ils empruntèrent la piste cyclable.

— Cette scène sur le parking, reprit Wyatt. Entre les jurons et les cris…

— C'est ma faute, déplora CJ. Je suis entièrement responsable.

— Encore une fois, Clarke, arrête de croire que tu as autant d'influence. En plus, je crois qu'il y a un truc que tu ne saisis pas : elle avait besoin de crier.

Il leva les yeux vers elle.

— Et soit dit en passant : moi aussi, je crois.

CJ releva l'intense complexité de son regard marron.

— Tu l'ignores car tu n'as jamais posé la question – par politesse, je suppose –, mais sache que ça ne fait pas si longtemps que je suis en fauteuil.

CJ avait remarqué les cicatrices sur ses bras et celle au bas de sa nuque, donc elle avait imaginé un genre d'accident.

— Je me suis interrogée. Mais tu as raison. Je pensais que ce serait impoli de demander.

— Je sais, Clarke.

Son intonation n'exprimait aucun reproche.

— Beaucoup de gens pensent comme toi. Mais parfois, la politesse ne fait que compliquer les choses.

Il lui sourit.

— Bien, est-ce que tu as des questions à mon sujet ?

Son expression était chaleureuse. Ce n'était pas un piège.

— Qu'est-ce qui t'est arrivé ?

— Eh bien, pour faire court : j'ai eu un problème de draps.

— Et la version longue ?

— Je venais d'emménager dans ma résidence à l'université de l'Ohio. Et le truc que tu ne sais peut-être pas, c'est que les lits de campus nécessitent des draps super grands. Je te jure. C'est hallucinant. Et pas moyen d'y couper. Bref, je revenais du magasin Bed Bath & Beyond quand un type en fourgonnette a grillé un feu rouge. Je n'ai rien vu venir.

— Je suis désolée.

— Pourquoi ? Tu n'étais pas au volant.

CJ lui fit les gros yeux.

— Si je dois poser des questions gênantes, il faut vraiment que tu arrêtes tes blagues.

— D'accord, concéda-t-il. C'est très juste. On a tous nos mécanismes de défense.

En entendant un vélo arriver derrière eux, ils s'écartèrent sur le bord de la chaussée pour le laisser passer.

— Au réveil, quand on t'annonce que tu ne remarcheras plus jamais, un des trucs qu'on t'explique aussi, c'est que tous les patients pensent qu'il y aura un miracle. Chacun croit qu'il sera celui qui défiera le sort.

— Est-ce qu'il y a une chance ? Que tu remarches un jour ?

— Tu crois au Père Noël ?

CJ l'observa. Elle supposa avec raison que cette question n'attendait pas de réponse.

— La blessure se situe au niveau de ma vertèbre T10. Donc, sauf miracle de Noël, c'est peu probable. On te conseille de ne rien espérer car plus vite tu acceptes ton sort, plus vite tu entames ton deuil. Et plus vite tu t'adaptes.

— Quand as-tu entamé ton deuil ?

Wyatt jeta un coup d'œil à sa montre en faisant mine de calculer de tête.

— À quelle heure s'est passé cet incident sur le parking, l'autre jour ?

Elle lui lança un regard méfiant.

— Tu es sérieux ou tu blagues encore ?

Il haussa les épaules.

— Un peu des deux, pour être honnête. J'ai accepté qu'il n'y aurait pas de miracle pour moi. Mais j'ignore si mon deuil est terminé. Donc je dois avouer que me défouler en criant sur un parking m'a fait vachement de bien, en fait.

Ils échangèrent un sourire.

Wyatt était venu en bus, alors CJ proposa de le raccompagner en voiture. Elle demanda s'il avait besoin d'aide pour monter à bord et il confirma. Il lui montra où se positionner et comment tendre le bras pour qu'il puisse facilement s'appuyer sur elle. Elle sentit dans ses cheveux l'odeur du savon ainsi que le parfum de sa lessive.

Wyatt vivait chez ses parents à Gates Mills, une jolie localité située à une vingtaine de minutes de chez CJ. Une fois garée dans la grande allée, elle coupa le moteur, sortit le fauteuil posé sur la banquette arrière et le déplia pour lui. Puis ils renouvelèrent la manœuvre du départ mais, cette fois, dans l'autre sens. Wyatt s'appuya sur elle et le contact de sa peau fut doux et agréable. Il se hissa en haut de la rampe en métal qui prolongeait l'escalier de la véranda. Un drapeau décoloré de l'équipe de foot de l'université de l'Ohio claquait au vent. Dans l'embrasure de la porte d'entrée, Wyatt s'arrêta en pivotant.

— Au fait, Clarke. Comment s'est passé ton examen ?

Elle fut surprise qu'il s'en soit souvenu. Elle n'en avait parlé qu'une fois et encore, à la volée.

— Ce n'est qu'un stupide test, soupira-t-elle. Aucune importance.

Au regard qu'il lui décocha, elle comprit qu'il n'était pas dupe.

— Bon. D'accord. C'est important pour moi. Très important.

— Et ?

— Et je crois que cette fois, je m'en suis bien sortie.

C'était vrai. Cette fois, elle avait vécu cet examen de façon très différente. Toutes ses révisions avaient payé. Elle en avait l'intime conviction.

— Tant mieux pour toi, Clarke. À lundi.

Au moment de le quitter, CJ se rendit compte qu'elle était bien contente qu'il ait refusé sa démission.

***

Quand on sonna à la porte d'entrée, Ava fronça les sourcils en vérifiant sa montre. Il était onze heures passées et Jordan était officiellement en retard. Ava savait que ce n'était pas elle puisque Jordan n'utilisait jamais la sonnette et préférait manifester son arrivée en collant sa paume à la fenêtre, à la manière d'une pieuvre (une blague entre elles devenue un rituel qui remontait à si loin que personne n'arrivait à se rappeler d'où c'était parti). Ava déverrouilla la porte et ouvrit. Sur le porche, elle découvrit Logan Diffenderfer.

— Salut.

Ava regrettait déjà d'avoir accepté ce projet. Mais Jordan ne lui avait pas laissé le choix. Elle l'avait juste informée qu'elle comptait écrire un article sur l'accrochage de son tableau à la galerie Coventry. Or, Ava détestait être le point de mire. L'idée qu'on écrive à son sujet lui faisait horreur. Et celle d'être prise en photo, encore plus. Surtout quand le photographe s'appelait Logan Diffenderfer.

— Jordan n'est pas encore arrivée, le prévint-elle.

Logan remonta la sacoche de son appareil photo qui pendait à son épaule.

— Pas grave. Je ne savais même pas qu'elle venait. On peut se passer d'elle, en fait.

Lui, peut-être ! Mais Ava avait besoin de son amie. La perspective d'être seule chez elle avec Logan la mettait trop mal à l'aise. Elle avait fait promettre à Jordan de venir à la séance photo.

— Est-ce que je peux entrer ? questionna-t-il.

Ava ouvrit la porte et il la suivit dans le salon.

— C'est sympa, ici.

— Merci.

— Alors, où est ton tableau ? Où veux-tu qu'on s'installe ?

— La lumière sera sans doute plus belle dans la véranda, suggéra Ava.

— Peu importe. Je me débrouillerai quel que soit l'éclairage. Je préférerais que la photo soit fidèle à la réalité. Où est-ce que tu peins d'habitude ?

— Euh…

Ava jeta un coup d'œil à son téléphone. Pas de nouvelles de Jordan.

— Le chevalet est dans ma chambre.

— Cool, acquiesça-t-il dans l'attente qu'elle lui montre le chemin.

Elle le mena dans le couloir et il entra dans la pièce. Le regard d'Ava s'arrêta aussitôt sur le soutien-gorge qui traînait par terre près de la penderie. C'était son joli modèle rose…

— On devrait peut-être attendre Jordan, non ?

Logan posa sa sacoche sur le sol et ouvrit la poche principale.

— Pourquoi ?

Dès qu'il eut la tête baissée, Ava ramassa en vitesse le soutif et le jeta dans sa penderie. Elle fouilla la pièce du regard pour s'assurer qu'il n'y avait aucun autre objet compromettant. Non, rien de grave, hormis ses antidépresseurs qui trônaient sur la commode. Ava allait trucider Jordan. Elle subtilisa discrètement le petit flacon orangé, puis garda le bras collé le long du corps.

— Il faut que j'aille chercher ma toile, bafouilla-t-elle. Je l'ai laissée dans la véranda. Je pensais qu'on ferait les photos là-bas…

— Pas de souci. Il me faut une petite minute pour m'installer.

Ava sortit à reculons. Une fois dans le couloir, elle fourra le flacon de comprimés dans le vase décoratif posé sur la console. Elle se dépêcha d'aller chercher sa peinture tout en consultant de nouveau son téléphone.

À son retour, Logan se tenait devant son chevalet. Au souvenir du tableau qui s'y trouvait, elle sentit sa poitrine se serrer. De tous les objets de sa chambre, c'était de loin celui qui en disait le plus long sur elle.

— C'est magnifique, jugea-t-il.

Elle marmonna un « merci ». Ça représentait une église, simple et sobre, mais d'une beauté singulière.

— C'est où ? demanda-t-il, très intéressé.

— À Mexico.

Elle peignait d'après une carte postale qui était fixée au chevalet à l'aide d'une pince.

— Tu y es allée ? demanda-t-il encore en désignant la carte.

— Non.

Elle n'entra pas dans les détails.

— OK…

— Je vais le retirer pour qu'on puisse y poser celui de la galerie.

Empoigner cette toile qui n'était pas encore sèche était délicat et, sans le vouloir, elle cogna le bord de la carte postale qui virevolta par terre et atterrit côté message vers le haut. Logan se pencha pour la ramasser.

— Laisse ! s'écria-t-elle si fort qu'ils sursautèrent tous les deux. Ne lis pas !

— Je n'ai pas lu !

— Ne regarde pas.

— D'accord !

Logan regarda le plafond. Par la fenêtre. Partout, sauf vers le sol.

Ava posa la toile humide sur une vieille serviette qu'elle gardait justement dans ce but. Puis elle ramassa la carte qu'elle rangea dans son placard. Logan scrutait toujours le plafond.

— Je peux regarder maintenant ?

— Oui, c'est bon.

— Je ne préfère même pas chercher à comprendre, commenta-t-il.

Tant mieux. Car Ava n'avait pas l'intention de s'expliquer. Elle installa le tableau destiné à la galerie sur le chevalet.

— Finissons-en, abrégea-t-elle.

***

Jordan n'avait pas fait exprès de faire faux-bond à Ava. Seulement, elle n'avait pas vu le temps passer. Son père l'aidait à rédiger sa lettre de motivation pour son dossier d'inscription à l'université et, même si parfois il la brusquait un peu avec ses conseils, il se révélait vraiment doué. Elle essayait d'expliquer ce qui la motivait à intégrer Northwestern et, curieusement, elle avait un mal fou à trouver une bonne raison. Elle savait qu'ils avaient un bon cursus de journalisme et le campus qu'elle avait visité lui avait beaucoup plu. D'après son père, ce n'était pas un motif suffisant pour la distinguer des autres candidats.

— Et si j'avançais que le violet est ma couleur préférée, vu que c'est une des couleurs emblématiques de leur établissement ? proposa-t-elle, pleine d'espoir.

Son père insista pour qu'elle se creuse davantage la tête. Jordan n'eut pas le temps d'aller bien loin dans sa réflexion car son portable émit un « bip » :

Je n'arrête pas de penser à votre suggestion.

Bien que ce numéro ne fût pas enregistré dans son répertoire, elle savait parfaitement à qui il appartenait : Scott Mercer. Visiblement, il continuait d'écrire. Une seconde après, un nouveau message s'afficha.

Vous avez raison. Ce quartier mérite d'avoir son parc.

Il pianota encore et envoya un troisième message.

Dispo pour en discuter ?

Jordan lança un regard désolé à son père.

— Je reviens tout de suite. J'ai un truc très important à faire.

Il acquiesça d'un signe sans même détacher les yeux de l'ordinateur. Jordan tapa une réponse.

Je suis à vous dans trente secondes.

Elle alla s'isoler dans sa chambre. Elle voulait avoir son tableau blanc sous les yeux. Et être tranquille pour parler. Après avoir inspiré un grand coup, elle lança l'appel.

— Bonjour, dit-il en décrochant.

— Bonjour. Alors comme ça, vous songiez au parc ?

— Oui.

Il marqua une pause.

— Mais il faut que ça reste strictement entre nous. Nous sommes d'accord ?

Dans ce cas, elle se demandait bien pourquoi il l'appelait.

— D'accord.

— Si seulement… commença-t-il. Le conseiller devrait gérer ce dossier autrement. J'aimerais qu'il comprenne que c'est un parc très apprécié de la communauté.

Elle fixa son tableau blanc.

— Qu'est-ce qui l'en empêche ?

Elle entendit Scott soupirer.

— Vous avez combien de temps devant vous ?

Jordan s'étira.

— Tout le temps du monde.

Et subitement, elle se rappela qu'elle avait rendez-vous.

— Merde ! s'exclama-t-elle en se redressant droite comme un « i ».

Elle avait complètement oublié Ava.

— Quoi ? Qu'est-ce qui se passe ?

Jordan se précipita pour trouver ses chaussures.

— Je suis en retard. Oh, la vache ! Je suis super en retard à un rendez-vous !

Elle faillit tomber en enfilant une bottine.

— J'espère que ce n'est pas important.

— Si, justement ! C'est très important. Mon amie va me tuer.

— Ah, mince ! J'espère que non. J'aimais bien discuter avec vous. Bon, je vous laisse filer. Et si vous êtes encore vivante ce soir, n'hésitez pas à me rappeler.

Jordan raccrocha. Son cœur tambourinait pour des milliers de raisons. Elle composa en vitesse le numéro d'Ava mais tomba directement sur sa messagerie. Jordan laissa un message affolé.

— Je suis vraiment désolée. J'arrive. Je suis là dans quinze minutes. Dix, plutôt. Je me magne. Je suis trop, trop, trop désolée. Bisous. Salut. J'arrive.

Elle s'arrêta un instant pour reprendre son souffle et se calmer. Scott souhaitait qu'elle le rappelle. Et il était possible qu'elle en ait envie.

***

Face à l'objectif de Logan, Ava se sentait gauche et raide comme un piquet. Au moins, il ne lui demandait pas de prendre la pose, de sourire, ni rien de ce genre. Il lui conseillait simplement de rester naturelle. Comme si c'était facile pour elle.

— Qui sont tes artistes favoris ? questionna-t-il en faisant quelques essais.

— Frida Kahlo, David Hockney, Cabrera, Reyes, Léger, Sorolla.

Logan prit deux autres photos.

— C'est mieux, constata-t-il. Tu commences à te détendre.

— Ah ! la question n'était qu'une ruse.

— Évidemment, avoua-t-il. On est toujours plus spontané quand on parle d'un sujet qui nous plaît.

— Je peux t'en citer mille autres, si ça peut me permettre d'en finir plus vite !

Logan rigola en prenant une nouvelle photo. À chaque déclenchement, son appareil produisait un petit bruit sec. Clic.

— C'est pareil pour moi avec les réalisateurs.

— Les réalisateurs ?

— De films. Stanley Kubrick, Max Ophüls, Orson Welles. Je crois que ce sont mes trois préférés. Avec Kathryn Bigelow et Kimberly Peirce pour les contemporains.

— C'est le cursus que tu vas suivre ? Des études de cinéma ?

— J'aimerais tellement ! Mais non. Direction la classe prépa aux études de droit.

— Pour faire quoi ensuite ?

Il haussa les épaules.

— Devenir avocat, j'imagine ?

— C'est le métier que tu aimerais exercer ?

Nouvel haussement d'épaules.

— Pas vraiment. Mais mes parents sont tous les deux avocats. Ils ont leur cabinet et veulent que je l'intègre. C'est le nom de famille qui veut ça. Mon destin, en somme. On m'y a préparé depuis la naissance.

— Je vois, répondit Ava. Mais si ça ne te fait pas envie… et que ce n'est pas ton rêve…

Elle s'interrompit.

— C'est moi qui dis ça alors que je n'ai toujours pas avoué à ma mère que je voulais postuler aux Beaux-Arts.

Clic, clic. Logan prit une autre photo qu'il examina.

— Celle-ci est superbe. Je t'ai saisie à un moment très intéressant.

Il brandit de nouveau son appareil.

— Mais alors, tu vas le faire ? Tu vas présenter un dossier d'inscription ?

— J'en ai très envie. Vraiment.

Clic, clic.

— Mais je ne sais pas. Il y a peu de chances que je sois prise, donc ça ne vaut peut-être même pas le coup. La concurrence pour intégrer cette école de Rhode Island est très élevée.

— Tu seras prise, Ava. Tu es la plus grande artiste du lycée.

Ce compliment la mit mal à l'aise.

— Ça ne veut pas dire grand-chose. J'adore Mme Simon, mais son programme est celui de l'enseignement public. Mon dossier sera comparé à ceux d'élèves issus de lycées artistiques spécialisés et d'autres qui ont étudié auprès de vrais maîtres. Ce n'est pas le même niveau.

— Ce tableau inspiré de la carte postale est destiné à ton portfolio ? l'interrogea Logan.

S'il essayait de ruser pour qu'elle se détende, ce sujet n'allait pas aider.

— Non.

Clic, clic. Il examina les derniers clichés. Son expression vacilla et il lui lança un regard intrigué.

— J'ai dit quelque chose qui ne fallait pas ? Tu semble… tendue.

Ava remua, gênée. Il disait vrai.

— Ce tableau est pour ma collection personnelle, confia-t-elle. C'est ma mère qui m'a écrit cette carte. Ma mère biologique.

Il baissa son appareil.

— C'est tout ce que je possède d'elle.

Logan ne dit rien mais son visage parlait pour lui. On y lisait un mélange de compassion et d'ahurissement.

— J'ai déjà envisagé de la retrouver, expliqua Ava. Mais c'est compliqué. Tant que je suis mineure, je ne peux effectuer aucune démarche. Et d'ici ma majorité, j'aurai peut-être changé d'avis.

Logan leva son appareil, puis le rabaissa. Et rebelote, une seconde fois. Non qu'il fût vraiment mal à l'aise. Il réfléchissait, plutôt.

— Quoi ? questionna-t-elle.

— Je ne sais pas si je dois t'en parler ou pas. Ça ne me regarde pas. Mais je crois avoir une idée pour t'aider à la retrouver, lâcha-t-il. Même avant tes dix-huit ans. Du moins, si c'est ce que tu souhaites.

Ava se détourna. Il n'allait quand même pas tomber dans le paternalisme et lui expliquer, à elle qui était hantée depuis toujours par la disparition de sa mère biologique, comment la retrouver ?

— Je suis très sérieux, ajouta Logan.

— Arrête. Tu ne sais rien de mon adoption.

— Quand mes parents ont un surcroît de travail au cabinet, je leur donne un coup de main. Je fais du classement, des choses comme ça. Ils ont un détective privé sur place. On est devenus assez proches. C'est un type bien. Et ce genre d'enquête est dans ses cordes. En général, ses tarifs sont élevés, mais je parie que je pourrais le convaincre de me rendre service. Si tu es intéressée…

— Non, refusa Ava. Je ne suis pas intéressée.

C'était faux. Plus que tout au monde, elle mourait d'envie de retrouver sa mère biologique. En seconde, quand son moral était au plus bas, son désespoir était tel qu'il lui faisait l'effet d'une énorme plaie béante qui ne se refermerait pas tant qu'elle n'aurait pas au moins eu l'occasion de la voir, de la toucher et de lui demander des explications. Elle avait abordé le sujet avec sa mère adoptive et elles en avaient discuté avec la Dr Clifford lors d'une séance de thérapie familiale.

Sa mère et cette dernière avaient estimé que ce n'était pas dans l'intérêt d'Ava. C'étaient toujours les autres qui décidaient de ce qui était bien pour elle. Elle n'avait jamais son mot à dire.

— Vraiment, je ne suis pas intéressée, insista Ava.

Elle serait curieuse de savoir si ce mensonge se verrait sur la photo suivante. Elle resta là à attendre que Logan réarme son appareil. Au même instant, un claquement sourd se fit entendre contre la fenêtre de la maison. Pareil au bruit d'une pieuvre plaquant un tentacule sur une vitre.

— C'était quoi ? s'étonna Logan.

— Ça, répondit Ava avec soulagement, c'est Jordan !

CHAPITRE DOUZE

En théorie, l'automne était maintenant installé, mais ce n'était pas l'impression qu'on avait. En cette mi-octobre, c'est sans manteau que Martha et son père traversèrent l'immense parking du centre commercial. À cette époque, les températures auraient déjà dû se rafraîchir et l'odeur des feux de cheminée embaumer l'air. Malgré toutes les tentatives d'explication de sa fille, le père de Martha ne comprenait toujours pas en quoi ces températures élevées pour la saison posaient problème et il continuait d'appeler ça l'été indien. Il lui tint la porte et la suivit à l'intérieur. On l'avait contacté pour un entretien de recrutement dans une entreprise qui fabriquait des pièces de moto. S'il décrochait ce poste, il devrait faire deux heures de route aller-retour. Mais il y gagnerait aussi une assurance maladie, un bon salaire et des indemnités de départ en retraite. Martha allait l'aider à choisir une chemise en vue de cet entretien.

Pour atteindre le magasin, ils devaient passer devant le centre de recrutement de l'armée, auquel Martha jeta un coup d'œil. La commandante Malone était à son bureau. Cette femme la fascinait. Elle ne correspondait pas à l'image que Martha se faisait d'un soldat. Consciente que la démarche était un peu étrange, elle l'avait néanmoins cherchée sur Google. Elle n'avait pas trouvé grand-chose hormis une photo de la commandante posant devant un hélicoptère Apache, casque de pilote sous le bras. Martha ne pouvait même pas imaginer ce qu'on devait ressentir en pilotant un tel appareil. Elle n'avait encore jamais pris l'avion.

Bref. Qu'est-ce qui lui prenait de penser à ça ? Ce n'était pas comme si l'armée était réputée pour ses bonnes relations avec la communauté LGBTQ+. Pour être honnête, elle ne savait même pas si les mentalités actuelles avaient évolué. Elle devrait peut-être se renseigner. Bien entendu, il faudrait aussi qu'elle sache si elle appartenait à une de ces catégories. Ses pensées déviièrent alors vers Victoria. Ça arrivait souvent ces derniers temps.

— Où en est cette histoire de parc ? questionna son père.

— Hum ?

Martha avait chaud aux joues. Elle mit ça sur le compte de la météo avant de se rappeler qu'ils étaient dans un espace fermé et climatisé.

— Ah, oui ! Le parc.

Depuis qu'elles avaient compris qu'il n'y avait pas de gros scandale politique là-dessous, Martha et ses amies avaient plus ou moins lâché l'affaire. Au lycée, le débat se poursuivait entre leurs camarades, mais il y avait aussi d'autres sujets de discussion : les inscriptions à l'université et les examens trimestriels ; l'équipe de foot et le match à venir contre leurs rivaux de Wash Jesuit. Jordan avait appris par cet adjoint législatif que la mairie attendait les résultats de ce qui s'appelait une étude d'impact environnemental, qui pourrait en théorie faire capoter tout le projet immobilier.

— C'est au point mort, en fait. On attend une étude sur l'environnement. Mais concrètement, je ne suis pas sûre que ça nous sera d'une grande utilité, expliqua Martha à son père.

— Bon, soupira-t-il. Comme je te l'ai déjà dit, j'imagine que c'est la rançon du progrès.

Il avait déclaré la même chose à la mère de Martha lorsque la fermeture de l'usine où il travaillait avait été annoncée. Martha se revoyait encore planquée sous la table de la salle à manger, tandis que le ton montait entre ses parents dans la cuisine. Sa mère, dans tous ses états, exigeait que son père réagisse.

« Mais que veux-tu que j'y fasse ? avait-il rétorqué. La fabrication s'exporte et les usines ferment. Je n'y peux rien si la société est en pleine mutation ! C'est la rançon du progrès. »

Ce fut la première fois de sa vie que Martha avait entendu sa mère crier. Après la fermeture de l'usine, ils ne firent que ça, crier. Aux yeux de Martha, c'était ça, la rançon du progrès.

Ils prirent l'escalator menant au rayon hommes et trouvèrent un portant de chemises soldées. Martha en choisit une bleue qu'elle tint devant son père. C'était une belle chemise. Elle croisa les doigts pour qu'elle fasse son effet.

***

Ava était la dernière élève de terminale à avoir rendez-vous avec la conseillère d'orientation. Elle avait annulé cet entretien un nombre incalculable de fois dans l'espoir que celle-ci renonce. Et la tactique avait finalement fonctionné. Mais pas avec sa mère. Agacée et à bout de patience, cette dernière était montée au créneau et n'avait pas lâché Ava avant qu'elle envoie un e-mail à Mme Fischer pour fixer un nouveau rendez-vous. Rendez-vous que sa mère avait enregistré dans son agenda. Celui-là, Ava ne risquait pas de le manquer.

La première chose qu'elle remarqua en se retrouvant face à la conseillère, c'était son foulard turquoise, seule touche de couleur de sa tenue par ailleurs toute noire. En outre, ses lunettes rondes à la monture en écaille lui donnaient des airs d'intello élitiste branchée. Ava fut aussitôt intimidée. Elle sentit l'angoisse l'envahir et songea à sa mère. Non pas à Lynn, mais à celle dont le visage formait une tache floue au second plan de son tableau. Avait-elle aussi le cœur qui s'emballait et les mains moites avant un rendez-vous important ?

— Ava ? devina Mme Fischer en tendant le bras vers elle. Entrez.

Ava serra mollement cette main tendue.

— Bonjour, marmonna-t-elle d'une voix aussi apathique que sa poignée de main.

— Installe-toi.

Mme Fischer fit pivoter un fauteuil pour son élève et un autre pour elle-même. Une fois assise, la conseillère se pencha en avant, posture qui se voulait engageante mais qu'Ava trouvait intimidante.

— Bien, est-ce que nous attendons ta mère ?

— Ma mère ?

Ses pensées encore occupées par sa mère biologique, Ava mit quelques instants à percuter.

— Ah ! oui. Ma mère. Les parents sont censés être présents ? Je pensais être seule avec vous.

— En général, c'est le cas. Mais si un parent veut participer, je n'y vois pas d'inconvénient. Et ta mère m'a envoyé plusieurs e-mails.

Ava grimaça.

C'est alors qu'on toqua à la porte. Mme Fischer eut à peine le temps de répondre qu'elle s'ouvrit.

— Bonjour, bonjour ! haleta Lynn. Je vous prie d'excuser mon retard. J'ai raté quelque chose ?

— Pas du tout.

Mme Fischer se leva et la mère d'Ava lui serra vigoureusement la main.

— Navrée du retard. J'arrive du centre-ville et la circulation était infernale.

Mme Fischer attrapa un troisième siège qu'elle disposa en triangle face aux autres. On aurait dit qu'elles se préparaient à une séance de spiritisme. En y réfléchissant, Ava ne serait pas étonnée que sa mère ait recours à une médium pour la convaincre d'aller à l'université. Pour débuter, Mme Fischer se présenta brièvement. Elle énuméra ses références, comme si le diplôme encadré au mur derrière elle n'était pas assez visible comme ça. En outre, elle avait une maîtrise en sciences de l'éducation obtenue à Dartmouth. À cette évocation, la mère d'Ava émit un petit cri.

— C'est là que j'ai étudié le droit !

S'ensuivit un échange sur leurs jours heureux à Dartmouth, durant lequel Ava présuma que les deux femmes ne s'apercevraient de rien si elle tentait de s'éclipser. Néanmoins, elle n'eut pas l'occasion de vérifier cette hypothèse. Sa mère déclara d'un air rêveur :

— Ce serait merveilleux qu'Ava soit admise là-bas. Je sais, c'est peut-être un peu irréaliste…

Ava enfonça ses orteils dans ses chaussures.

— Ma fille est vraiment une élève à part. Un petit prodige, en fait. Bien sûr, tout le monde dit la même chose de son enfant, mais c'est la vérité. Elle a travaillé si dur et…

Sa mère était émue. Ava l'observa discrètement. Jamais sa mère ne montrait ses émotions.

— C'est vrai, Ava. Tu t'es démenée et tu mérites de suivre la voie dont tu rêves.

Ces compliments étaient si inattendus et agréablement surprenants qu'Ava faillit avouer la vérité. « Je rêve d'aller à l'école de design de Rhode Island. » Les mots étaient là, sur le bout de sa langue, mais elle n'eut pas le courage de les prononcer.

Mme Fischer ôta ses lunettes pour les nettoyer à l'aide de son foulard.

— J'ai examiné les notes d'Ava, ses résultats d'examen et ses activités parascolaires, et voilà ce que je pense : Ava est une candidate idéale pour former des projets ambitieux.

La mère d'Ava se tourna vers cette dernière.

— Je le savais. Tu vois, je t'avais bien dit de ne pas te limiter !

Elle revint à Mme Fischer et attendit la suite, pleine d'espoir.

— Ava, tu as eu un semestre compliqué, mais tu as fait exactement ce que souhaitent voir les universités : tu t'es reprise en main et tu as remonté ta moyenne. Tu peux être très fière de toi.

Ava sourit timidement.

— Merci.

— Ce qui fera pencher la balance, dans un sens ou dans l'autre, ce sont tes lettres de motivation.

— Naturellement, acquiesça sa mère. Un des associés de mon cabinet m'a donné le numéro d'une experte dans ce type de rédaction. Il paraît qu'elle est formidable.

— Cette aide vous sera précieuse, approuva Mme Fischer avant de reporter son attention sur Ava. J'ai aussi discuté avec ta professeure de dessin, Mme Simon.

Ava sentit sa bouche se dessécher.

— D'après elle, tu es l'une des élèves les plus talentueuses qu'elle ait jamais eues.

Ava haussa les épaules.

— Possible.

Sa mère lui donna un petit coup de coude en chuchotant.

— Accepte le compliment, Ava.

— Merci, murmura cette dernière.

Mme Fischer sourit.

— Elle n'a pas tari d'éloges. Elle a aussi précisé que tu préparais un portfolio pour l'école de design de Rhode Island.

— Ah… hésita Ava. Euh…

Sentant sa mère la dévisager, son cœur se mit à tambouriner. À cet instant précis, une image surgit inopinément dans son esprit. Logan Diffenderfer. Elle songea à son appareil photo et sa liste de réalisateurs préférés. Il avait un rêve mais n'en tenait pas compte. Elle ne voulait pas devenir comme lui.

— C'est mon premier choix, déclara enfin Ava. J'aimerais aller à Rhode Island.

Sa mère esquissa un mince sourire.

— Ah bon ? s'étonna-t-elle.

Ava n'osa pas la regarder dans les yeux.

Un changement d'ambiance se fit sentir. La discussion se poursuivit une trentaine de minutes, mais Ava n'entendit pas grand-chose à cause des bourdonnements dans ses oreilles. Tout du long, sa mère resta assise les jambes étroitement croisées et les mains jointes avec raideur. C'était perturbant de ne pas savoir ce qu'elle pensait.

Ava le découvrit dès qu'elles regagnèrent la voiture.

— Ce n'est pas que je sois contre des études artistiques, commença sa mère en agrippant le volant. Seulement, tu es capable de bien plus. As-tu seulement conscience de ton incroyable potentiel ? Ce que tu as accompli en seconde demande du courage et de la force. Tu as rebondi après un épisode terrible de ta vie et tu es désormais une des meilleures élèves de ce lycée ! Réfléchis à ce que tu veux faire de ton avenir, c'est tout. Tu as une infinité de choix.

— C'est ça que je veux, maman. C'est ce que j'aime faire par-dessus tout.

Sa mère s'inséra dans la circulation sans vraiment regarder. Un automobiliste klaxonna et un autre l'évita d'un coup de volant.

— J'ai la priorité, abruti ! cria-t-elle, même si c'était faux. Tu pourras toujours continuer le dessin en option. Mais allons, un peu de bon sens : à quoi te servira un diplôme des Beaux-Arts ?

Ava détendit ses orteils. Elle ne se rappelait même plus depuis combien de temps elle les contractait.

— À entamer une carrière d'artiste.

Sa mère soupira en levant les mains en l'air avant de se rappeler qu'elle ferait mieux de les laisser sur le volant.

— Ce n'est pas un vrai métier.

Des feux de stop s'allumèrent devant elles, et sa mère ralentit tandis que la file de voitures s'allongea.

— Je sais que c'est difficile à comprendre quand on est encore au lycée et qu'on a un parent qui gère tout, mais dans quelques années, tu comprendras l'intérêt d'être en sécurité sur le plan financier. Il ne faut pas qu'un jour tu te retrouves en situation de dépendance vis-à-vis de quelqu'un. Car c'est comme ça qu'on finit privé de ses choix. J'ai travaillé dur pour t'offrir un bel avenir, afin que tu n'aies jamais à dépendre d'un homme. Ou d'une femme, s'empressa-t-elle d'ajouter.

Au moins, elle laissait encore certains choix à Ava.

— Je ne dépendrai jamais d'un homme, maman. Je te le promets. Pourquoi refuses-tu que je poursuive mon rêve ?

Sa mère serra le volant de toutes ses forces.

— Oh, Ava ! Pourquoi crois-tu qu'on appelle ça un rêve ? Car ce n'est pas réaliste. Tu es trop maligne…

— Qu'est-ce que tu en sais ? opposa Ava d'un ton égal et posé.

Sa mère renversa la tête en arrière.

— Mais ça saute aux yeux ! Regarde ta moyenne…

— Elle est élevée parce que tu as engagé des tas de professeurs particuliers. Qui te dit que si je réussis, ce n'est pas uniquement grâce à ces cours de soutien ? En réalité, je suis peut-être idiote.

C'était la plus grande crainte d'Ava. Quand ils étaient en seconde, c'est ce que Logan Diffenderfer avait dit dans son dos. Il l'avait traitée d'idiote et, depuis, il ne s'était pas passé un jour sans qu'elle se demande s'il avait raison…

— Ava, je t'en prie.

Sa mère essayait de trouver le juste milieu entre porter attention à la route et prêter l'oreille à sa fille.

— Tu es intelligente.

— Non, c'est faux. Je le sais. Et les profs aussi. En seconde, ils ont voulu me retirer de la section avancée.

Ava devina la panique dans l'expression de sa mère. Elle ignorait qu'Ava était au courant.

— Je sais que tu es intervenue, maman. C'est uniquement grâce à toi qu'ils ne m'ont pas virée. Je le sais depuis le début.

C'était avant qu'Ava ne soit diagnostiquée et ne puisse mettre un mot sur ce qui lui arrivait. Avant, elle savait juste que ça devenait de plus en plus dur de se lever le matin. Certains jours, elle était même incapable d'aller en cours et, la plupart du temps, c'était mission impossible pour elle de se rendre chez ces éminents professeurs particuliers qui veillaient à maintenir son niveau d'excellence. Quand ce courrier les informant qu'on allait la rétrograder était arrivé à la maison, Ava n'avait pas du tout été surprise. Ça lui était égal. Mais à sa mère, pas du tout. Oh, que non ! À croire que si Ava ne suivait plus les cours avancés de littérature et d'histoire, la vie n'avait plus aucun sens ! Montée sur ses grands chevaux en mode redoutable avocate, sa mère était donc allée voir le directeur de l'établissement et avait exigé qu'il garde sa fille dans cette section, même si elle n'avait pas le niveau.

— Je ne suis pas comme toi, argua Ava. Je n'ai pas tes gènes. Alors soyons honnêtes, pour une fois : je suis bête, maman. Je suis bête.

— Ava…

— Tu le sais. Au fond, on le sait toutes les deux.

— Ava, arrête de dire ça.

— Je suis bête !

— Ava…

Sa mère tourna vivement la tête. Faute de regarder la route, contrairement à Ava, elle ne vit pas que la voiture devant elles s'était arrêtée.

— Maman !

Sa mère hurla en écrasant la pédale de frein. Ava leva les mains devant son visage et s'arc-bouta en préparation du choc. Au dernier moment, avant de percuter celle de devant, leur voiture s'immobilisa de justesse. Le capteur de la Mercedes émit un signal sonore rapide indiquant qu'elles n'étaient pas passées loin de la collision. Ce fut le choc de trop et sa mère eut une réaction qui stupéfia Ava. Elle se mit à pleurer.

— Maman ?

Les larmes coulèrent à flots et par soubresauts. Même quand les véhicules derrière elles klaxonnèrent et que quelqu'un baissa sa vitre pour l'enguirlander, elle continua de pleurer.

— Maman ?

— Je fais de mon mieux, Ava. J'ai toujours essayé, mais je te déçois quand même.

CHAPITRE TREIZE

CJ n'arrivait pas à s'endormir. Une inquiétude diffuse l'étreignait. Comme si elle avait oublié d'éteindre le fer à repasser. Dans les faits, CJ n'avait jamais rien repassé de sa vie. C'était une angoisse imprécise, mais elle ne voyait pas à quoi elle pouvait être due. Au lycée, ça roulait. Le dossier du parc était globalement en suspens. Ses amies allaient plutôt bien.

CJ attrapa son téléphone pour s'abrutir sur Instagram. Elle avait envie de se perdre dans ce dédale de petites photos qui l'aidait toujours à s'assoupir. À mesure qu'elle faisait défiler les images, ses paupières s'alourdissaient. Elle somnolait déjà à moitié lorsqu'elle tomba sur la vidéo. D'un coup, elle rouvrit grand les yeux et se redressa. *Les résultats sont tombés*, pouvait-on lire en légende. *#JourJ #Exam #1490 #Yessss.* Une élève que CJ connaissait du cross dansait de joie sur un morceau de Kool & the Gang tout en montrant du doigt la note enviable qu'elle venait de découvrir sur Internet. Voilà ce qui tourmentait CJ. Ses résultats d'examen. La publication tombait aujourd'hui. Elle se leva comme une flèche. Comment avait-elle pu oublier ? Elle ne s'était même pas donné la peine de noter la date dans son agenda, pensant qu'il serait impossible qu'elle oublie. Et pourtant : ça lui était totalement sorti de la tête.

Elle ralluma son ordinateur puis se connecta au portail de résultats des examens. Elle rentra avec précaution les lettres, numéros et symboles qui composaient son mot de passe. Sa note s'afficha et CJ resta sans voix face à l'écran. Impassible. Totalement stoïque. Elle resta figée encore quelques instants, puis elle fit quelque chose qu'elle n'avait pas fait depuis son départ de l'équipe de cross. Elle enfila ses baskets de course.

Sans bruit, elle sortit par la porte de derrière, celle qui ne grinçait pas, et s'éclipsa. Elle monta dans sa voiture et démarra. Il était presque minuit, donc il ne lui fallut que quelques minutes pour rejoindre le lycée. Une fois en position sur la piste, elle se sentit déjà un peu mieux. La température nocturne était vivifiante, mais loin d'être aussi fraîche que d'habitude à cette période de l'année. Le réchauffement climatique était sûrement en cause et ça aurait dû la mettre en colère mais, à cet instant, CJ n'avait qu'une envie : savourer cette atmosphère.

Elle s'élança lentement, le temps de se remettre en jambes. Très vite, elle reprit cette cadence régulière qui lui donnait la sensation d'être sous hypnose. Comme toujours dans ces cas-là, elle attendit que ses pensées s'apaisent. Pour se motiver, elle marqua même de tête chaque foulée. Droite, gauche, droite, gauche.

Elle s'efforçait d'oublier la scène précédente. Droite, gauche, droite, gauche. Le cliquetis de ses doigts sur le clavier lors de sa connexion au site. Droite, gauche, droite, gauche. L'affichage de ses résultats. Droite, gauche, droite, gauche. La découverte de sa note générale qui n'avait pas augmenté. Ni stagné. Mais baissé. Dix points de moins à l'oral. Vingt de moins en maths. Droite, gauche, droite, gauche. Son cerveau était encore en ébullition. Pourquoi ne parvenait-elle pas à faire le vide dans sa tête ? Droite, gauche, droite, gauche, droite, gauche, droite, gauche. Pour la simple raison qu'elle ne pouvait pas échapper à la réalité. Elle n'avait pas le niveau. *Tu n'as pas le niveau. Pas le niveau.* Les mots tournaient en boucle dans son esprit.

CJ accéléra. Sans même s'en rendre compte, elle se mit à courir à toute vitesse. Son entraîneuse lui aurait crié de ralentir. À cette allure, elle ne tiendrait jamais jusqu'au bout. Sauf que là, CJ n'était ni en compétition ni en entraînement. Alors elle redoubla d'efforts. Et courut de plus en plus vite. *Tu n'as pas le niveau. Pas le niveau.* Pour étouffer ce verdict, elle était prête à courir jusqu'à s'écrouler s'il fallait. Comme ça, avec un peu de chance, elle parviendrait à fuir cet échec épouvantable.

C'est alors qu'elle entendit une voix.

— Il y a quelqu'un ?

CJ ralentit.

— Qui est là ? lança-t-elle.

Cette fois, elle entendit très distinctement la réponse :

— CJ ? C'est toi ?

Et elle reconnut aussitôt le visiteur.

C'était Logan Diffenderfer.

***

Ava n'arrivait pas à dormir. Quasi certaine d'avoir pris son Lexapro le matin-même, elle compta le nombre de cachets qui restaient dans le flacon, juste pour vérifier. Si le médicament était bien dans son organisme, en principe, elle ne devrait pas être dans cet état. Elle arpenta sa chambre. Elle ne devrait pas être aussi triste à cause d'un incident aussi banal qu'une dispute avec sa mère. Sauf qu'il ne s'agissait pas d'une simple altercation. C'était son avenir qui était en jeu. Son agitation était compréhensible. Elle fit encore quelques pas. Non, vraiment, elle n'était pas dans son état normal.

Ava tira la chaise de son bureau et l'approcha de sa penderie. Elle monta dessus pour attraper la boîte à chaussures rangée au fond de l'étagère du haut. Cette boîte contenait des photos, des billets de concert et une serviette en papier de chez Denny datant d'une soirée particulièrement mémorable qu'Ava espérait ne jamais oublier. C'est aussi dans cette boîte qu'elle conservait la carte postale de sa mère quand elle ne s'en servait pas pour ses peintures. Elle la retourna pour lire ces lignes qu'elle avait déjà lues des milliers de fois.

Ma petite fille chérie,

J'ai tenté de t'envoyer cette carte de multiples fois, mais je ne savais pas quoi écrire. J'ai toujours trouvé cette église magnifique. Je ne l'ai jamais vue en vrai, uniquement sur cette carte que ta grand-mère a gardée jusqu'à sa mort. C'est là qu'elle allait prier autrefois, avant de venir en Amérique. Tu as ses yeux. Je ne m'y attendais pas et ça a rendu les choses encore plus difficiles. Durant le court instant où je t'ai tenue dans mes bras, je t'ai aimée. Je te demande pardon.

Il n'y avait ni signature. Ni nom. Ni adresse d'expéditeur. Juste le cachet d'un bureau de poste en Californie.

***

CJ n'eut pas besoin de demander à Logan ce qu'il faisait au stade en pleine nuit. De toute évidence, il était là pour la même raison qu'elle.

— On se refait quelques tours de piste ? proposa-t-il.

— Avec joie.

Une fois qu'ils eurent trouvé un rythme régulier, CJ l'interrogea.

— Alors… à quel problème essaies-tu d'échapper ?

Dans l'obscurité, elle distinguait mal son expression.

— Diffenderfer, insista-t-elle. On est au beau milieu de la nuit. Tu n'es pas venu ici par plaisir. Qu'est-ce qui se passe ?

— Rien de spécial, répondit-il. Un peu tout. Et toi ?

Il était sur la réserve. C'était son droit, mais pour sa part, elle préféra jouer la franchise.

— J'ai eu mes résultats d'examen et je ne suis pas au niveau. Je n'ai quasiment aucune chance d'être admise à Stanford.

— Je suis désolé pour toi.

Il eut un petit rire.

— C'est ma moyenne de merde qui t'amuse ?

— Non. Non, pas du tout. Je ne riais pas pour ça. Excuse-moi. Mais… si je te dis pourquoi, tu vas me prendre pour un salaud.

— Dis toujours.

Cette douleur dans les jambes que l'on ressent quand on reprend la course après une longue interruption commença à gagner CJ. La sensation était merveilleuse.

— Quand tu as dit que tu ne serais jamais admise à Stanford, j'ai eu un accès de… zut, comment on dit déjà ?

— *Schadenfreude*, proposa-t-elle. C'était un des mots de vocabulaire de l'examen. Quand on se réjouit du malheur de quelqu'un.

— Oh ! fit-il. Alors non, ce n'est pas ça. Pas du tout. Au contraire, même. Ça m'a rendu jaloux.

Cette fois, c'est elle qui tourna la tête.

— Pourquoi ?

— Parce que je ne veux pas y aller. Si j'ai ri, c'est parce que je pensais au soulagement que j'éprouverais si je n'étais pas admis…

CJ résista à l'envie de le planter là. Elle savait que les résultats de Logan étaient bons. Tous les ans, le directeur envoyait un bulletin d'information qui félicitait les élèves de McKinley ayant obtenu les meilleures notes à l'examen. Logan faisait toujours partie de la liste. Pas CJ, bien sûr. Car elle n'avait pas le niveau. *Pas le niveau. Tu n'as pas le niveau.* Elle accéléra.

— Hé, ralentis ! cria Logan. C'est pas une compète !

Si. Tout était une compétition.

— C'est plus fort que moi, Logan. À cet instant précis, je te déteste ! Toute ma vie, j'ai toujours fait ce qu'on attendait de moi. Suivi les règles. Et aujourd'hui, tout ça parce que j'ai raté un examen, je peux faire une croix sur mon rêve.

— Tout n'est pas perdu. Il te reste une chance.

CJ ne voulait pas se contenter d'une chance. Elle avait travaillé trop dur, consenti à trop de sacrifices pour se contenter d'une seule chance.

Bon sang, ça faisait du bien de courir à nouveau. Cette nuit, le ciel constellé d'étoiles lui donna le sentiment d'être minuscule. Mais dans le bon sens du terme. Comparés au grand écheveau de l'univers, ses problèmes n'étaient pas si énormes. Ça lui rappela l'époque où Martha était obsédée par l'astronomie. Son amie pointait du doigt les étoiles en affirmant qu'un jour elle s'envolerait jusqu'à elles.

— Dis, Logan ?

— Oui ?

— Tu as déjà vécu une transformation radicale ?

— C'est par rapport à la dissertation pour Stanford ?

Elle acquiesça. C'était un des sujets proposés pour le dossier d'inscription. « Racontez une expérience qui vous a radicalement transformé et expliquez en quoi celle-ci a modelé votre personnalité actuelle. »

— À mon avis, c'est un peu comme l'idée de prendre du recul. Vivre une expérience qui modifie du tout au tout ta conception de la vie.

— Dans ce cas, pas du tout. Et toi ?

— Non plus, confia-t-elle.

Elle aurait pourtant bien aimé. Pas seulement pour avoir matière à rédiger ce texte. Ni car c'était son ultime chance d'intégrer une université qui autrement ne voudrait pas entendre parler d'elle. Elle rêvait de vivre une expérience si marquante et significative que tout deviendrait vibrant de couleurs incroyables et grandioses.

— Je suis bénévole dans un programme extra-scolaire, où j'ai rencontré un garçon.

Logan lui lança un regard curieux.

— Tiens, tiens, un garçon ?

CJ sentit ses joues s'empourprer.

— C'est pas ce que tu crois.

Du moins, elle ne voyait pas les choses comme ça.

— Il est direct, honnête et…

Elle ne savait pas comment le dire sans que ça ait l'air bizarre.

— Il me donne envie de voir la vie sous un autre angle. En fait…

— CJ, ne le prends pas mal, mais je n'ai aucune envie d'entendre parler de ce garçon.

Pourtant Wyatt n'était pas un garçon comme les autres. C'est précisément ce qu'elle allait expliquer à Logan quand il la coupa dans sa réflexion.

— Bon, à mon tour de te poser une question, dit-il. C'est sérieux.

CJ tourna la tête.

— Je t'écoute.

— On fait la course ?

Il n'attendit pas sa réponse et fila comme une flèche. Ne refusant jamais un défi, CJ accéléra pour le rattraper. De plus en plus vite. De toutes ses forces. Puisant dans ses réserves. Arrivée à sa hauteur, elle le bouscula dans l'obscurité. Ce ne fut pas totalement désagréable et aucun d'eux ne s'excusa. La course se poursuivit et leurs bras se cognèrent encore. CJ voulait gagner, elle voulait à tout prix l'emporter, mais Logan était plus rapide. Il la doubla et l'écart entre eux se creusa à nouveau. Elle en eut les larmes aux yeux. *Tu n'as pas le niveau.*

C'est à ce moment-là que le portable de Logan sonna.

— Merde, jura-t-il en ralentissant.

CJ le rattrapa.

— C'est sûrement mes parents qui se demandent pourquoi je ne suis pas dans mon pieu.

Il sortit son téléphone de sa poche et en découvrant le nom à l'écran, il parut totalement perplexe.

— C'est Ava.

CJ jeta un coup d'œil à l'écran.

— *Mon* Ava ?

Logan décrocha d'une voix quelque peu prudente.

— Allô ?

CJ se pencha pour écouter. À l'autre bout du fil, Ava se manifesta d'un ton discret, mais elle réussit quand même à comprendre sa question :

— Est-ce que ton offre tient toujours ? C'est décidé, je voudrais retrouver ma mère biologique.

CHAPITRE QUATORZE

Sur le chemin du lycée, Jordan s'arrêta chez Dunkin' Donuts. Ce matin-là, au réveil, elle avait trouvé deux messages, adressés à Martha et elle. Le premier était de CJ, pour les prévenir qu'Ava avait décidé sur un coup de tête de retrouver sa mère biologique, et que cela l'inquiétait. Et le second d'Ava, reçu moins d'une heure après, pour les prévenir que CJ avait eu ses résultats d'examen, qu'ils n'étaient pas bons, et que cela l'inquiétait. Jordan ne savait pas pour laquelle de ses amies elle devait se faire le plus de souci mais, dans les deux cas, il lui sembla que c'était un jour à manger des donuts. Elle en commanda une dizaine.

Du jour au lendemain, le temps avait changé et recouvert de givre pelouses et toitures. Il faisait trop froid pour tenir conseil dans la cour, comme elles l'avaient envisagé au départ, alors Jordan avait envoyé un message groupé pour donner rendez-vous à tout le monde dans sa voiture. CJ fut la première à bord.

— Salut, dit-elle. J'ai une sale tête, je sais. Longue nuit. Plein de trucs à raconter. Oh, des donuts !

Jordan lui tendit la boîte et CJ en choisit un au sucre et à la cannelle.

— Désolée pour ta note d'examen, compatit Jordan.

CJ poussa un soupir qui, incidemment, fit voleter du sucre autour de son beignet.

— C'est Ava qui te l'a dit ?

Jordan acquiesça.

— Je suis désolée pour toi. Vraiment.

— Merci. Je crois que je suis encore sous le choc.

En entendant son portable biper, CJ le sortit de son sac à dos.

— Si c'est Ava ou Martha, dis-leur de se magner, glissa Jordan. Visiblement, on a plein de choses à voir.

CJ consulta le message et éclata de rire.

— C'est pas elles.

Elle montra l'écran de son téléphone à Jordan.

C'était un message du responsable de CJ au centre de loisirs. Jordan scruta la minuscule photo qui accompagnait son nom.

— Tu t'es bien gardée de nous dire qu'il était canon. Tu as rencard ?

CJ secoua la tête.

— Non.

Elle gloussa. Ce qui avait de quoi surprendre vu que dix secondes auparavant elle était dans le désarroi le plus total à cause de son examen.

— C'est juste sa façon de parler qui me fait rire, se justifia CJ.

Jordan lut le message à haute voix :

— « Clarke. Aurais-tu la gentillesse de m'accompagner en mission de reconnaissance demain soir ? Contente-toi de dire oui et je te donnerai plus de précisions au fur et à mesure. » C'est sa façon de parler ?

CJ haussa les épaules.

— Oui. Il est… je sais pas… un peu excentrique. Mais futé. Et drôle.

Elle reprit son téléphone et tapa une réponse.

Oui.

Jordan espionna par-dessus son épaule.

— Pourquoi est-ce qu'il est enregistré à « Wyatt Sans-Nom-de-Famille » ?

CJ s'esclaffa.

— C'est une blague idiote entre nous.

Un « bip » signala l'arrivée d'une réponse.

Génial. Passe me prendre à 20 h et mets une tenue confortable.

CJ rit encore.

— Clarke, énonça Jordan d'un ton sérieux. Tu m'expliques ?

Les deux portes arrière s'ouvrirent, Martha et Ava montèrent. L'ambiance dans la voiture changea aussitôt. CJ mit son portable en silencieux et le posa face cachée sur ses genoux.

— OK, dit Jordan. Il nous reste dix minutes avant la première sonnerie. Il faut qu'on trie par degré d'urgence. Qui a le plus gros problème ? Pour la suivante, on attendra la pause déjeuner. CJ a l'air d'aller, donc je propose qu'Ava passe en premier.

— Je suis d'accord, approuva CJ.

Ava bâilla.

— Tout va bien. Je suis juste fatiguée. J'ai pas tellement envie de parler.

Jordan lui présenta la boîte de donuts et l'agita sous son nez.

— Sérieux, assura Ava. CJ vous a envoyé son texto avant de m'appeler. Je vais bien. Elle en a fait tout un plat sans raison. Ne le prends pas mal, CJ.

Cette dernière se retourna pour la regarder.

— Oh, mais pardon de m'être un peu inquiétée que tu appelles Logan Diffenderfer à une heure du matin !

— Attends, intervint Jordan, qui sentit son corps entier se raidir. Tu as appelé Logan à une heure du matin ?

— Ben ça alors ! s'exclama Martha. Il va falloir nous expliquer ça.

— Il a proposé de m'aider à retrouver ma mère biologique, précisa Ava. C'est une longue histoire.

— Que tu vas nous raconter, insista Martha avant de se tourner vers Jordan. Tu étais au courant ?

Jordan fit non de la tête. L'émotion qu'elle ressentit à cet instant ne lui plaisait pas. L'autre jour, chez Ava, elle avait remarqué une certaine décontraction entre son amie et Logan quand ce dernier la prenait en photo. Sur le moment, elle avait trouvé ça étrange. Et maintenant, savoir qu'ils avaient discuté en pleine nuit… Ça ne la rendait pas vraiment jalouse, mais presque. Jordan savait que Logan n'était pas sa chasse gardée et, quand bien même il l'aurait été (ce qui n'était pas du tout le cas), cela faisait trois ans qu'elle espérait qu'Ava tourne la page de sa rancœur contre lui. Donc c'était une bonne nouvelle.

— Attends, j'ai du mal à suivre, reprit Martha. Si je comprends bien, après lui avoir parlé, tu as appelé CJ ?

— Pas exactement, nuança Ava.

Elle lança un regard à CJ.

— J'ai l'impression que CJ a omis un détail.

— Ça va paraître plus bizarre que ça ne l'est, bredouilla CJ. J'étais avec lui à ce moment-là.

— Quoi ?! s'écrièrent en chœur Jordan et Martha.

— Les filles, on va être obligées de sécher le premier cours ! fit remarquer Martha.

— Impossible pour moi, objecta CJ. Et pareil pour toi : on a interro de physique. De toute façon, il n'y a pas de quoi en faire un plat. C'était juste une coïncidence. On est sortis courir et on s'est retrouvés au stade au même moment.

— En pleine nuit, souligna Martha, un peu dubitative, avant de se tourner vers Jordan. Tu y crois, à ce bobard ?

Jordan ne dit rien. Du fond de sa mémoire surgit un souvenir si net qu'on aurait dit qu'il datait de la veille. Celui de la première fois où Logan lui avait pris la main. Sur le trottoir devant chez elle. Son trac était tel qu'il avait d'abord demandé la permission. C'était si mignon et touchant que Jordan en avait eu le cœur gonflé, prêt à exploser.

Ava consulta l'heure.

— Ça va sonner, avertit-elle. On en reparle plus tard ?

Jordan hocha la tête. Cela faisait des années qu'elle n'avait pas repensé à cette scène avec Logan et leurs mains jointes. Elle se demandait bien pourquoi ce souvenir refaisait surface pile maintenant…

***

Ce jour-là, Martha surprit Jordan en train de regarder Logan à plusieurs occasions. La première fois, ce n'était qu'un coup d'œil qui ne voulait peut-être rien dire. La deuxième, le regard de Jordan s'attarda. Et Martha la comprenait. Pour être honnête, elle commençait elle aussi à trouver du charme à ce garçon. Il venait désormais souvent au cinéma et ses remarques sur les films étaient toujours pertinentes. C'était un être sensible qui n'avait manifestement pas peur de montrer ses émotions. Cela intriguait Martha. Sa phobie des araignées et d'être enterrée vivante mises à part, montrer ses émotions était sans doute sa plus grande peur.

Dans l'après-midi, Logan se pointa justement au cinéma. *Before Sunrise* était à l'affiche et quand Martha avoua ne l'avoir jamais vu, il soutint que ce film changerait sa vie. Victoria, qui n'était pourtant pas de service, était là aussi. Depuis que Logan était devenu un client régulier, elle traînait souvent dans le coin. Tous trois prirent place dans une rangée du fond, Martha entre eux deux.

Le film ne lui plaisait pas. Les deux personnages ne faisaient que parler et il était temps qu'il se passe enfin quelque chose. Logan et Victoria n'arrêtaient pas de chuchoter à son oreille, mais aussi entre eux en s'extasiant sur la beauté de l'histoire. Martha était trop préoccupée pour être touchée. L'entretien de son père à l'usine avait lieu cet après-midi et il avait promis de l'appeler dès qu'il en sortirait. Il n'était pas très fan des SMS.

Le portable de Martha finit par sonner durant une scène qui avait ému Victoria aux larmes. Martha se leva sans rien dire et fila à la hâte dans le hall.

— Coucou, dit-elle en décrochant. Comment ça s'est passé ?

— Comment s'est passé quoi ? répondit Jordan.

Martha n'avait même pas regardé le nom à l'écran.

— Désolée, je croyais que c'était mon père.

— Il a terminé son entretien ?

Martha se dirigea vers une table pour s'asseoir.

— Non, je ne pense pas.

Puis elle comprit qu'elle était trop agitée pour rester assise et se releva pour faire les cent pas.

— Je garde les doigts croisés, promit Jordan. Bon, je viens d'avoir un appel de Scott.

— Qui ça ? Ah, oui…

Curieusement, Jordan et lui s'appelaient désormais par leurs prénoms.

— Et qu'est-ce que Scott a dit ?

— Qu'est-ce qui te prend, tu as un drôle de ton ? s'étonna Jordan.

Martha arrêta de tourner en rond dans le hall.

— Rien. Je suis stressée pour mon père. Alors, qu'a dit Scott ? répéta-t-elle d'un ton neutre.

Jordan poussa un soupir.

— L'EIE a été publiée.

Ou plutôt : l'étude d'impact sur l'environnement. Avec assurance, Jordan venait de parler d'urbanisme en abrégé. D'un côté, c'était plutôt cool. On aurait dit une vraie journaliste. De l'autre, c'était super agaçant.

— Rien de ce que dit ce rapport ne va nous aider.

Martha soupira à son tour.

— Bon. Alors, qu'est-ce qu'on fait maintenant ?

— Franchement, je n'en sais rien.

Un long silence s'ensuivit. En entendant son téléphone biper, Martha jeta un coup d'œil à l'écran.

— Merde. C'est mon père. Faut que je te laisse.

— Bonne chance, s'empressa de souhaiter Jordan. Bisous.

— Bisous, répondit Martha en prenant le double appel. Coucou !

— Coucou.

À l'intonation de son père, elle comprit que les nouvelles n'étaient pas bonnes.

— Bon, ils doivent me donner une réponse d'ici la semaine prochaine, mais je ne pense pas que je serai pris. Au suivant, déclara-t-il en essayant de paraître combatif.

— Qu'est-ce qui s'est passé, papa ?

— L'énorme trou dans mon CV ne leur a pas plu. Apparemment, je ne suis pas au courant des nouvelles techniques de travail.

— Mais tu pourrais te former sans problème, objecta-t-elle.

— Je ne serai pas pris, Patsy.

La déception dans sa voix lui brisa le cœur.

— Je vais te laisser. Je n'aime pas te déranger à ton travail.

— Tu ne me déranges pas, papa.

Il avait déjà raccroché.

— Merde, pesta Martha.

Elle pensait parler toute seule mais en se retournant, elle découvrit Victoria dans son dos.

— Ah, salut, dit-elle en prenant un ton faussement désinvolte.

— Qu'est-ce qui ne va pas ? s'inquiéta sa collègue.

— Rien.

Manifestement, ce n'était pas rien. Victoria s'avança et de façon totalement improvisée, glissa les bras autour de Martha pour la serrer contre elle. Martha se raidit, les bras le long du corps.

— Euh, tu fais quoi, là ?

— Je ne sais pas ce qui se passe, souffla Victoria, mais je sens bien que quelque chose ne va pas. Ça m'ennuie pour toi. Tu n'es pas obligée de m'en parler. Mais je me suis dit que tu avais besoin d'un câlin.

Martha fut agacée au plus haut point. Car Victoria avait raison. Ce câlin n'était pas de refus. Ça lui faisait du bien. Alors Martha leva les bras pour l'étreindre lui rendit son étreinte.

***

CJ mit plus longtemps que prévu à arriver chez Wyatt. Cependant, malgré la circulation, elle avait quand même dix minutes d'avance. Sa ponctualité était infaillible, d'autant plus quand elle était nerveuse. Wyatt ne lui avait toujours pas expliqué la nature de leur mission. Avisant son tableau de bord, elle estima que l'heure du rendez-vous était assez proche pour qu'elle puisse frapper à la porte sans que ça paraisse bizarre. À peine deux secondes plus tard, une femme d'une cinquantaine d'années vint lui ouvrir.

— Tu dois être Clarke, supposa-t-elle.

— CJ. Bonjour. Et vous devez être la maman de Wyatt ?

— Appelle-moi Katherine. Entre, je t'en prie.

Avant même de le voir, CJ entendit Wyatt brailler du fond du couloir.

— Inutile de la faire entrer, maman !

L'instant d'après, il apparut dans le salon. En sa présence, CJ devint à la fois plus à l'aise et plus nerveuse.

— Tu es en avance, Clarke.

— Il y a trois choses dans la vie qui sont inévitables : la mort, les impôts et le fait que j'arrive dix minutes en avance à tous mes rendez-vous.

Katherine s'esclaffa.

— Elle est drôle. Oh, Wyatt ! Elle est drôle.

— C'est vrai, elle est hilarante.

Wyatt roula jusqu'à CJ et comme ils hésitaient tous les deux entre une accolade et une poignée de mains, au final, ils ne firent rien.

— Salut, se contenta de dire Wyatt. Désolée, ma mère est bizarre.

— Je ne suis pas bizarre, se défendit Katherine. Entre donc t'asseoir, Clarke. Parle-moi de toi.

CJ prit place sur le canapé. En jetant un coup d'œil à la pièce autour d'elle, deux choses captèrent son attention. D'abord, une photo de Wyatt en tenue d'athlétisme aux couleurs de son lycée. Le petit cadre était positionné bien en vue sur la cheminée avec une fierté évidente. Wyatt venait de franchir la ligne d'arrivée, les bras levés en triomphe. Ses jambes étaient bronzées et musclées et il semblait déborder de bonheur. CJ se serait sans doute attardée sur cette photo si un second élément ne l'avait pas interpellée : la pièce était remplie de poteries du sol au plafond. Il y en avait absolument partout. Littéralement. Partout. Entassées sur les étagères, en bout de table, sans oublier bien sûr, celle, énorme, qui trônait au centre de la table basse. CJ supposa qu'elles servaient de vases, néanmoins on pouvait difficilement ignorer qu'elles avaient toutes une forme phallique.

— Oh ! laissa échapper CJ presque sans le vouloir quand son regard se posa sur un élément particulièrement douteux et bien dressé. Wyatt se pencha pour lui chuchoter à l'oreille.

— Ne dis rien. Ma mère ne se rend pas du tout compte.

— Me rendre compte de quoi ? questionna Katherine.

— Je crois que Clarke vient de remarquer tes poteries.

Le visage de Katherine s'éclaira.

— Tu vois quelque chose qui te plaît ?

CJ s'efforça de ne rien fixer de précis. Était-ce un test ?

— Oh, eh bien…

— Toutes les œuvres de cette pièce sont des créations de ma mère.

CJ sourit d'un air gêné.

— C'est joli. Très… raffiné.

— C'est ma nouvelle passion. J'envisage d'ouvrir ma boutique sur Etsy. Mais si tu vois un modèle qui te plaît, je serais enchantée de te l'offrir.

Wyatt décocha un autre regard à CJ qui se retint de rire.

— Oh, c'est très gentil.

— Choisis ce que tu veux. Ce qui te fait plaisir.

Plus CJ s'efforçait de regarder ailleurs, moins elle y arrivait. Ses yeux se posèrent finalement sur un modèle avec une base charnue et une sorte de grand « manche », le seul mot qui sembla vraiment approprié.

— Celui-ci te plaît ?

Katherine désigna la poterie que fixait CJ et n'attendit pas sa réponse.

— Je vais chercher du papier de soie.

— Maman…

— Ça fait plaisir à CJ ! Et ça me fait plaisir de lui en faire cadeau, s'entêta Katherine en rejetant d'un geste les objections de son fils.

Elle se leva pour aller chercher du papier.

— Alors, Wyatt m'a dit que tu allais à Stanford l'an prochain ?

— Oh, rien n'est moins sûr.

CJ croisa les mains sur ses genoux, mais la posture lui parut trop solennelle, alors elle les décroisa.

— C'est sur ma liste, mais comme plein d'autres projets. Alors…

Elle joignit les mains de nouveau.

— Je ne sais pas trop où j'atterrirai.

— Tu arriveras peut-être à convaincre Wyatt de retourner à l'université, intervint Katherine en revenant dans le salon.

— OK, la coupa net Wyatt. C'est très sympa tout ça, mais on va être en retard.

— Bon, je ne retrouve pas mon papier de soie, mais tu n'as qu'à l'emporter comme ça en faisant bien attention.

CJ se leva en tendant la main.

— J'ai été ravie de vous rencontrer.

Katherine esquiva cette main tendue et prit CJ dans ses bras. Cette étreinte fut un peu trop appuyée et trop longue. Mais à peine CJ eut-elle le temps de se le dire qu'elle se retrouva avec un pénis en argile dans les mains.

En quittant la maison avec Wyatt, elle jugea préférable d'attendre d'être dans la voiture et hors de portée de voix pour questionner ce dernier sur la passion de sa mère. Une fois leurs ceintures attachées, il lui indiqua de prendre la route principale vers l'est.

— Pourquoi tous ces vases ? demanda-t-elle en s'éloignant du trottoir.

Wyatt soupira.

— Est-ce qu'on est vraiment obligés d'en parler ?

CJ mit son clignotant et jeta un coup d'œil dans le rétroviseur.

— Oui, vu que j'en ai un sur ma banquette arrière.

— Je n'ai pas le courage de lui dire. Personne n'ose, d'ailleurs. En fait, c'est ma faute.

— C'est à cause de toi que ta mère moule des pénis en céramique ?

— Clarke ! Je suis choqué. C'est à ça qu'ils te font penser ?

CJ devina un sourire dans sa voix.

— Allez. Sérieux. Explique-moi pourquoi ta mère crée des poteries obscènes.

Nouveau soupir.

— Avant mon accident, céda finalement Wyatt, elle parlait toujours de vouloir prendre des cours de poterie. Sans jamais sauter le pas. Et puis, c'est arrivé.

Il montra ses jambes du doigt.

— Ma sortie de l'hôpital a été un immense soulagement pour elle. Elle n'arrêtait pas de dire qu'elle allait adopter un nouveau mode de vie. Alors elle a planté des tulipes et s'est inscrite à un cours de modelage. À la Oprah Winfrey. C'est sa façon à elle de profiter pleinement de la vie.

— Je trouve ça très beau.

Wyatt lui lança un regard dubitatif.

— Pas ses poteries. Elles sont affreuses. Mais leur histoire cachée, je trouve ça beau.

— Tu es une fille cool, Clarke.

CJ tourna la tête et lorsque leurs regards se croisèrent, elle ressentit un petit quelque chose d'indescriptible. Elle s'empressa de se détourner.

— Et ton père, il en pense quoi ?

— Des poteries ? La plupart lui font horreur. Mais il reconnaît qu'elle fait des progrès.

— Non, de ton accident.

— Ah… C'est aussi un adepte des conseils d'Oprah. Tourne à gauche ici.

— Tu voudrais bien me dire où on va ?

— C'est une surprise. Mais rien d'incroyable. Donc ne t'emballe pas trop.

— Parfait. C'est tout ce que j'aime.

CJ bifurqua et Wyatt se remit à parler de sa famille.

— Je crois qu'à bien des égards, mes parents sont dans une fuite permanente. Ma mère a sa poterie et mon père n'arrête pas de parler de se rabibocher avec son frère. Je crois qu'ils sont fâchés depuis des siècles. Je n'ai jamais vu mon oncle et, du jour au lendemain, il m'explique que chez nous, la famille c'est sacré. Comprends-moi bien : je suis ravi de leur avoir donné envie de profiter de la vie et tout, mais…

— Mais quoi ? l'encouragea CJ.

— J'ai le sentiment que si mon père veut régler les histoires de famille, c'est parce qu'il ne peut pas régler ce problème-là, confia Wyatt en montrant ses jambes.

CJ éprouva l'envie urgente de lui prendre la main. Quelle serait sa réaction si elle osait ?

— On y est, annonça-t-il.

— T'es pas sérieux.

— Je ne suis pas sérieux à plein de sujets. Mais le minigolf ? Je ne plaisante pas avec ça.

La dernière visite de CJ au golf miniature du centre de loisirs des Grands Lacs remontait au neuvième anniversaire de Martha. À l'époque, elle avait trouvé cette activité assez détestable et ça ne l'enchantait pas plus aujourd'hui.

— On va s'amuser comme des fous, railla CJ sans aucun enthousiasme.

— Pas vraiment, la détrompa Wyatt. On est ici en mission de reconnaissance. Je veux vérifier que le parcours est accessible en fauteuil. Je m'obstine à croire qu'avec la bonne activité, Dakota finira peut-être par se dérider.

CJ sourit, sentant son cœur se réchauffer.

— Dans ce cas, je suis partante.

L'employé derrière le comptoir leur remit deux clubs plus deux balles de golf. Une bleue et une rose. CJ s'attribua la première, afin de ne pas céder à la loi du genre, puis elle suivit Wyatt en direction du premier trou.

— J'ajoute même que, si on découvre que le minigolf donne la banane à Dakota, je te pardonnerai d'avoir gâché ma soirée.

— Clarke ! Ça partait merveilleusement bien. Et soudain, tu deviens hyper méchante...

Elle lui décocha un grand sourire qu'il lui rendit. En l'accompagnant vers le premier trou, elle vit son expression s'assombrir.

— Eh merde, des galets ! constata-t-il. Ça commence bien. Visiblement le premier trou n'est pas accessible en fauteuil.

CJ ne voulait pas paraître ignorante mais elle imaginait qu'aux États-Unis, tout se devait d'être accessible aux personnes à mobilité réduite.

— Il n'existe pas des lois contre ça ?

Wyatt s'esclaffa comme si elle venait de dire la chose plus bizarre et adorable du monde.

— OK, reprit CJ. Je sais que certains lieux historiques n'ont pas d'accès proprement dits. Mais un truc aussi moderne qu'un minigolf doit forcément être adapté, non ?

— Il y a bien eu une loi votée en 2010, concéda Wyatt, qui stipule que tout nouveau parcours de minigolf doit rendre accessible au moins cinquante pour cent de ses trous.

— Seulement ?

— Et le centre de loisirs des Grands Lacs est une antiquité. Alors qui sait ce qu'on va y trouver.

Ils approchèrent du deuxième trou et CJ vit tout de suite qu'il serait quasiment impossible pour Wyatt de manœuvrer. Le dragon qui défendait le green était totalement ringard. Sans compter qu'il était si large que Wyatt ne pouvait pas le contourner. Ça ne s'arrangea pas au troisième trou, qui présentait une configuration inextricable de château entouré de douves. De tout le parcours, un seul et unique trou se révéla accessible. Quand ils y arrivèrent, Wyatt était déjà si frustré que CJ ne prit même pas plaisir à le battre en trois coups.

— Bon, dit CJ d'une voix décidée après que Wyatt eut fait tout un cinéma pour compter leurs points : tu sais ce qui est accessible à tout le monde ? La pizza.

Le snack-bar où ils allèrent disposait de tables de pique-nique flanquées de bancs soudés au sol.

— Comme en prison, fit remarquer Wyatt d'un ton qui se voulait comique mais qui n'eut pas l'effet escompté.

Le seul moyen pour lui de rapprocher son fauteuil de la table était de se positionner au bout de façon incommode. CJ s'assit à l'angle près de lui.

— Désolé, dit Wyatt.

— De ?

— Que cette soirée ait été aussi chiante.

— C'est précisément ce dont j'avais besoin.

Il la regarda du coin de l'œil, étonné.

— Je t'assure. Ça m'a changé les idées.

— Et de quoi t'ai-je distraite sans le vouloir ?

— Hier, j'ai eu ma note à l'examen d'entrée à l'université.

Elle piocha une petite bille de fromage sur sa pizza froide.

— Je me suis rétamée. Une fois de plus. En gros, je peux dire adieu à mon rêve d'intégrer Stanford.

— Clarke, je peux faire une remarque qui va peut-être te choquer ?

Elle haussa les épaules.

— Vas-y.

— Tu peux viser plus haut.

— Mais c'est tellement gênant ! Je bosse mille fois plus que tous ceux que je connais. Pourquoi je ne fais pas partie de ces gens qui ont des facilités intellectuelles ?

— Parce que, en général, ce sont des cons.

Elle releva les yeux vers lui.

— Tu possèdes énormément d'empathie, Clarke. À mon avis, c'est pour ça que tu ne supportes pas de voir Dakota sur la touche.

Leurs regards se croisèrent et, à nouveau, elle éprouva ce quelque chose d'indescriptible qu'elle avait ressenti un peu plus tôt dans la voiture.

— Tu as une grande âme. Un cœur énorme, ça vaut mieux que des bonnes notes.

En temps normal, quel que soit le contexte, CJ détestait quand quelqu'un employait l'adjectif « énorme » pour la décrire. Cette fois, cependant, elle en eut les larmes aux yeux. Elle aurait aimé porter sur elle le même regard que Wyatt. Mais c'était plus fort qu'elle. Les notes, ça comptait. Réussir aussi.

— Bref, reprit-il. Je sais que tu rêves d'aller à Stanford. Mais les rêves, ça va, ça vient.

CJ sentit sa jambe frôler la sienne et s'empressa de la reculer.

— Dis, Wyatt. Je peux te poser une question ?

— Tout ce que tu veux.

— Pourquoi ta mère veut te convaincre de retourner à l'université ?

— Je te l'ai dit, Clarke : les rêves, ça va, ça vient.

Il tirebouchonna sa serviette en papier et l'abandonna dans une assiette jonchée de croûtes de pizza.

— Hé, tu aimes les jeux vidéo ? Je crois qu'ils ont une salle d'arcade pas mal ici.

Wyatt s'éloigna avant même que CJ ait le temps de répondre.

CHAPITRE QUINZE

Pour le portfolio qu'elle comptait soumettre à l'école de design de Rhode Island, Ava avait besoin d'une dernière création. Sur Internet, on lui conseillait de proposer une peinture évoquant sa personnalité. Elle scruta la toile blanche en réfléchissant aux différents traits qui la caractérisaient. L'idée ne l'enchantait guère, mais ce serait mentir que de passer sa dépression sous silence. Ne sachant trop comment montrer ça à travers un tableau, elle décida de s'essayer à quelque chose d'abstrait.

Ce matin-là, Ava était seule en salle de dessin. Elle mélangea les couleurs sur sa palette jusqu'à obtenir une nuance de marron proche de sa carnation. Une fois son pinceau imprégné, elle appliqua sur la toile plusieurs coups. Sans but précis. Pour éviter de trop réfléchir à ses choix, elle peignit d'un seul jet.

— Salut, dit une voix dans son dos.

Ava sursauta et le pinceau voltigea en laissant une grande traînée sur la toile. Elle fit volte-face et se retrouva nez à nez avec Logan Diffenderfer.

— Merde, bafouilla-t-il. Désolé.

— Ça ne fait rien. En fait…

Tête penchée, elle observa la longue trace de peinture.

— En fait, c'est pas mal comme ça. J'aime bien.

Tournant la tête, elle remarqua que Logan avait un air grave.

— Qu'est-ce qu'il y a ?

— J'ai parlé au détective privé. Pour voir s'il voulait bien se charger de ton dossier.

Ava hocha la tête. Quelle que fût la réponse, elle l'accepterait. Au fond, un refus serait sans doute mieux. Sa mère et sa thérapeute avaient raison. La période était mal choisie. Ava n'était pas d'attaque pour ça.

— Il a accepté.

Une vague de soulagement submergea Ava. Si elle n'était pas prête à admettre consciemment que ce projet lui tenait à cœur, manifestement, son corps, lui, le savait.

— Merci mon Dieu, soupira-t-elle doucement.

Logan se racla la gorge, gêné.

— Avant de lui donner le feu vert, j'aimerais être sûr. Je veux dire, es-tu bien décidée ? Carl, le détective, m'expliquait que ce type d'affaires est très délicat. Non pas qu'il aura du mal à la retrouver. Mais… sur le plan émotionnel… pour toi. Il avait l'air un peu embêté d'effectuer cette mission pour une cliente si jeune.

Tout le monde croyait savoir ce qui était le mieux pour elle. Sa mère, la psy, et maintenant ce Carl.

— Mais il est d'accord ? Il va mener des recherches ?

Logan fit oui de la tête.

— Oui. Mais...

Il se racla encore la gorge. Elle ne l'avait jamais vu aussi mal à l'aise.

— Ava, es-tu vraiment sûre de toi ? Parce que quand même... c'est du lourd.

— Et tu penses que je n'ai pas les épaules assez solides ?

— Non. Pas du tout. Je *sais* que tu es solide.

Leurs regards se croisèrent, mais elle détourna vite le sien.

— Je suis prête, affirma Ava. Je veux le faire.

— OK. Je le préviens.

Ava releva la tête et vit que Logan fixait sa toile. Brusquement, c'est elle qui fut mal à l'aise. Son tableau était plus qu'abstrait : c'était le chaos total. Ava se sentit exposée et vulnérable. Elle ne voulait surtout pas que Logan devine les pensées frénétiques et délirantes qui lui avaient inspiré ces coups de pinceaux tout aussi frénétiques et délirants.

— Ce n'est pas fini, précisa-t-elle. Je tente un nouveau truc.

— Ça rend bien, déjà. C'est la cage à écureuil, non ?

Ava ne percuta qu'une fois après avoir réexaminé sa toile. Il avait tout à fait raison.

— Je vais appeler Carl, l'informa Logan.

Après son départ, Ava prit un peu de recul et contempla sa peinture un bon moment. Le résultat n'était pas délirant du tout. C'était magnifique.

***

Après un après-midi de foot en salle, CJ ramassa les cônes dispersés sur le terrain du gymnase.

— Ça s'est bien passé, je trouve, jugea Wyatt.

CJ confirma d'un signe de tête, mais sans engouement. Aujourd'hui, Dakota leur avait fait faux-bond.

Wyatt pencha la tête de côté et CJ s'attendit à une remarque éclairée sur le fait qu'ils ne pouvaient pas forcer Dakota et que CJ devait arrêter de se flageller.

— J'ai une idée folle, confia Wyatt. Tu as un truc prévu là, tout de suite ?

Elle secoua la tête.

— Parfait. Parce que je me disais qu'on pourrait kidnapper Dakota.

CJ éclata de rire. Puis elle comprit qu'il était sérieux. Alors elle poussa un soupir et prit ses clés de voiture. Dix minutes plus tard, ils se garèrent devant chez Dakota.

— Il ne s'agit pas de l'enlever pour de vrai, n'est-ce pas ? s'inquiéta CJ en mettant le levier de vitesse en position de stationnement.

— La prochaine fois que tu consens à un kidnapping, pense à clarifier les détails à l'avance. Erreur de débutante, Clarke.

La petite maison à la peinture écaillée disposait d'un porche qui avait sérieusement besoin d'être retapé et d'un joli jardin bien entretenu. CJ descendit de voiture, déplia le fauteuil de Wyatt près du siège passager et bloqua les roues. Elle se pencha pour qu'il prenne appui sur son épaule.

— Impec, déclara-t-il une fois installé. Allons la chercher.

L'allée menant à l'entrée était lisse et récente, aménagée pour accueillir un fauteuil roulant.

— Ça m'ennuie d'être pragmatique alors que visiblement, tu vis le truc de façon très spontanée, intervint CJ, mais est-ce que tu as la moindre idée de ce qu'on va faire avec elle ?

— Pas du tout.

Il sonna à la porte.

— Est-ce que tu as songé, au moins, à ce que tu allais dire à sa mère ?

Wyatt leva les yeux vers la gauche.

— Euh… Non. Mais j'aurais dû.

La porte s'ouvrit avant que Wyatt n'ait le temps de réfléchir. Margaret parut surprise de les voir.

— Bonjour.

— Bonjour ! la salua Wyatt. Nous sommes venus kidnapper votre fille. Je sais, ça paraît étrange dit comme ça, et nous ne savons pas exactement…

— Emmenez-la, le coupa Margaret. Elle est tout à vous. Mon Dieu. Par pitié. Emmenez-la !

Margaret se tourna vers l'intérieur de la maison.

— Dakota ! Enfile ton manteau !

Une fois Dakota installée à l'arrière, après que CJ eut trouvé comment caler deux fauteuils roulants dans son coffre, elle sortit de l'allée en marche arrière.

— Où est-ce qu'on va ?

— Là où le vent nous mènera, répliqua Wyatt.

CJ lui lança un coup d'œil taquin.

— À moins que quelqu'un ait une meilleure idée, je pars en direction de Baskin-Robbins.

— J'ai horreur des glaces, maugréa Dakota.

CJ lui jeta un coup d'œil dans le rétroviseur.

— Ça, ça m'étonnerait.

Dakota croisa les bras.

— Si, c'est vrai. J'ai une intolérance au lactose.

Wyatt se retourna face à elle.

— Bon Dieu, ma petite ! T'es en fauteuil et tu n'as pas le droit aux glaces ? Tu n'es vraiment pas gâtée par la vie, toi !

— Dis, Dakota, reprit CJ, je me demandais : pourquoi tu es en fauteuil ? Si ça t'embête d'en parler, ne te sens pas obligée.

Wyatt lui toucha le genou. CJ savait ce que signifiait ce geste. Il approuvait la question. Ce qu'elle ignorait en revanche, c'est pourquoi elle regrettait qu'il ait retiré sa main.

Dakota décroisa les bras.

— Je présume que ma mère vous l'a dit, murmura-t-elle.

— Non.

Dakota regarda par la fenêtre. À l'évidence, elle n'avait pas envie d'aborder le sujet. Mais à l'évidence aussi, elle en avait *besoin.*

— C'est de naissance. Tu sais ce que c'est que le spina bifida ?

— J'en ai entendu parler, admit CJ. Mais je ne sais pas grand-chose. Tu veux bien m'expliquer ?

— C'est une malformation de la moelle épinière. Cela dit, je n'en ai jamais souffert et ça ne me causait aucun problème jusqu'à l'an dernier, quand j'ai eu un gros pic de croissance. J'étais en cours d'EPS et on jouait au volley. Tout à coup, j'ai eu une sensation bizarre dans les jambes, j'ai baissé les yeux et… euh, j'avais fait pipi. Tout le monde s'est moqué de moi. Tous mes camarades, sans exception. Y compris ma meilleure amie. Mais c'était pas drôle et puis, c'était pas ma faute.

— Bien sûr que ce n'était pas ta faute, appuya CJ.

— J'ai dû me faire opérer ; d'après les médecins, tout allait s'arranger et je me rétablirais. Mais au final, pas du tout. Dans mon cas, la pathologie s'est aggravée. Un genre de complications post-op rares et graves. Et il a fallu que ça tombe sur moi. C'est trop injuste.

CJ l'observa dans le rétro. Dakota baissa les yeux, refusant de la regarder.

— Parfois, je fais encore pipi sans le vouloir.

Sa voix s'adoucit timidement.

— Je ne veux pas que quelqu'un au centre de loisirs se moque de moi.

CJ et Wyatt échangèrent un regard de profonde compassion. Ils avaient mis le doigt dessus. Voilà pourquoi Dakota refusait de mettre un pied ou, en l'occurrence, une roue, sur le terrain.

Wyatt se retourna.

— Ça n'arrivera pas, Dakota. J'y veillerai. Personne ne se moquera de toi.

Mais il y avait toujours un risque. CJ ne pouvait pas imaginer toutes les épreuves que Dakota avait traversées, en revanche elle savait pertinemment ce que ça faisait d'être la risée de tous. Par réflexe, elle replia un bras sur son ventre, parade physique contre un souvenir à jamais gravé dans sa mémoire.

— Ma meilleure amie s'est moquée de moi, répéta Dakota. Elle n'est même pas venue me voir à l'hôpital. Et depuis mon retour à l'école, elle ne me parle plus.

CJ lança un regard vers la banquette arrière.

— Ça, c'est nul.

Les amies de CJ ne s'étaient jamais moquées d'elle. Pas une fois. Quand Grayson avait balancé que, vu sa taille de géant, CJ était forcément un homme, Jordan avait riposté en lui glissant tout bas : « Tu ne serais pas un peu jaloux ? » Quand il avait remis ça, quelque temps après, Martha l'avait carrément frappé. Quant à Ava, sa douce et merveilleuse Ava, elle était toujours là pour la soutenir et lui répéter qu'elle était belle.

Dakota haussa les épaules.

— Bon, on fait quelque chose ou on continue à rouler comme des losers ?

— Je partage sincèrement ta peine, Dakota, confia CJ. Je ne l'excuse en rien, mais je parie que ton amie est sans doute effrayée et embarrassée. Elle ne sait ni quoi dire ni comment réagir, alors elle marche sur des œufs.

— En parlant d'œufs… intervint Wyatt. Allons en jeter sur sa maison.

— Oh oui ! s'écria Dakota depuis la banquette arrière. S'il te plaît, CJ !

CJ ne l'avait jamais vue aussi enthousiaste.

— S'il te plaît, s'il te plaît, s'il te plaît !

Wyatt prit part au chœur.

— Allez, s'il te plaît ! Regarde, il y a une supérette juste à l'angle. Si ça, c'est pas un signe, je sais pas ce que c'est !

— Wyatt, je ne suis pas trop du genre à enfreindre la loi. Et là… on parle de dégrader une propriété privée… et de lancer des œufs sur la maison d'une gamine. C'est une très mauvaise idée.

Toutefois, l'expression pleine d'espoir de Dakota dans le rétroviseur la fit fléchir et il n'en fallut pas plus pour qu'elle mette son clignotant et se gare devant la supérette.

— Génial ! cria Dakota.

Dix minutes plus tard, CJ remplissait des bombes à eau aux toilettes du magasin. Au moins, elle avait réussi à les dissuader d'utiliser des œufs. On frappa à la porte et Wyatt passa la tête.

— Tu t'en sors ?

— À merveille, acquiesça CJ, impassible. Il n'y a personne, tu peux entrer.

Wyatt poussa la porte en grand et roula jusqu'à elle.

— Cette idée ne te plaît vraiment pas, hein ?

— Je n'excuse en rien la réaction de son amie. Pas du tout. Mais… je comprends. C'est déroutant. Ça fait peur. Et elle n'a que onze ans. À son âge, comment peut-on s'attendre à ce qu'elle accepte le sort de sa copine ? J'ai dix-sept ans et j'ai du mal à faire face.

Sentant les larmes monter, CJ s'efforça de les refouler.

— D'un côté, j'ai envie d'étriper cette gosse. De l'autre, quelque chose me dit que j'aurais sans doute réagi *pareil.*

Les larmes jaillirent sans bruit.

— Je ne suis pas sûre que j'aurais mieux géré. Je suis tout aussi nulle. C'est moi que vous devriez bombarder d'eau.

CJ sentit les larmes dégouliner sur ses joues. Elle en fut mortifiée.

— Je ne sais pas pourquoi je pleure. Ce n'est pas juste non plus. C'est Dakota qui est en fauteuil et c'est moi qui pleure !

— Penche-toi, exigea Wyatt.

— Hein ?

— Tu es trop grande. Il faut que tu te penches.

CJ s'accroupit à sa hauteur. Il attrapa un essuie-main et l'utilisa pour sécher ses larmes.

— Tu n'es pas nulle, Clarke. Toi tu ne te serais jamais moquée.

— Qu'est-ce qui te fait dire ça ?

— Je le sais, c'est tout.

Ils s'observèrent un moment. La main de Wyatt s'attarda sur le visage de CJ. Elle se demanda ce qu'elle ressentirait s'ils s'embrassaient. Elle était presque certaine qu'il se posait la même question. Il suffirait qu'elle se penche un peu plus pour avoir la réponse. Mais elle s'abstint.

— Bon, déclara-t-elle en se relevant pour passer à autre chose, je crois qu'il est temps qu'on s'y mette.

Le regard de Wyatt était rivé à CJ mais elle faisait tout pour l'éviter. Elle glissa toutes les bombes à eau dans un sac.

— Ne t'en fais pas, Clarke. On ne va pas réellement mitrailler cette gosse. Je me disais qu'on pourrait simplement les jeter dans son jardin. Ça te va comme ça ?

Elle approuva d'un signe de tête. Puis elle lui tint la porte et le suivit vers la sortie.

***

Jordan ramenait Martha en voiture quand elle reçut le message. Étant donné que ses parents lui avaient fait signer un vrai contrat dans lequel elle s'engageait à ne pas utiliser son portable au volant, elle demanda à Martha de consulter le SMS à sa place. Dès que Martha lui en précisa l'auteur, elle le regretta.

— Ça vient de ce politicien, Scott Mercer, constata son amie d'un ton très surpris. Pourquoi il t'écrit, celui-là ?

— Je sais pas. Bizarre.

Jordan s'empressa de tendre le bras pour reprendre son téléphone.

Ils s'écrivaient souvent. En partie pour le boulot, mais pas seulement. Ils échangeaient à propos des séries télé qu'ils suivaient. Des espoirs et des rêves qu'ils nourrissaient. Ce genre de choses.

Martha écarta le téléphone hors de sa portée.

— Tu ne préfères pas que je le lise ?

— Ça ne doit pas être très important. Laisse tomber.

Jordan tenta à nouveau de récupérer son portable et comme elle donna un grand coup de volant, la voiture fit une embardée.

Martha la dévisagea.

— Jordan, mais qu'est-ce qui te prend ?!

— Rien, se défendit cette dernière. Je ne sais pas ce qu'il me veut.

— Eh bien, on va le savoir.

Martha se plaqua contre la fenêtre côté passager pour que Jordan ne puisse pas attraper le téléphone. Elle ouvrit le message sous le regard un peu inquiet de son amie. Honnêtement, Jordan ne savait pas pourquoi Scott lui écrivait.

— Il dit : « Peux-tu venir à la mairie ce soir ? Peux pas t'expliquer par SMS, mais c'est pour ton article, il ne faut pas que tu rates ça. »

— Ah… fit Jordan.

Le message était professionnel. *Ouf !*

— Intéressant. Je crois que je ferais bien d'y aller.

— En effet, acquiesça Martha d'un ton soupçonneux. J'en déduis qu'on ne se voit pas ce soir ?

Elles étaient en route pour l'appartement de Martha où elles comptaient travailler ensemble leur exposé d'histoire.

— Il faudrait que je suive cette piste, argumenta Jordan. Ça a l'air sérieux. Tu ne trouves pas ?

Martha la fixa d'un air impassible. Jordan aurait mis sa main à couper qu'elle allait lui demander des explications. Mais contre toute attente, son amie opta pour l'indifférence.

— Comme tu veux. Tu peux me déposer au cinéma, dans ce cas ?

— Je croyais que tu ne travaillais pas ce soir ?

Martha haussa les épaules.

— C'est vrai.

Elle n'entra pas dans les détails et Jordan eut la conviction que c'était voulu. Puisque Jordan faisait des cachotteries, alors Martha en ferait aussi.

Après l'avoir déposée, Jordan fila chez elle pour se changer en vitesse. En reprenant ses clés de voiture, elle eut une hésitation. Le stationnement en centre-ville allait lui coûter un bras. Il valait mieux prendre le bus.

Le trajet lui prit un temps fou et, quand elle descendit enfin à son arrêt, elle dut se presser. Cependant, elle prit le temps de faire une pause sur le parvis pour admirer la mairie. Elle était déjà venue ici, dans le cadre d'une sortie scolaire. Mais de nuit, éclairé comme ça, l'édifice était encore plus beau.

Jordan monta les marches pour pénétrer dans le hall. Elle n'avait pas souvenir qu'il était si majestueux. Au-dessus d'elle flottait le drapeau américain. Passer dessous l'investit d'un sentiment à la fois d'importance et d'humilité. Elle trouva l'ascenseur et appuya sur le bouton du dernier étage. Lorsque les portes s'ouvrirent, Scott l'attendait.

— Bonsoir, dit-il.

Jordan sentit son cœur se mettre à battre la chamade.

— Bonsoir.

Il se pencha tout près de son oreille. L'espace d'un instant, elle ne comprit pas ce qu'il faisait.

— Réunion en chambre du conseil municipal, chuchota-t-il. C'est au bout du couloir.

Le contact de son souffle sur ses cheveux la chatouilla.

— Ça débute dans cinq minutes. Je ne t'ai rien dit mais la maire compte intervenir sur la question du parc. Personne ne connaît son point de vue. La promotrice immobilière est tendue. Mon chef aussi.

Il s'écarta à l'approche d'un visiteur. Jordan prit un air nonchalant.

— Vas-y, souffla Scott.

Fébrile, Jordan remonta le couloir d'un bon pas. Des hommes et des femmes en costume et tailleur scrutaient l'écran de leur téléphone. Les talons de Jordan résonnèrent sur le carrelage. À l'entrée de la salle, elle marqua un temps d'arrêt. La maire et les membres du conseil étaient installés sur une grande estrade. Ce sentiment d'importance qu'elle avait éprouvé quelques instants plus tôt s'évanouit aussitôt. Elle était désormais intimidée. Ne sachant pas trop où elle devait s'asseoir et n'osant pas demander, elle prit place au dernier rang pour être sûre de ne gêner personne.

Le président du conseil entama la réunion en présentant la question de l'augmentation du salaire minimum. Jordan dressa l'oreille. C'était un sujet que Martha suivait de près. Une des femmes à la table (elles n'étaient pas nombreuses), la conseillère Morales, lut une déclaration préparée à l'avance et fit ardemment pression pour obtenir cette augmentation. C'était la plus jeune de cette assemblée et elle ne laissait aucun homme lui couper la parole. Jordan aurait aimé que ses amies soient là pour voir ça.

Après deux ou trois autres points à l'ordre du jour, vint enfin le moment de débattre de la fermeture du parc. Le conseiller Lonner résuma l'avancée du processus d'accord. Il évoqua l'étude d'impact sur l'environnement, affirmant qu'elle ne contenait rien d'inquiétant. Comme elle doutait d'avoir le droit d'enregistrer, Jordan sortit son carnet et prit des notes à la volée. Elle remarqua que le conseiller Lonner sembla s'assombrir au moment où le président du conseil donna la parole à Mme la maire Wilhelm, laquelle se pencha pour parler dans le micro.

— Ce n'est pas pour l'environnement que je m'inquiète, commença-t-elle avec sérieux.

Elle lança un regard au conseiller Lonner.

— C'est pour les enfants qui jouent dans ce quartier. Avons-nous une étude nous permettant d'évaluer les conséquences pour eux de la fermeture de ce parc ?

Elle marqua une pause pour lui laisser l'opportunité de répondre.

— Ce n'était pas une question rhétorique, monsieur le conseiller. J'aimerais que vous y réfléchissiez.

Kenneth Lonner ne cessa de discourir, assurant qu'il allait se renseigner auprès de sa collectivité. La maire resta calme et totalement déterminée. À un moment, Scott qui était assis quelques rangées devant Jordan, se retourna pour capter son regard. Il haussa un sourcil d'un air de dire : *ça se corse.*

À la fin de la réunion, Jordan rassembla ses affaires et quitta la salle. Scott l'attendait dehors, au pied des marches. Du menton, il lui fit signe de le rejoindre au coin de la rue, où ils seraient plus tranquilles. Dès qu'ils furent hors de vue, il la questionna.

— Alors, qu'est-ce que tu en as pensé ?

Pour la première fois depuis le début de cette affaire, Jordan reprenait espoir.

— La maire Wilhelm a bien remis ton boss à sa place. Je crois que le message est passé.

— Sans commentaire, acquiesça Scott en souriant. Viens, je te raccompagne à ta voiture.

— Je suis venue en bus. Tu peux m'accompagner jusqu'à l'arrêt.

Il enfouit davantage les mains au fond de ses poches. Elle vit son souffle se dessiner dans la fraîcheur du soir.

— Il fait bien trop froid pour attendre le bus, décréta-t-il. Je te ramène.

— Merci, accepta-t-elle.

Ils marchèrent jusqu'à la voiture de Scott, qui lui ouvrit alors la portière. CJ comme Martha disaient que ce genre de galanterie était sexiste et démodée, mais cela ne dérangeait pas Jordan. Elle trouvait ça plutôt gentil. Elle monta et boucla sa ceinture.

— Bien, dit Scott en se glissant côté conducteur, où est-ce que tu vis ?

À peine eût-il posé la question que Jordan commença à paniquer.

— Euh… Euh…

Ça n'allait pas. Mais alors, pas du tout. Il ne fallait surtout pas qu'il découvre où elle habitait. À moins de trouver une bonne explication au fait qu'une jeune journaliste indépendante ait les moyens de vivre dans une si grande maison.

— Ton adresse ? insista-t-il gentiment.

Son portable était sorti et son GPS allumé.

— Ah… euh… mon adresse…

— Oui, opina-t-il, étonné par son attitude bizarre. Ton adresse. Ce serait utile.

Si elle lui disait la vérité, ça gâcherait tout.

— Jordan ? Il y a un souci ?

— 1158 Bader Court !

Elle lâcha cette réponse avec une telle brusquerie qu'elle se sentit presque obligée de s'excuser. C'était l'adresse de Martha.

— 1158 Bader Court, répéta-t-elle, cette fois plus calmement.

Il l'entra dans son GPS.

— C'est parti.

***

Un peu impressionnée, Martha regarda Victoria poser avec prudence un ourson gélifié au sommet d'une pile haute de sept bonbons déjà. Victoria recula la main délicatement afin de ne pas tout renverser avec la breloque de son bracelet. Comme la pyramide tint bon, elle s'exclama avec son étrange accent hybride :

— Et bam, meuf !

Martha resta stupéfaite.

— Ce n'est même pas possible d'un point de vue architectural. Je crois d'ailleurs que ça enfreint les lois de la physique.

— Et pourtant, le résultat est là. À toi.

Ce jeu était une invention de Victoria. Un moyen de lutter contre l'ennui d'une soirée trop calme. Martha sortit un nouvel ourson du sachet, le lécha un coup, et approcha doucement de la tour.

— Dis, je peux te poser une question ? demanda Victoria.

— Pas si c'est pour me déconcentrer.

— Qu'est-ce que tu fais ici ?

Martha ne quitta pas la tour des yeux.

— Je te l'ai dit. J'ai mal lu le planning. C'est bête, hein ?

— Vraiment ?

Martha sentit ses joues s'empourprer. Elle colla l'ourson et recula.

— À ton tour.

— Je ne voulais pas te mettre mal à l'aise, ajouta Victoria. Je suis contente que tu sois là. Seulement, je me demandais si tu évitais ton domicile pour une raison ou une autre.

— Ah, fit Martha. Non, pas du tout.

Elle regarda Victoria piocher un autre ourson dans le sachet. Elle aimait bien le fait que sa collègue soit ouverte aux discussions sérieuses.

— J'adore être chez moi, précisa Martha. Je vis seule avec mon père et on s'entend vraiment bien. Tant mieux d'ailleurs, puisque je vais sûrement devoir me contenter de l'université de Cleveland l'an prochain.

— Ah bon ? Mais je croyais que tu visais le MIT[1] ?

Martha n'en avait parlé qu'une fois. Décidément, Victoria était attentive.

— C'est vrai, c'est une des meilleures écoles d'ingénieur. Et Boston a l'air d'être une chouette ville. Mais je ne suis pas sûre que ça en vaille la peine. Si je vais à l'université d'État de Cleveland, je pourrai obtenir mon diplôme sans crouler sous les dettes. Ou presque. Au fond, pourquoi ne pas choisir cette solution ? La perspective de contracter un énorme emprunt… De laisser mon père seul… Tout ça me terrifie.

1. Massachusetts Institute of Technology.

Cette dernière phrase lui échappa involontairement. Elle n'avait pas pour intention d'avouer ses craintes. Victoria s'écarta de la pile pour l'observer.

— Je peux faire une remarque ?

Martha hocha la tête.

— Affronte tes peurs. Les meilleurs moments de ma vie ont découlé de situations que je redoutais.

Elle reporta son attention sur la pyramide et posa délicatement son ourson au sommet. Voyant la tour osciller avant de se stabiliser, elle retint son souffle. Martha aussi.

— À toi, dit Victoria.

— Quoi, par exemple ? questionna Martha. Quelles peurs as-tu affrontées ?

Victoria sourit.

— Eh bien, par exemple, avouer à quelqu'un qu'on a envie de l'embrasser sans avoir la certitude que ce soit réciproque.

— Et… ? enchérit Martha. C'était le cas ?

— Une fois, oui, confia Victoria en riant. Une autre, j'ai eu le cœur brisé. Néanmoins, je ne regrette pas d'avoir été sincère.

Martha remarqua que Victoria ne perdait pas contenance. Contrairement à elle, la regarder en face ne l'effrayait pas. Troublée, Martha sortit son téléphone et fit le tour de toutes les applis qu'elle utilisait d'ordinaire pour se distraire. Elle tomba sur un message que Jordan avait envoyé un peu plus tôt dans la soirée. En le lisant, son expression dut changer car Victoria lui demanda aussitôt si tout allait bien.

— Oui, la rassura Martha.

Jordan les prévenait qu'en fin de compte, le parc serait peut-être préservé.

— Tu es sûre que ça va ? insista Victoria.

Martha rangea son téléphone dans sa poche arrière.

— Oui, c'est une bonne nouvelle.

— Mais alors, pourquoi tu sembles…

Martha soupira.

— Parce que mon amie est à une réunion importante où elle essaie de changer le monde.

Elle s'interrompit pour sourire avec autodérision.

— Et moi, je suis là, à construire une pyramide de bonbons au cinéma du coin.

— Tu dis ça comme s'il s'agissait d'une vulgaire tour, objecta Victoria. À mon avis, on n'est pas loin de détenir un record mondial.

Martha sourit. Au moins, ce serait une façon comme une autre de laisser son empreinte sur terre. C'était idiot, elle en avait conscience, mais graver son nom sur les montants de cette cage à écureuil lui tenait toujours à cœur. Martha sortit un ourson du sachet et lui donna un coup de langue.

— Tu vas y arriver, l'encouragea Victoria. Pense au Guinness. On se souviendra de nous.

Pile au moment où Martha posait l'ourson au sommet de la pile, son portable sonna.

— Si je bouge la main, ça va s'écrouler, grommela-t-elle.

— Et on pourra oublier le Guinness des records. Pas de pression.

Martha se concentra pour empêcher sa main de trembler. Son portable continua de sonner. Elle l'ignora. Il sonna encore. Et encore. Martha fit tout son possible pour ne pas se laisser perturber.

— Attends, proposa Victoria. Je vais le prendre.

Victoria s'approcha dans son dos et, aussi délicatement qu'elle avait posé l'ourson, elle inséra une main dans la poche arrière de Martha. Cette dernière se raidit en sentant Victoria faire glisser avec précaution le téléphone (et sa main) contre ses fesses. Elle eut très envie de se retourner. Et de glisser sa main dans celle de Victoria en lui révélant tous ses secrets.

Victoria sortit finalement le portable et le consulta.

— C'est ton amie Jordan.

— Ne réponds pas.

Martha allait laisser leur tour de bonbons s'écrouler, se retourner et demander à Victoria si elle éprouvait la même chose qu'elle.

— Je m'en fiche du parc, là.

— Visiblement, il ne s'agit pas du parc, précisa Victoria. Je crois que tu ferais mieux de jeter un coup d'œil.

***

Scott mit son clignotant pour s'engager sur l'autoroute. Jordan envoya une série de messages affolés à Martha.

Tu es chez toi ?
Je t'en supplie, dis-moi que tu es chez toi.
Longue histoire, je t'expliquerai. J'ai besoin que tu te fasses passer pour ma coloc.

Elle se doutait que Scott insisterait pour la raccompagner jusqu'à la porte. C'était bien son style. Et d'une certaine manière, ça ne lui déplaisait pas. Mais elle savait ce qui arriverait s'il le proposait.

MAIS T'ES OÙ ?

Scott suivit son GPS. Ils en avaient pour vingt minutes en voiture et ils bavardèrent durant tout le trajet. Jordan garda son téléphone à l'œil. Toujours pas de réponse de Martha lorsqu'il se gara le long du trottoir.

— Bon, dit Jordan, me voilà arrivée.

Scott jeta un coup d'œil à son immeuble, puis la regarda.

— Je ferais mieux te raccompagner jusqu'à ta porte.

Jordan tenta d'imaginer ce qui se passerait une fois là-bas. Comment expliquerait-elle qu'elle n'avait pas les clés ? Elle n'aurait qu'à frapper. Non, impossible. Le père de Martha risquait de répondre. Maintenant qu'il avait des horaires plus normaux, en général le soir, il était chez lui.

— Non, t'inquiète, ce n'est pas la peine, déclina Jordan. Merci de m'avoir ramenée.

Elle descendit de la voiture et Scott en fit autant.

— Jordan. Je connais le taux de criminalité du quartier. Je te raccompagne jusqu'à ta porte.

Elle lui lança un regard pétri d'hésitation qu'il interpréta de travers.

— Je ne voulais pas être impoli, s'excusa-t-il. Je n'habite pas vraiment un palace non plus.

Il observa l'immeuble de Martha. Qu'il croyait être celui de Jordan.

— Il a l'air plus sympa que le mien et j'ai à peine de quoi payer mon loyer.

Jordan ne savait pas trop comment réagir.

— C'est ça, les premiers apparts, improvisa-t-elle. N'est-ce pas ?

Scott rit.

— Oui, tout à fait. Je crois que c'est un passage obligé quand on a la vingtaine. Si on vit encore dans un trou à trente ans, alors là, on peut s'inquiéter.

En entendant un bruit de pas, ils se tournèrent en même temps.

— Salut, coloc ! lança Martha en s'approchant.

Jordan n'aurait pas su dire si elle les avait entendus parler.

— Tu rentres seulement, toi aussi ?

Jordan lui lança un regard ambigu, à la fois pour la supplier de tenir sa langue et s'excuser. Martha se tourna vers Scott.

— Bonsoir. Je suis Martha. La colocataire de Jordan.

Il lui serra la main.

— Enchanté.

— Merci de l'avoir raccompagnée. Je prends le relais. On rentre toujours ensemble le soir. On n'est jamais trop prudent dans ce quartier pourri.

Jordan rit d'un air embarrassé. Martha pivota en la foudroyant du regard.

— C'est ça, les premiers apparts, n'est-ce pas ?

Elle avait donc entendu. Tout ce qu'ils avaient dit. Jordan s'en voulut terriblement. Pire que ça. C'est à peine si elle osa regarder Scott.

— Merci… pour tout. Bonne nuit.

— Bonne nuit, Jordan. Ravi de t'avoir rencontrée, Martha.

— Tout le plaisir était pour moi, répondit cette dernière d'une voix qui débordait de colère et de peine.

Jordan attendit que Scott démarre pour parler à Martha.

— Je suis vraiment désolée. Sincèrement, je t'assure.

Martha eut un haussement d'épaules méprisant.

— Laisse tomber, rétorqua-t-elle froidement. Ça valait sûrement le coup de se moquer de mon quartier pour sauver le parc.

Elle regarda la voiture de Scott s'éloigner, puis de nouveau Jordan.

— Puisque c'est bien tout ce qui compte, non : sauver le parc ?

CHAPITRE SEIZE

Assise dans les gradins entre Jordan et Martha, Ava les sentait très tendues. Le stade entier était moucheté de blanc après les premières neiges de la saison. D'habitude, les filles n'assistaient pas à ces compétitions (CJ était la seule sportive du groupe) mais là, c'était le dernier match de l'année. Le dernier de toute leur vie lycéenne. Alors, drapées d'écharpes bordeaux et dorées, elles se blottirent en tribune sous des couvertures et se réchauffèrent les mains avec des chocolats fumants.

L'équipe de foot avait dû mener une belle action car soudain les pom-pom girls se mirent à lancer leurs jambes en l'air en agitant les bras. Jordan applaudit en criant vers le terrain : « Allez les Bears ! » Puis elle se pencha devant Ava pour poser une main gantée sur le bras de Martha.

— C'est sympa ce match.

Elle essayait tant bien que mal de faire comme si la situation entre elles était normale.

— Je regrette qu'on n'en ait pas vu d'autres quand on en avait l'occasion.

— Est-ce que tu sais qui mène, au moins ? l'interrogea Martha.

— Pas du tout, admit Jordan. Mais ce n'est pas la question. Être réunies ici, c'est ça qui est cool.

— Eh bien, pour info, on est en train de se faire laminer, précisa Martha. On va rester encore combien de temps ? Il va bientôt falloir que je parte travailler. Parce que je suis pauvre, tu sais.

Ava et CJ échangèrent un regard inquiet.

— Je suis désolée, souffla encore Jordan à Martha. Je me suis déjà excusée. Je ne sais pas quoi dire de plus…

Entendant son portable sonner, CJ s'en servit comme prétexte pour l'interrompre.

— Tu m'aides ? dit-elle en lui fourrant son téléphone sous le nez.

Jordan était la seule à porter des gants tactiles. Du bout de l'index, elle déverrouilla le téléphone de CJ. Elle connaissait son code car elles utilisaient toutes le même. 0809. Le neuf août. Date de leur rencontre au parc.

Le SMS s'afficha et Jordan eut un hoquet de surprise.

— Clarke Josephine Jacobson : tu m'expliques pourquoi Wyatt Sans-Nom-de-Famille t'envoie une photo cochonne ?

Assise devant elles, une mère avec de jeunes enfants pivota en décochant un regard noir à CJ.

— Je suis désolée, dit-elle à la femme. En réalité, ce n'est pas… vous voyez. C'est un vase.

La mère se retourna vers ses enfants, et Martha et Ava se penchèrent vers l'écran de CJ. Wyatt lui avait envoyé la photo d'une grosse poterie.

— C'est une blague entre nous, se défendit CJ. Ce sont les créations de sa mère.

— Je te crois pas, réfuta Martha. Impossible que ce truc soit un vase. C'est un pénis, sûr et certain.

La mère refit volte-face.

— Bonjour ! l'interpella Martha avec désinvolture. Comment ça va ? Le match vous plaît ?

La mère la mit en garde d'un regard agacé avant de revenir à ses enfants.

CJ se ratatina, mortifiée.

— Pitié, achevez-moi.

Ava éclata de rire. CJ semblait vraiment à l'agonie, mais elle affichait aussi un sourire en coin.

— Une chose est sûre, ça rigole bien avec Wyatt, la taquina Ava.

CJ parlait tout le temps de lui. Elle trouvait toujours le moyen de glisser son nom dans la conversation.

— Bref, reprit Martha. Il faut que je file.

CJ rangea son portable.

— OK. On te retrouve au cinéma après le match ? On doit encore décider de ce qu'on va faire pour le parc.

Le discours de la maire leur avait redonné espoir. CJ estimait que c'était le moment ou jamais de lancer une offensive. Ava partageait son avis. Restait à définir ladite offensive. Jordan était réticente à toute publication. Elle ne voulait pas révéler son âge. Ava ne comprenait pas trop ce que ça changeait.

— À quoi bon discuter ? objecta Martha. Si Jordan ne veut rien faire…

Jordan se crispa.

— Si, je *veux* faire quelque chose. Mais à mon avis, ce n'est pas en publiant un article chiant qu'on résoudra quoi que ce soit.

— Alors écris un truc qui ne soit pas chiant, répliqua Martha.

— Tu as très bien compris ce que je voulais dire. Ça ne vaut pas le coup de griller ma source, pour l'instant.

Martha leva les yeux au ciel.

— Ouais, c'est ça. Bref.

— Non. Arrête avec tes « bref ». Engueule-moi un bon coup, lâche-toi.

— Très bien, céda Martha. Je me lâche, mais je vais rester calme : franchement, qu'est-ce qu'on en a à faire de ta source débile ? Scott est un con.

Jordan balaya d'un geste la neige sur son manteau.

— C'est pas un con. Il a été d'une aide précieuse. Il m'a informée en exclu de cette réunion…

— Pour coucher avec toi ! s'emporta Martha. Il veut juste te mettre le grappin dessus.

Une fois de plus, la mère de famille se retourna vivement. Au moment où Jordan ouvrit la bouche pour dire quelque chose, CJ s'interposa.

— Oui, vous avez raison, concéda-t-elle à la femme. Nous allons continuer cette discussion ailleurs.

CJ se leva et Ava l'imita. Jordan croisa les bras.

— Non. Je reste. C'est la dernière fois de toute notre vie qu'on assiste à un match de foot du lycée McKinley. Pas question que je rate ça.

Martha se leva.

— Super. Préviens-moi si tu arrives à comprendre de quel côté on joue.

Elle quitta la tribune comme un ouragan. CJ supplia Jordan du regard.

— Allez, viens ! On va en discuter toutes ensemble.

Jordan croisa les bras encore plus fermement.

— Il n'y a rien à dire.

Ava insista à son tour.

— Allez, Jordan. S'il te plaît.

Jordan s'obstina.

— Je reste.

Ava et CJ lui laissèrent une minute pour changer d'avis. Quand il devint clair que Jordan n'en démordrait pas, elles allèrent retrouver Martha. Ava jeta un dernier regard en arrière. Toujours bras croisés, Jordan demeura immobile sous la neige qui virevoltait.

***

Martha descendit du bus et partit en direction du cinéma. En traversant la rue, elle marcha en plein dans une flaque. Déjà qu'elle était en colère contre Scott et le monde entier... Elle aurait aimé en vouloir à Jordan aussi mais, au fond, ce n'était pas le cas. Elle était blessée, c'est tout. Blessée que son amie n'ait pas compris le malaise qu'elle avait ressenti en se retrouvant jugée et méprisée de la sorte. Martha s'arrêta. Elle essora le bas de son jean trempé et se sentit mal. Bien sûr que Jordan savait ce que ça faisait. Elle le savait mieux que personne parmi elles.

Alors Martha reporta sa colère sur le monde entier. Et sur Scott.

Arrivée au cinéma, elle tira sur la porte d'entrée. Une bouffée d'air chaud l'enveloppa, suivie d'un grand soulagement lorsqu'elle aperçut Victoria. Martha se demanda si celle-ci verrait tout de suite que ça n'allait pas. Sans doute. Peut-être même qu'elle la prendrait encore dans ses bras. Martha ne dirait pas non.

Mais Victoria n'était pas seule. Elle était assise à l'une des tables de la buvette en compagnie de Logan Diffenderfer. Ils semblaient absorbés par leur conversation.

— Salut, s'annonça Martha.

— Qu'est-ce qui ne va pas ? tiqua aussitôt Victoria.

Une minute plus tôt, Martha aurait donné cher pour qu'elle lui pose cette question. À présent, elle se contenta de hausser les épaules.

— Rien.

Elle ôta son manteau et tapa des pieds près de l'entrée pour ôter la neige sous ses bottes.

— Tu es sûre ? insista Logan. Tu as l'air...

— J'ai l'air quoi, Diffenderfer ? répliqua Martha sur la défensive.

Il leva les mains en signe de reddition.

— OK. Je m'inquiétais, c'est tout.

Il se tourna vers Victoria.

— Bon, je ferais bien d'y aller si je ne veux pas rater le début. Mais sérieusement : regarde *Blue Velvet*. C'est un film étrange mais, à mon avis, ça te plaira.

Victoria hocha la tête.

— Je l'ajoute à ma liste.

Tandis que Logan s'éclipsait à l'intérieur de la salle, Martha passa derrière le comptoir et fourra son manteau mouillé dans un des placards, dont elle referma la porte d'un coup de pied.

— Sérieux, s'inquiéta Victoria. Qu'est-ce que tu as ?

— Rien, tout roule. Va rejoindre Logan si tu veux. Je m'occuperai de la buvette. Continuez à parler ciné ou je sais pas quoi. Bref.

Décidément, elle disait beaucoup « bref » ce soir.

Victoria s'accouda au comptoir.

— Je me fiche du film. Ce que je veux, c'est savoir ce qui te tracasse.

Martha ne savait même pas par où commencer. Ce n'était pas sa dispute avec Jordan qui la tourmentait. Pas vraiment. De ce côté-là, elle savait que ça s'arrangerait. Elle savait que les excuses de son amie étaient sincères. D'ailleurs, elle aussi regrettait son attitude. Au lieu de lâcher l'affaire, elle avait continué à chercher la petite bête. Elle savait que ces émotions finiraient par s'estomper. Dans un an, elles ne s'en souviendraient même plus. Jordan serait sans doute dans sa chambre d'étudiante à Northwestern ou à la rédaction du campus, et toute cette histoire ne serait qu'une anecdote de lycée. Martha se demanda où *elle* serait. Probablement ici même, à taper ses bottes sur le même tapis et fourrer son manteau dans le même placard.

— Tu as déjà eu le sentiment… je ne sais pas… que tu ne valais rien ?

Victoria opina doucement.

— Évidemment. Comme tout le monde.

Grandir dans un foyer modeste n'avait jamais dérangé Martha. Elle était fière de son père. Elle adorait ce minuscule appartement à la moquette grise. Voilà pourquoi les paroles de Jordan lui avaient fait tant de peine. Quand Scott, avec sa chemise BCBG et son job utopique, avait critiqué son cadre de vie, Jordan ne l'avait pas défendue. Elle avait omis de dire qu'il n'imaginait même pas les difficultés engendrées par les fermetures d'usines, les départs de chaînes de production à l'étranger et le fait que, du jour au lendemain, des vies avaient basculé. Scott ignorait tout de la rançon du progrès.

— Ça ne signifie pas que c'est vrai, nuança Victoria. Tu as de la valeur. Je ne sais pas qui t'a donné l'impression du contraire, mais cette personne se trompe.

Des larmes s'échappèrent des yeux de Martha. Victoria lui prit la main et la pressa.

— Je t'assure, murmura-t-elle. Crois-moi.

Martha opina. Scott lui était sorti de la tête. À présent, elle ne pensait plus qu'à Victoria et au bonheur d'être là avec elle, sa main dans la sienne.

— Victoria… je voudrais te dire un truc.

Tout à coup, les portes de la salle s'ouvrirent avec fracas. Sursautant en chœur, les filles se lâchèrent la main en se retournant. C'était Logan.

— Punaise, Diffenderfer ! ronchonna Martha en s'essuyant vite les yeux. Apprends à ouvrir une porte.

Logan s'empressa de s'excuser.

— Tu sais où est Ava ?

— Pourquoi ? Qu'est-ce qui se passe ?

Logan lui montra quelque chose sur l'écran de son téléphone.

— Oh ! là, là ! s'exclama Martha.

— Comme tu dis, soupira Logan. Elle est chez elle ?

Martha sortit son portable.

— Je vais vérifier.

Victoria les regarda tour à tour.

— Tout va bien ?

Martha confirma.

— Oui. C'est une longue histoire. Ava recherche sa mère biologique…

— Je sais.

Martha l'observa, étonnée.

— Tu sais ?

— Oui, Logan me l'a dit.

Ce n'était pas le moment pour Martha d'analyser de A à Z tout ce que Logan et elle s'étaient raconté ces derniers temps. Elle leva le nez de son écran et se tourna vers lui.

— Ava est chez elle. Envoie-moi le fichier par Air Drop.

Il hésita.

— Tu ne veux pas que je…

Martha planta son regard dans le sien.

— Je sais que tu as les meilleures intentions du monde. Mais il vaudrait mieux que ce soit moi qui lui en parle. Avec CJ et Jordan.

Logan eut le mérite de ne pas objecter.

— Bon, OK. Tu as sûrement raison.

Il sélectionna le fichier et Martha attendit le « bip » électronique indiquant que le transfert était terminé.

— Merci.

Elle pivota vers Victoria.

— Tu peux t'occuper du ciné ?

— Bien sûr.

Martha attrapa son manteau et fila vers la sortie. Arrivée à la porte, elle marqua une pause et se retourna. Victoria lui adressa un petit signe et un regard impossible à déchiffrer.

***

C'était la première fois que CJ débarquait chez Wyatt sans prévenir. Aussitôt après avoir frappé à la porte, elle le regretta et croisa les doigts pour qu'il n'y ait personne.

La porte s'ouvrit.

— Clarke, salua Wyatt. Qu'est-ce que tu fais ici ?

— Aucune idée. Et tu es sûrement occupé.

— Un peu, oui.

— Désolée. Je te laisse.

— Clarke, attends. C'est une occupation à laquelle tu peux tout à fait participer.

Il ouvrit la porte en grand. Elle entra mais garda son manteau, ne sachant pas combien de temps elle resterait. Il faisait bon dans la maison, et l'atmosphère était calme. Il la conduisit dans le salon où elle découvrit une table jonchée de centaines de pièces de puzzle.

— Un puzzle ? s'étonna-t-elle en riant. C'est à ça que tu es occupé ?

— Clarke. Je ne t'ai pas fait entrer chez moi pour que tu te moques. Alors assieds-toi et donne-moi un coup de main. Le motif final représente un chaton grimpant sur des rideaux. Je crois qu'il y a une citation inspirée aussi, mais j'ai perdu le couvercle de la boîte.

CJ prit place et se mit à chercher les pièces formant la bordure. À sa connaissance, tout le monde entamait les puzzles comme ça, mais Wyatt, lui, avait commencé par le centre. Franchement, c'était de la torture.

— Alors… murmura Wyatt en balayant la table du regard pour trouver la pièce dont il avait besoin. Qu'est-ce qui te pousse dehors par une soirée si venteuse ?

CJ assembla deux pièces du bord ensemble.

— Je sortais d'un match de foot et je me suis rendu compte que je n'avais pas très envie de rentrer chez moi. Alors j'ai fait un tour de voiture et… j'ai atterri ici. Mais si tu préfères que je m'en aille…

— Pas du tout, Clarke.

CJ tendit le bras pour attraper une pièce qui était précisément celle que Wyatt voulait. Leurs mains se chevauchèrent. Comme à chaque contact entre eux, CJ frissonna. Elle retira rapidement sa main.

— Désolée.

— Tu es pardonnée.

Wyatt lui plaisait. C'était maintenant une certitude. Elle savait aussi pourquoi elle retirait sa main à chaque fois. À cause du fauteuil roulant. Elle n'en était pas fière. Mais c'était la vérité. Ça ne devrait rien changer, bien sûr. Si elle était une fille bien, ça ne changerait rien. Mais elle n'était pas quelqu'un de bien. Étant donné qu'elle ne pouvait pas s'empêcher de penser à toutes les complications. Tous ces endroits où ils ne pourraient pas aller ensemble. Ces activités qu'ils ne pourraient pas pratiquer. Elle ne savait même pas s'il pouvait faire l'amour. Elle était encore vierge. À ce jour, elle avait à peine franchi l'étape des préliminaires un peu poussés, mais en sa présence, elle ne pensait qu'à ça : coucher avec lui.

— À quoi tu penses ? s'enquit-il.

— À rien.

— Clarke. Tu pensais à un truc. Dis-moi.

— Oh, mais… Arrête d'insister.

— Clarke.

— Je me demandais si tu pouvais faire l'amour.

La main de Wyatt resta en suspens au-dessus du puzzle. Elle l'avait sûrement blessé. Évidemment. Quelle question blessante ! Cependant, c'est avec un sourire en coin qu'il releva les yeux.

— Clarke Josephine Jacobson. Me ferais-tu des avances ?

— Non. Bien sûr que non.

Elle reporta immédiatement son regard vers la table.

— Je suis super gênée maintenant. Je n'aurais jamais dû…

— Oui.

Elle le regarda. D'un signe de tête lent et mesuré, il confirma.

— Je peux faire l'amour. D'autres questions ?

CJ se sentit rougir.

— Tu l'as déjà fait ?

Elle voulait détourner les yeux. Et en même temps, elle ne voulait pas.

— Oui. Enfin, pas depuis que je suis en fauteuil. Sinon oui, je l'ai fait.

— Ah…

CJ se remit au puzzle et fouilla sur la table pour trouver une autre pièce à bord droit. Ça ne lui plaisait pas d'imaginer Wyatt avec une autre fille, laquelle était sûrement très jolie. De taille normale et décomplexée.

— Avant l'accident, j'avais une copine. Ce n'est pas à cause de ce qui m'est arrivé qu'on a rompu. On a décidé d'un commun accord de se séparer lors de notre départ à l'université. Donc, ne te sens pas obligée de la détester.

— Mais… j'ai le droit quand même ou pas ?

— Avec grand plaisir.

Une fois de plus, CJ se réfugia dans le puzzle.

— OK, Clarke. Maintenant à moi de t'en poser une.

Elle prit soudain un air très affairé.

— Vas-y, accepta-t-elle. C'est de bonne guerre.

— Bien : pourquoi m'as-tu posé cette question ?

CJ trouva la pièce qu'elle cherchait. *Dis-lui. Dis-lui que tu as des sentiments pour lui.* Elle la retourna dans sa paume. *Et que c'est la première fois que tu ressens ça pour quelqu'un.* Elle la reposa. *Ouvre ton cœur. Allez !* CJ leva les yeux vers lui.

— Par curiosité.

Elle le regarda acquiescer sans rien laisser transparaître. Puis il se remit au puzzle. Poursuivant son assemblage de la bordure, CJ regretta de ne pas être une meilleure personne. C'est alors qu'un message de Martha fit tinter son téléphone.

***

Jordan arpentait le trottoir devant chez Ava. La neige, qui avait momentanément faibli, tombait maintenant dru. Voyant la voiture de CJ arriver, Jordan se retourna et, devinant aussi Martha à son bord, elle se sentit aussitôt mal à l'aise et coupable.

— Salut, souffla-t-elle timidement au moment où ses amies sortirent de la voiture.

Martha adopta le même comportement.

— Salut, murmura-t-elle à son tour.

Difficile de dire qui fit le premier pas. Elles étaient là, à shooter dans la neige et, l'instant d'après, elles tombèrent dans les bras l'une de l'autre.

— Pardon, sanglota Jordan en s'écartant.

Elle plongea les yeux dans ceux de Martha.

— Je regrette vraiment. J'aurais dû dire à Scott de la fermer. J'aimerais pouvoir effacer ce que j'ai dit.

— T'inquiète. Je sais que tu ne le pensais pas.

— Ne sois pas aussi clémente. Je m'en veux énormément.

— Je le sais. Mais je m'en veux aussi. Car je sais que tu as vécu des situations de ce genre un million de fois et…

— Ça ne me donne pas tous les droits. Je t'adore, Martha.

— Moi aussi.

Elles s'étreignirent encore. Cette fois, aucune ne s'écarta avant que CJ s'éclaircisse la voix.

— Euh, les filles ?

Jordan expliqua à CJ qu'elle avait déjà tenté de se manifester à la porte. Pour qu'Ava comprenne que c'était elle, elle avait plaqué une paume contre la fenêtre comme une pieuvre.

— Pas de réponse.

— Elle doit être sous la douche. Ou au lit, supposa CJ.

Heureusement, elles connaissaient une autre entrée.

Elles contournèrent la maison jusqu'à la chambre d'Ava. CJ trouva un cache-pot vide qu'elle retourna pour l'utiliser comme marchepied. La dernière fois qu'elles avaient escaladé cette fenêtre, c'était il y avait bientôt quatre ans de ça. À l'époque, elles ne savaient pas ce qui n'allait pas chez leur amie. Juste que, parfois, Ava était incapable de se lever. Elles croyaient l'aider en l'encourageant à se bouger. Elles croyaient bien faire en essayant de la tirer hors du lit. Mais leurs tentatives avaient seulement donné envie à Ava de s'enfouir encore plus profondément sous les draps. Et de verrouiller sa porte. Mais les meilleures amies trouvent toujours le moyen de contourner les obstacles. Jordan se rappellerait toute sa vie cette soirée où elles étaient entrées de force dans sa chambre. Couchée au fond de son lit, Ava était si lasse qu'elle ne s'était même pas retournée à leur arrivée et avait parlé au mur : « Je ne me lèverai pas. » C'était CJ qui avait répondu : « Tu n'es pas obligée. Mais on va entrer. » Ce qu'elles avaient fait. Toutes les trois. Elles avaient escaladé la fenêtre et s'étaient regroupées à son chevet. L'une d'elles (elles n'arriveraient jamais à se mettre d'accord pour déterminer laquelle) avait étreint la main d'Ava en murmurant : « Ça signifie *je t'aime*. Si tu m'aimes aussi, ne dis rien, serre juste deux fois. » Bien que mollement, Ava s'était exécutée. Elle avait serré deux petits coups.

CJ monta en équilibre sur le cache-pot et glissa les doigts dans l'interstice à la base de la fenêtre. Elle poussa vers le haut et la fenêtre s'ouvrit sans encombre. Ava n'avait jamais avoué à sa mère que ses amies avaient cassé le loquet, il n'avait donc jamais été changé. La première chose que Jordan remarqua, c'est la musique qui filtra. Grêle et creuse. Comme sortie d'une paire d'écouteurs au volume beaucoup trop fort. Ce qui était précisément le cas.

Ava était à son chevalet, absorbée par son art et sa musique mais quand CJ ouvrit le rideau, elle poussa un cri. Surprise de découvrir les trois visages de ses meilleures amies, elle en jeta son pinceau à la figure des intruses. CJ le reçut en plein front.

— Non mais ça va pas ?! s'écria Ava.

CJ essuya la trace de peinture marron sur son visage. Ava s'efforça de reprendre son souffle.

— Qu'est-ce que vous fichez ici ?

C'est Martha qui répondit.

— On a le nom de ta mère biologique.

Ava retira ses écouteurs.

***

Quelques minutes plus tard, les quatre filles étaient assises par terre dans la chambre d'Ava, leurs chaussures boueuses empilées près de la fenêtre. Sa mère était à Chicago pour une conférence et, ce soir-là, il régnait dans la maison un sentiment de calme dont Ava se souviendrait toute sa vie.

— Je ne peux pas, murmura-t-elle.

Elle tenait le téléphone de Martha. Le dossier n'attendait plus qu'elle pour être ouvert.

— C'est trop dur. Je préfère que ce soit quelqu'un d'autre qui s'en charge.

Elle tendit le téléphone devant elle et CJ se dévoua. Elle cliqua sur la pièce jointe, et Ava ferma les yeux. Celles qui avaient encore les yeux ouverts poussèrent ensuite différents types de « oh ! ».

— Quoi ? Qu'est-ce qu'il y a ? paniqua Ava en gardant les yeux bien fermés.

— Euh… elle…

On aurait dit la voix de Martha. Mais aussi une voix émue aux larmes. Ce qui l'excluait d'office. Martha ne pleurait jamais.

— Elle te ressemble, Ava.

Ava ouvrit un œil. Puis l'autre. CJ lui tendit le téléphone et Ava fut sidérée en découvrant la photo.

— J'hallucine. C'est moi… ? Avec ma…

Sa voix se brisa avant qu'elle parvienne à prononcer le mot.

Sur la photo, on voyait sa mère biologique allongée dans un lit d'hôpital l'air terrorisé mais aussi submergé d'amour. Elle tenait dans les bras un nouveau-né. La petite Ava.

— Purée, souffla Ava devant cette image.

Une image claire et nette. Cette femme ne serait plus jamais floue dans son esprit.

— Isabel Castillo, dévoila Martha. C'est son nom.

— Ava Castillo, énonça Ava comme pour tester cette identité.

Dans sa bouche, ce nom semblait incommode et peu élégant à prononcer.

— Mais j'imagine que mon prénom aussi aurait été différent.

Ava parcourut le reste du dossier. Isabel Castillo vivait en Californie. Une adresse était indiquée dans la municipalité de East Palo Alto. Il y avait même un numéro de téléphone.

— Il est encore tôt là-bas, indiqua CJ. Il est trois heures de moins en Californie, si tu as envie d'appeler.

Ava n'eut pas besoin d'y réfléchir longtemps. Elle secoua la tête.

— Non, je peux pas.

Elle n'avait jamais eu l'intention d'entrer en contact avec sa mère biologique. Tout ce qu'elle souhaitait, c'était mettre un visage sur ce blanc qui occupait son esprit. C'était maintenant chose faite. Ça suffisait. Amplement, même.

— Merci d'être passées, écourta Ava. Mais j'ai envie d'être un peu seule.

Ses amies comprirent. Elles s'attardèrent en la prenant tour à tour dans leurs bras et promirent de laisser leurs téléphones allumés toute la nuit en cas de besoin.

Après leur départ, Ava fixa la toile sur laquelle elle travaillait. Elle avait décidé de peindre le parc. De façon figurative, cette fois. Pour cela, elle s'inspirait d'une vieille photo prise quand les filles avaient quatorze ans. Dans son souvenir, c'était un des meilleurs étés de sa vie. Quoique, avec le recul, elle ne savait pas si cet été avait vraiment été spécial ou si sa particularité venait du fait que c'était le dernier avant sa dépression. Le dernier avant la Dr Clifford, avant le Lexapro et avant que Logan Diffenderfer ne la traite d'idiote.

Elle savait cependant qu'elle devait l'appeler. C'était lui qui avait déniché ces informations. Il lui avait offert une image. Il fallait au moins qu'elle le remercie. Chaque fois qu'elle attrapait son téléphone, elle se dégonflait. Elle lui envoya plutôt un message.

Merci.

Le lundi, au lycée, Logan eut une attitude étrange avec elle. Enfin, pas vraiment étrange. Prudente, disons. D'un ton attentif qui en disait long, il prit de ses nouvelles. Et le sens de sa question ne lui échappa pas : comment allait-elle maintenant qu'elle connaissait le visage de sa mère biologique ?

— Ça va, assura Ava.

Sauf que ça n'allait pas. Le dimanche soir, Ava avait accueilli sa mère de retour de Chicago avec une certaine nervosité. Elle lui en voulait de lui avoir caché ces informations. D'un autre côté, elle culpabilisait d'avoir enquêté en cachette. Elle avait à la fois le sentiment d'être trahie et d'être l'auteure de la trahison.

En fin de compte, ce mince aperçu de sa mère biologique était pire que de ne pas la connaître du tout. Chaque fois qu'Ava se tenait face au miroir, elle croisait le reflet d'Isabel Castillo. Il apparaissait dans les vitrines des magasins et la faisait sursauter quand elle jetait un coup d'œil dans le rétroviseur. Le mercredi, elle le vit même dans les flaques auréolant les trottoirs suite à une soudaine hausse des températures qui avait fait fondre toute la neige. Ce jour-là, Logan arriva en avance au cours de dessin. Cela faisait une semaine qu'il venait tous les jours de bonne heure.

— Comment tu vas ? la sonda-t-il encore de ce ton lourd de sens.

— Très bien.

C'est lui qui avait suggéré de chercher l'adresse d'Isabel sur Google Maps. Ava voulait juste voir où elle habitait. Elle était peut-être pauvre, peut-être riche. Tandis que Logan entrait l'adresse, Ava se surprit à fredonner la chanson « Maybe » du film *Annie*. « Peut-être loin, peut-être tout près… »

Ava se pencha pour regarder l'adresse apparaître à l'écran. C'était un immeuble sans intérêt, ordinaire, d'une banalité frustrante. Prochaines étapes : Facebook et Instagram ; mais les dénommées Isabel Castillo étaient si nombreuses qu'il leur fallut tout le cours de dessin plus la pause déjeuner pour consulter chaque profil. Aucune d'entre elles n'était *son* Isabel Castillo.

Le lendemain, Logan arriva encore en avance en classe.

— Je crois que j'ai une idée pour que tu ailles la voir en Californie.

Ava déclina d'un signe de tête.

— Elle n'a pas envie de me rencontrer.

— Je ne dis pas que tu es obligée de la *rencontrer*. Je te parle de la *voir*. De la guetter de loin devant chez elle.

— Comme une détraquée ?

— Non, comme une fille qui se pose des questions.

Ava secoua encore la tête.

— Jamais de la vie.

— Est-ce que je peux juste te faire part de mon idée ?

— Non, c'est non, Logan.

Au déjeuner, Jordan exhiba la nouvelle robe que sa grand-mère l'avait aidée à confectionner, et cette stupide chanson du film *Annie* ressurgit dans la tête d'Ava. Elle dut se réfugier aux toilettes pour que personne ne la voie pleurer.

À la fin des cours, elle alla voir Logan.

— Supposons que je ne sois pas totalement contre l'idée d'espionner ma mère biologique. Tu disais que tu avais une idée pour que j'aille en Californie ?

Sur le plan de son téléphone, Logan lui montra que la municipalité d'East Palo Alto n'était qu'à quinze minutes en voiture de l'université de Stanford.

— Dis à ta mère que tu veux postuler là-bas.

— Mais je ne veux pas aller dans cette université.

— Fais-lui croire que tu hésites. Et que, pour t'aider à trancher, tu aimerais visiter le campus. Ils organisent un week-end portes ouvertes après Thanksgiving. Tu pourrais y aller en avion ; ensuite, ta mère biologique n'habite qu'à quelques arrêts de bus.

Ava baissa les yeux.

— Je ne sais pas.

Ça la gênait de recourir à ce subterfuge pour amener sa mère adoptive à lui payer un billet d'avion qui lui servirait à aller voir sa mère biologique en secret.

— Je pourrais t'accompagner, proposa Logan. Je connais déjà ce campus, mais je suis sûr que mes parents seraient d'accord. Ils désespèrent un peu que je m'inscrive là-bas.

Ava fixa ses orteils.

— Je vais y réfléchir.

CHAPITRE DIX-SEPT

Comme chaque année à Thanksgiving, CJ fit trois heures de voiture avec ses parents jusqu'à Ann Arbor pour aller manger de la dinde trop sèche chez sa sœur aînée. À leur arrivée là-bas, elle appela Wyatt.

— Juste pour te rappeler que je suis partie en famille pour Thanksgiving, l'informa-t-elle. Donc je ne serai pas là demain.

Elle l'avait déjà prévenu. Plusieurs fois.

— Tu appelles juste pour retourner le couteau dans la plaie et me rappeler que moi je suis coincé à Cleveland, c'est ça ?

— Je croyais que la plupart de tes amis rentraient de l'université pour les vacances ? Ça devrait être sympa, à vrai dire.

Wyatt poussa un soupir théâtral.

— Précise ce que tu entends par « sympa, à vrai dire » ?

— Je crois que ça se passe de précisions.

Sa nièce cavalait dans la maison en tutu rose et ailes de fée. Menue et conforme en tout point aux normes, elle ressemblait comme deux gouttes d'eau à la sœur aînée de CJ. Elle s'arrêta pour faire la roue. CJ la félicita en levant le pouce.

— Oui, ce sera sympa de les revoir, concéda Wyatt. Mais ce sera tendu aussi.

— Tendu ?

— Compliqué.

— Je sais ce que signifie tendu. En fait, j'ai pas mal de vocabulaire, tu sais. Ne te laisse pas duper par mon piètre résultat aux examens.

— Clarke ! se réjouit-il. Tu tournes tes faiblesses en dérision. Venant de toi, je considère qu'il y a du progrès.

— Merci.

Elle regarda sa nièce enchaîner les pirouettes.

— Mais ne change pas de sujet. Pourquoi ce sera tendu ?

Wyatt soupira encore. Cette fois, ce soupir était sincère.

— La plupart de mes potes du lycée étaient dans l'équipe de cross et d'athlétisme. Plusieurs ont continué la course à l'université. C'est dur de les entendre en parler.

Un long silence s'ensuivit. La nièce de CJ tournoyait de plus en plus vite.

— Ça me manque de courir, avoua Wyatt. C'est dingue comme ça me manque.

— Je suis désolée.

Elle songea à ses baskets soigneusement rangées dans sa valise. Elle comptait éliminer la dinde de

Thanksgiving en courant avec son père. C'était une de ses traditions préférées.

— Merci. Ce sera quand même cool de les voir. On fêtera mon anniversaire.

— Ah, c'est quand ?

— Samedi prochain.

CJ le nota mentalement pour ne pas oublier.

— On va se lâcher. J'entends par là que mes potes vont venir à la maison déguster le fameux gratin de ziti de mon père.

— Trop mignon, commenta CJ.

— Tu te moques, mais en vrai, j'adore. C'est la recette de ma grand-mère. Un de mes plats préférés au monde. En parlant de cuisine, vas-y : tes trois spécialités de Thanksgiving préférées ?

La nièce de CJ tourna sur elle-même au point d'en avoir le vertige et finit par s'écrouler sur les genoux de sa tante. CJ lui caressa les cheveux et l'embrassa sur la tête.

— La farce. Les haricots verts en cocotte. Et le pain de maïs. Et toi ?

— La tarte au potiron. La tarte aux noix de pécan. Et en trois, n'importe quelle autre tarte.

— Ce n'est pas une spécialité de Thanksgiving, la tarte.

— Pour moi, ça va de pair.

Leur débat se poursuivit jusqu'à minuit.

Le lendemain, c'est Wyatt qui appela.

— Mes potes sont partis courir ensemble. Besoin de me changer les idées. Raconte-moi ce que tu fais.

CJ était assise par terre devant la cheminée avec son ordinateur sur les genoux.

— J'essaie de décrire une expérience marquante que j'aurais vécue.

— Ambiance. Pourquoi tu fais ça ?

Elle lui parla du sujet de dissertation pour son inscription à Stanford et lui lut l'intitulé :

— « Racontez une expérience qui vous a radicalement transformé et expliquez en quoi celle-ci a modelé votre personnalité actuelle. »

— Tu parles d'un sujet, Clarke.

Il passa vite à autre chose, sans développer.

— Bon, raconte-moi pourquoi tu veux aller à Stanford. Je ne t'ai jamais demandé.

Dans l'âtre, les bûches s'affaissèrent en soulevant une cascade de flammèches.

— Tu vas me trouver ridicule.

— Ça ne me viendrait jamais à l'idée.

CJ s'empara du tisonnier pour remuer les braises.

— Je veux aller à Stanford pour contribuer à rendre ce monde meilleur.

Elle suspendit son geste.

— Tu me trouves ridicule ?

— Pas du tout. En revanche, j'ai une question subsidiaire : pourquoi faut-il être diplômé de Stanford pour rendre le monde meilleur ?

Elle haussa les épaules.

— Ce n'est pas indispensable. Mais ça me rendrait plus crédible, tu vois ?

— Non, je ne vois pas.

— C'était une question rhétorique.

— C'est pas l'impression que tu donnes.

— Je veux qu'on me prenne au sérieux, Wyatt.

C'était un aveu de faiblesse. Et la réponse de Wyatt fut musclée.

— Alors, à toi de convaincre.

Cette remarque lui fit l'effet d'une gifle. Si bien qu'elle éprouva soudain le besoin irrésistible de faire une blague.

— Ah, et pour le climat aussi ! J'en ai marre des hivers de Cleveland. À Stanford, il fait toujours beau.

— D'accord, concéda Wyatt. Ça, je peux comprendre.

— Qu'est-ce qui t'a poussé à aller à l'université de l'Ohio ? questionna à son tour CJ.

— Une bourse d'athlétisme.

— Waouh !

— Oui. C'était plutôt « waouh » comme tu dis. J'étais super content.

CJ contempla les flammes qui faiblissaient.

— Tu penses reprendre tes études un jour ?

Wyatt resta silencieux si longtemps qu'elle vérifia sur son écran que la communication n'était pas coupée.

— Tu es toujours là ?

— Oui, murmura-t-il.

Nouveau silence interminable.

— Je ne sais pas. Ce sera très… différent. J'avais une certaine conception de l'université… Je ne sais pas ce que ça pourrait donner désormais.

Elle repensa à sa remarque au minigolf. « Les rêves évoluent. »

Son attitude changea.

— Bon, ma mère vient de rentrer. Faut que je file. Salut, Clarke.

— Salut, Wyatt.

***

C'est le jour de Thanksgiving, en mangeant un poulet rôti bio, qu'Ava décida de prendre l'avion pour aller voir sa mère biologique en Californie. Elle était attablée dans la salle à manger face à sa mère adoptive. Même si elles n'étaient que deux à partager ce repas, sa mère décorait toujours la table tandis qu'Ava confectionnait des marque-places. C'était la tradition.

Du bout de sa fourchette, Ava joua avec la nourriture dans son assiette. Elle n'avait pas beaucoup d'appétit ces derniers jours.

— Ton book pour l'école de design avance bien ? demanda sa mère.

Ava laissa son plat tranquille. Elles n'avaient pas reparlé de ce projet depuis l'horrible rendez-vous avec la conseillère d'orientation.

— Oui… ça va.

— J'essaie de garder l'esprit ouvert, souligna sa mère.

— Merci.

Ava gratta la farce avec sa fourchette en se demandant pourquoi diable on y avait fourré des raisins secs. Pour elle, c'était un crime.

— Je ne veux que ton bonheur.

Ava leva les yeux. Sa mère faisait vraiment des efforts. Malgré tout, rien ne compenserait jamais le fait qu'elle ne comprendrait jamais, et ce n'était pas sa faute. Sa mère ne connaîtrait jamais ce besoin douloureux de badigeonner de peinture une toile vierge. Elle ne saurait jamais ce que ça faisait d'être la seule racisée parmi une multitude de Blancs. Ou encore, d'être terrassée par la dépression.

— En fait, reprit Ava, j'essaie de rester ouverte aussi. J'envisage de peut-être présenter un dossier à Stanford.

Sa mère releva vivement la tête.

— Vraiment ? Super nouvelle.

Ava eut presque le cœur brisé en entendant l'espoir dans la voix de sa mère.

— Le campus organise un week-end portes ouvertes. Tu crois que je pourrais y aller ?

— Oui. Mais oui ! Mince alors. Évidemment.

Elle rayonnait de joie.

— On peut réserver nos billets ce soir si tu veux.

— Oh, bafouilla Ava. C'est pas la peine… je sais que tu es très prise par ton travail et…

— Ava. Pour toi, j'ai toujours le temps.

Ava contempla son assiette. Elle n'avait même pas touché à son poulet.

— Et puis, l'idée que tu partes seule là-bas… Je ne vais pas te mentir : ça m'inquiète un peu.

Ava releva les yeux. Elle était assez grande pour voyager seule et même faire toutes sortes de choses dont sa mère ne la croyait pas capable.

— Il ne m'arrivera rien, maman.

— C'est à l'autre bout du pays.

— S'il te plaît, insista Ava d'une voix légèrement étranglée. Je… c'est important pour moi.

Sa mère ne semblait pas rassurée.

— Et si j'y allais accompagnée d'un ami… tu serais d'accord ?

Sa mère réfléchit.

— Oui, ce serait déjà mieux.

Ce soir-là, Ava faillit appeler Logan Diffenderfer. Mais à la place, c'est CJ qu'elle contacta.

— Donc… résuma CJ après qu'Ava lui eut exposé le projet. Tu veux que je vienne en week-end à Stanford avec toi pour qu'on puisse espionner ta mère biologique ?

Recroquevillée sur son lit, Ava tenait sa carte postale dans la main.

— Comme tu n'as jamais visité ce campus, je me disais que tu n'aurais pas de mal à convaincre tes parents.

Un silence extrêmement long s'ensuivit.

— CJ ?

— Je réfléchis.

Nouveau silence.

— OK, réflexion terminée. Enfin, non. Pas tout à fait. Mais d'accord. Pour toi, je serais prête à traverser l'enfer. Donc je trouverai un moyen de réunir l'argent.

Ava posa la carte postale et se redressa. Elle n'avait même pas songé au coût du voyage et au fait que ce serait compliqué pour CJ.

— Merde ! Je n'y avais même pas pensé, CJ. Laisse tomber. C'est une très mauvaise idée.

— Attends, je viens de me rappeler un truc, s'exclama CJ avec un petit rire amer. Le cours de préparation aux examens que j'ai suivi cet été offrait une garantie de remboursement : si ta note ne s'améliore pas, tu es intégralement remboursé.

— Ne gaspille pas cet argent pour moi, refusa Ava. Garde-le. Dépense-le utilement.

— Justement, répliqua CJ d'un ton décidé.

***

— Ça m'ennuie de souligner une évidence, objecta Martha le lundi suivant, mais je vais quand même me dévouer.

L'air incrédule, elle fixa Ava assise en face d'elle à la table de la cantine.

— Tu ne peux pas aller à Stanford ce week-end-là.

Ava tritura l'étiquette de sa bouteille d'eau.

— Il le faut.

La pile de nuggets dans son assiette était intacte.

— Je ne suis pas tout à fait d'accord, hésita Jordan. Si Ava n'y va pas, elle se posera des questions toute sa vie.

— C'est mon avis aussi, enchérit CJ.

Elle piocha une croquette dans l'assiette d'Ava et la tint devant elle.

— Tu ne manges pas ?

Ava fit non de la tête.

— Sers-toi.

— Non. Je veux dire…

Elle baissa d'un ton.

— Tu ne manges pas ?

Elle aurait pu se dispenser de répéter la question de ce ton lourd de sens. Tout le monde avait compris. Quand elle était déprimée, Ava ne s'alimentait presque pas.

— C'est juste une semaine difficile, se défendit Ava. Je suis perturbée. Mais ça va passer.

— Tu jures ? s'inquiéta CJ.

Ava haussa les épaules.

Jordan dégaina son portable.

— OK, c'est réglé. Je viens aussi. Tu as besoin d'un maximum de soutien affectif. C'est quel week-end ?

Elle ouvrit son calendrier.

— Pas le prochain, celui d'après, précisa Ava.

Martha commençait à s'impatienter.

— C'est bien ce que je dis, insista-t-elle. Et qu'est-ce qu'il y a *d'autre* ce week-end-là ?

Ava n'arrêtait pas de tripoter sa bouteille d'eau, ce qui produisait un bruit répétitif agaçant.

— Je ne sais pas.

Martha écarta la bouteille d'eau de ses mains.

— Ton vernissage, Ava.

Ava leva brusquement la tête.

— C'est pas vrai ! Comment j'ai pu oublier ?

Elles comptaient y aller ensemble. Toutes les quatre. Martha avait déjà demandé à ne pas travailler ce soir-là.

— Merde, pesta Ava en regardant ses amies l'une après l'autre. Dites-moi quoi faire. Il faut que vous décidiez pour moi.

— Non, tu n'as pas besoin de nous, refusa CJ. Qu'est-ce que toi, tu veux ? Quel que soit ton choix, on te suit.

Ava fixa ses croquettes. La croûte panée commençait à blanchir et devenir caoutchouteuse aux endroits où la graisse se figeait.

— Il faut que je le fasse, décida finalement Ava. Jordan a raison : sinon, je me poserai éternellement des questions.

Martha ne put s'empêcher de penser que c'était vraiment une très mauvaise idée. Il y avait de fortes chances que ce voyage ne fasse qu'aggraver la situation au lieu de l'apaiser. Cependant, consciente qu'elle ne pouvait pas l'avouer tout haut, elle allongea le bras sur la table pour serrer la main d'Ava. Ava en fit de même, deux fois. Sa poigne était ferme, ce qui rassura un peu Martha. Mais pas totalement.

CHAPITRE DIX-HUIT

Depuis la voiture de CJ, Wyatt regardait la forêt devenir de plus en plus dense, et le paysage de moins en moins familier.

— Tu m'emmènes dans les bois pour me tuer. Avoue, c'est ça, ta surprise ?

— Joyeux anniversaire, chantonna CJ.

— De toute façon, ce sera toujours mieux que la soirée avec mes copains.

— Pourquoi ? s'étonna-t-elle. Qu'est-ce qui s'est passé ?

— Oh, rien de grave, éluda-t-il d'un ton détaché.

CJ bifurqua sur une route secondaire très boisée et il lui jeta un nouveau coup d'œil.

— Sérieusement. Où tu m'emmènes ?

— Je t'ai dit : c'est une surprise. Alors, avec tes copains ?

Wyatt eut un haussement d'épaules évasif.

— C'était super. Ils ont tout fait comme il faut. L'ambiance était très… polie.

— Aïe !

CJ avait désormais passé assez de temps avec Wyatt pour savoir que pour lui, la politesse était pire que tout. Quelle que fût l'intention de son interlocuteur, il y voyait toujours une forme de pitié. Elle lui lança un regard et il eut un sourire chaleureux, qui la déconcentra tant qu'elle faillit rater l'embranchement suivant.

— Désolée, s'excusa-t-elle en prenant le virage un peu vite.

Ils étaient si loin de la ville que certaines rues n'avaient même pas de panneaux. CJ finit par s'engager sur une longue allée de gravier. En tournant la tête, elle vit que Wyatt la fixait.

— Merci, souffla-t-il.

— Pour ?

— Cette virée. Même si c'est dans le but de m'éliminer. Merci.

CJ était emballée par son idée de cadeau. Au départ, elle lui avait acheté un livre sur Franklin Roosevelt, *Le président en fauteuil roulant*. Heureusement, elle l'avait feuilleté avant de lui offrir. Elle pensait que cet ouvrage l'aiderait à s'assumer mais, en fin de compte, ses cours d'histoire l'avaient induite en erreur à bien des égards. Roosevelt n'était pas du tout en paix avec son handicap et se donnait beaucoup de mal pour dissimuler ce qu'il considérait comme une faiblesse. Le prologue allait jusqu'à affirmer que, de nos jours, un homme en fauteuil roulant ne serait sans doute jamais élu. CJ avait eu envie de jeter ce bouquin au feu.

Ses pneus crissèrent sur les gravillons de l'allée, puis elle s'engagea sur un chemin de terre privé qui débouchait sur une écurie rouge au charme rustique.

— On y est, annonça-t-elle.

Wyatt lut les mots peints en lettres blanches sur la façade.

— Centre équestre de Cross Creek ?

— C'est un centre d'équitation adapté. Surprise !

Il n'eut pas l'air de comprendre.

— Pour les enfants ?

— Non, répondit CJ. Pour toi. Joyeux anniversaire.

Elle coupa le moteur et pivota face à Wyatt.

— Tu as dit que ça te manquait de courir, ça m'a marquée. Je comprends complètement, tu peux me croire. Bref, je faisais des recherches au hasard sur Google et je suis tombée sur cet endroit.

Dehors, un moniteur menait un cheval à la robe chocolat dans l'enceinte du manège. L'animal était équipé d'un modèle de selle que CJ n'avait encore jamais vu.

— J'ai lu sur Internet que le mouvement de hanches des équidés reproduit celui de la course pour les humains. Beaucoup de personnes en fauteuil témoignent du fait que monter à cheval leur redonne des sensations dans les jambes. Alors voilà ton cadeau : l'occasion de courir à nouveau.

Wyatt ne réagit pas. Il scruta le cheval avec une intensité que CJ ne lui connaissait pas.

— Prêt ? lança-t-elle d'un ton quelque peu prudent.

Wyatt pivota vers elle. A priori, surtout pour tourner le dos au cheval.

— L'occasion de courir à nouveau ? Mais Clarke, je ne courrai plus jamais !

— Je sais bien, mais tu comprends ce que je veux dire.

— Non, pas du tout !

Sa brusquerie la déstabilisa.

— J'aurais peut-être dû t'en parler. Mais je voulais garder la surprise.

Dehors, le moniteur les salua d'un signe. CJ lui répondit, mais pas Wyatt. Alors elle leva le doigt d'un air de dire « on arrive dans une minute. »

— Ces témoignages sont incroyables, je t'assure. Et la dame à qui j'ai parlé est très gentille. Tu pourrais discuter un peu avec elle. Lui demander des précisions. D'après elle, il y a plein de sentiers dans les environs et, une fois à l'aise en selle, on peut se balader où on veut. Je pensais enfiler mes baskets pour t'accompagner.

Wyatt eut un rire méprisant horrible.

— Tu comprends rien ou quoi ? Je ne courrai plus jamais de ma vie !

CJ baissa les yeux. Elle ne savait plus où se mettre.

— Pardon. Je dis tout de travers. Je t'en prie, Wyatt. Essaie, au moins.

— Mais j'ai pas envie, CJ !

C'était la première fois qu'il l'appelait CJ.

— Bon sang, mais comment as-tu pu imaginer que ça pourrait me plaire ?

— Je… pardon.

— Sors-moi de là, implora-t-il. Tirons-nous d'ici.

CJ redémarra en trombe, laissant dans leur sillage une gerbe de poussière et un moniteur équestre on ne peut plus perplexe.

Ils restèrent muets jusqu'à la route nationale. Wyatt brisa ce silence le premier, au grand soulagement de CJ.

— Je peux te poser une question ? lâcha-t-il sans la regarder.

Elle hocha la tête.

— Tout ce que tu veux.

— Tu l'as fait pour toi ou pour moi ?

Elle lui jeta un regard sans comprendre.

— Clarke, je n'aurai plus jamais les mêmes capacités que toi. Et quelque part, je me demande si au final, tu sauras t'en contenter ?

Cette fois, elle quitta la route des yeux.

— Évidemment ! s'écria-t-elle. Wyatt, je me fiche que…

— Dans ce cas, pourquoi tu ne m'as pas embrassé ?

Stupéfaite par sa question, elle se mura de nouveau dans le silence.

— L'autre jour, quand on préparait les bombes à eau. Tu en avais envie. Et j'aurais aimé que tu fasses le premier pas. Mais tu ne l'as pas fait. Et le jour du puzzle, toutes ces questions que tu m'as posées. Pourquoi ?

CJ opta pour une réponse honnête :

— C'est vrai, j'ai eu envie de t'embrasser. Je ne l'ai pas fait… par peur.

— Peur de quoi ?

Elle reporta son attention sur la route.

— Tu sais bien. Ça complique tout. On ne va pas se mentir.

— Merci pour ta franchise, répliqua-t-il sèchement.

À cet instant précis, CJ prit une décision : ras-le-bol d'avoir peur. Elle mit son clignotant, sortit sur une route secondaire, ralentit et enclencha la position stationnement. Elle déboucla sa ceinture. Puis elle se pencha pour l'embrasser. Au contact de leurs bouches, elle sentit Wyatt lui agripper le bras. Sa poigne était si ferme qu'elle mit un instant avant de comprendre qu'il ne cherchait pas à l'attirer plus près. Il la repoussait.

— Je ne suis pas là pour te permettre de te prouver quelque chose, Clarke.

Dans le ventre de CJ, les papillons redevinrent un tas de chenilles. Compact et entortillé.

— Ce n'est pas ça...

— Tu veux pouvoir crier sur les toits qu'un jour tu as embrassé un mec en fauteuil roulant. Que tu en as tiré une précieuse leçon. Et que cette expérience t'a transformée.

Il secoua la tête.

— Sans moi. Trouve-toi quelqu'un d'autre.

C'est à peine s'ils échangèrent encore deux mots jusqu'à l'arrivée. Elle le déposa chez lui et l'aida à se remettre dans son fauteuil. Puis elle resta plantée devant lui dans l'espoir qu'il ajoute quelque chose. En vain.

— Wyatt...

— Ne t'en fais pas, Clarke. Ça ne changera rien à notre collaboration. Du moins, ce n'est pas ce que je souhaite. Tu sais y faire avec les enfants.

— Merci, murmura-t-elle.

Car au fond, qu'y avait-il de plus à dire ?

— À lundi.

Elle fit le tour de la voiture pour remonter au volant, puis marqua une pause quand la mémoire lui revint.

— Wyatt, le moment est mal choisi mais je voulais te prévenir que je ne serai pas là vendredi.

— Tu pars en week-end ?

— Oui, je vais visiter le campus de Stanford.

Il hocha la tête.

— Pas de souci. J'espère que ce sera comme dans tes rêves.

***

Ava se pencha vers le hublot en passant devant Jordan pour observer ce gros engin qui dégivrait les ailes de leur avion. S'il ne s'écrasait pas avant, à leur arrivée en Californie il ferait vingt et un degrés sous un grand soleil.

— Je stresse, avoua Ava.

— Faut pas, assura Jordan qui semblait pourtant tendue. C'est la procédure normale. Les ailes se couvrent tout le temps de givre. Ça va bien se passer.

Ava lui décocha un regard exaspéré.

— Je parlais de ma mère biologique.

— Faut pas, répéta CJ depuis le siège côté couloir. C'est courant que des enfants adoptés s'intéressent de loin à leurs mères biologiques. Ça va bien se passer.

Ava lui décocha le même regard qu'à Jordan.

Dehors, un puissant vrombissement retentit alors qu'on aspergeait l'aile de produit chimique.

— OK, maintenant je suis stressée à cause du vol, ronchonna Ava. J'aurais dû prendre un magazine ou quelque chose.

— Ah ! j'allais oublier, s'enthousiasma CJ. J'ai un truc pour toi.

Il lui fallut quelques manœuvres pour plier son long corps et atteindre le sac sous le siège devant elle. Elle en sortit un livre qu'elle tendit à Ava.

— Une biographie de Franklin Roosevelt, s'étonna Ava en effleurant la couverture. Euh, merci ?

En l'ouvrant, elle découvrit une dédicace sur la page de garde.

— « De quoi t'inspirer au cas où tu déciderais un jour de te présenter aux élections présidentielles. Bisous, Clarke. »

CJ s'empressa de tourner cette page.

— J'avais oublié que j'avais écrit ça. Désolée. À l'origine, je voulais l'offrir à Wyatt.

Jordan jeta un coup d'œil au livre.

— C'est un peu bizarre de refourguer un cadeau pareil, *Clarke*.

— Fais-moi confiance, glissa CJ à Ava sans se démonter. Tu peux passer les chapitres sur Franklin. Lis ce qui concerne Eleanor. À mon avis, ça te plaira.

Ava posa le livre sur ses genoux. Le camion de dégivrage s'éloigna en marche arrière. Dans le haut-parleur, la voix d'une hôtesse grésilla en annonçant leur départ imminent. Impossible de faire demi-tour désormais. Jordan et CJ saisirent chacune une main d'Ava et la serrèrent.

Le décollage fut mouvementé, mais très vite, l'avion se stabilisa et, une fois l'altitude de croisière atteinte et la menace de mort écartée, CJ et Jordan s'endormirent. Pas Ava. Elle était trop angoissée. À travers le hublot, la vue des nuages raviva en elle le souvenir d'un vol comme celui-ci. Des milliers de souvenirs, plutôt. Quand Ava était enfant, sa mère voyageait souvent pour le travail et l'emmenait toujours avec elle. Ava passait tous ces vols à rêvasser en regardant par le hublot, convaincue que sa mère avait le boulot le plus cool du monde.

Ava changea de position en s'efforçant de penser à autre chose. Elle sentait la culpabilité la gagner et craignait de perdre son sang-froid. Son portable étant éteint et ses amies endormies, elle ouvrit le livre de CJ pour s'occuper. Comme conseillé, elle se plongea directement dans les chapitres consacrés à Eleanor. Grâce à son cours avancé d'histoire américaine, elle était déjà bien renseignée sur ce personnage. Elle savait qu'Eleanor avait avant tout redéfini le rôle de première dame et nombre d'historiens estimaient même que, si la société de l'époque n'avait pas été gangrenée par un sexisme virulent, Eleanor elle-même aurait pu être élue présidente. La liste de ses exploits était édifiante. C'était ça que CJ voulait lui montrer ?

Ava se fichait pas mal de cette grande figure féminine et de ses exploits. Ce genre de récit lui donnait toujours un sentiment de médiocrité. Mais puisque la seule chose qu'elle redoutait davantage que de ne pas être à la hauteur, c'était d'être confrontée à la solitude de ses pensées, elle poursuivit sa lecture. Et deux pages plus loin, Ava découvrit ce qu'aucun cours d'histoire ne lui avait jamais enseigné : Eleanor souffrait de dépression.

Comment se faisait-il qu'elle ne soit pas au courant ? Pourquoi personne ne lui en avait jamais parlé ? Elle dévora le chapitre. Eleanor Roosevelt était encore une femme discrète lorsque son mari l'avait poussée sous le feu des projecteurs. C'est uniquement par contrainte qu'elle avait gagné en assurance. Et pas qu'un peu. Son penchant dépressif n'était pas le seul souci. Elle n'en avait pas honte. La première dame des États-Unis n'avait pas la langue dans sa poche et ne se cachait pas de ses combats. Elle avait même trouvé un surnom pour ses périodes de vague à l'âme. Devant sa famille et ses amis, elle les appelait « ses humeurs à la Griselda[1] ». Ava trouvait ça génial. Des humeurs à la Griselda. Curieusement, formulé ainsi, ça paraissait bien plus respectable. Et nettement moins terrifiant.

Elle termina sa lecture convaincue de deux choses : *primo*, son prof d'histoire ne leur avait pas enseigné l'essentiel et *secundo*, c'était vraiment dommage que la société de l'époque ait été gangrenée par le sexisme car Eleanor Roosevelt aurait fait une sacrée présidente.

Ava relut le mot de CJ sur la page de garde : *De quoi t'inspirer au cas où tu déciderais un jour de te présenter aux élections présidentielles.*

Elle referma le livre, puis secoua doucement Jordan et CJ pour les réveiller.

— On est arrivées.

***

Martha n'était pas jalouse que ses amies soient en Californie sans elle. Ce n'était pas comme si elles étaient parties faire la fête. N'empêche, elle aurait aimé

1. Dans le folklore européen, princesse médiévale patiente et obéissante, qui se retira dans le silence.

être du voyage. Elle avait envisagé d'acheter un billet. Elle avait même regardé les vols. Le moins cher coûtait pas loin de quatre cents dollars. Elle ne chercha même pas à calculer combien d'heures elle devrait travailler au cinéma pour payer une telle somme.

Alors, au lieu de les accompagner dans ce périple émouvant dont elles se souviendraient sans doute toute leur vie, Martha monta dans un bus municipal qui sentait des pieds mais qui était le seul transport public pouvant la rapprocher de chez sa mère. Cette dernière ne lui avait toujours pas retourné le formulaire pour sa demande d'aide financière. Son père l'avait rempli n'importe comment mais, au moins, il l'avait rempli. Sa mère, elle, ne lui avait fourni que des excuses. Martha avait donc décidé que le seul moyen de récupérer ce document était de se rendre sur place.

À sa descente du bus, sa mère l'attendait sur le trottoir.

— Ça caille, fit remarquer Martha. Tu aurais pu m'attendre au chaud.

Martha aurait préféré. Comme ça, elle aurait pu lui en vouloir. C'était plus facile de reprocher à sa mère son manque d'attention.

— Je suis contente de te voir.

Gênées, elles restèrent plantées là un instant, et Martha se demanda si elle devait la prendre dans ses bras. Mais son hésitation fut de courte durée.

— Allons-y. La voiture est garée par là.

Vingt minutes plus tard, elles stationnaient dans l'allée mal déneigée de la maison. Non sans un certain amusement, la mère de Martha raconta que les jumeaux s'étaient chargés du déblayage pour vingt dollars chacun, adorable, non ?

— Si, marmonna Martha.

C'était plus du double de sa paye horaire. À l'intérieur, il faisait une chaleur indécente et ça sentait bon la cannelle. Sa mère proposa un thé que Martha accepta bien qu'elle n'en raffolât pas.

— Alors, commença sa mère en mettant la bouilloire à chauffer, comment va ton père ?

— Bien. Il a des horaires de travail plus normaux désormais.

— Tant mieux pour lui.

Perchée sur un tabouret design, Martha gigota en pianotant sur le plan de travail en marbre.

— J'ai besoin de ce formulaire, maman. Pour la demande d'aide.

Sa mère soupira.

— Je sais. On s'en occupe.

— Maman. J'en ai vraiment besoin. Genre, *maintenant*. Ou plutôt il y a deux semaines. Mais va pour maintenant.

Sa mère sortit du placard deux sachets de thé qu'elle déposa dans des tasses assorties.

— C'est Roger qui a les éléments et je ne peux pas l'obliger à aller plus vite.

— Dans ce cas, est-ce que je peux lui parler ?

Martha ne savait jamais si elle devait l'appeler Roger ou M. Russell. Elle contournait toujours le problème en n'utilisant qu'un pronom.

— Je l'ai déjà fait, Martha. Il s'en occupe.

Martha donnait des petits coups de pied dans les plinthes du comptoir. Ça laisserait des éraflures qui exaspéreraient sa mère. Mais elle s'en fichait. Ou pas. En fait, c'était peut-être justement pour ça qu'elle le faisait.

Lorsque la bouilloire se mit à siffler, sa mère versa l'eau chaude dans les tasses et régla un minuteur sur deux minutes. C'était son minuteur à thé. Un petit gadget argenté n'ayant qu'une seule et unique fonction : minuter le temps d'infusion du thé. Ça agaçait Martha presque autant que l'allée mal déneigée.

— Maman, sans ce formulaire…

— Tu l'auras. Mais c'est compliqué.

— Pourquoi ?

Sa mère reposa la bouilloire sur la cuisinière d'un geste un peu brusque.

— Oh, des histoires de grands. Ne t'en fais pas pour ça.

Elle prit place sur le tabouret près de Martha.

— Alors, raconte-moi, où ça en est pour le parc ?

— Nulle part.

Depuis que ses amies étaient focalisées sur la mère biologique d'Ava, le parc était passé au second plan. Elle ne savait même pas pourquoi sa mère en parlait. Peut-être qu'elle voulait récupérer son couteau à viande ?

Sa mère souffla à la surface de son thé.

— Je suis navrée que tes amies et toi ne puissiez pas perpétuer la tradition.

Martha haussa les épaules.

— Ça ne fait rien.

Elle repensa au couteau. C'était bizarre que sa mère l'ait conservé toutes ces années.

— Apparemment, ça t'a marquée.

Sa mère sourit.

— C'était une soirée mémorable.

Happé par le souvenir, son regard se perdit dans le vague.

— On avait le sentiment d'avoir la vie devant nous. C'était très grisant.

Martha fixa son thé.

— Est-ce que tu regrettes, parfois, de ne pas avoir fait d'études ?

— Bien sûr que non.

— T'inquiète, maman. Je ne me vexerai pas si tu avoues le contraire.

Si sa mère n'était pas allée à l'université de l'Indiana comme prévu, c'était à cause de sa grossesse, Martha le savait.

— Je suis quasiment une adulte. Tu peux me le dire.

Sa mère tapota sa tasse de ses ongles. Sa manucure était impeccable.

— Je ne regrette rien, insista-t-elle. Sincèrement.

Elle releva les yeux et Martha devina son émotion.

— Bon, d'accord, peut-être un peu. C'est difficile de ne pas se demander quelle autre tournure aurait pu prendre ma vie…

À son tour, sa mère fixa son thé, le regard si absorbé par le fond de la tasse que Martha crut un instant qu'elle allait tomber dedans.

— Tu sais, Martha, Roger fait de son mieux pour te remplir ce formulaire. C'est pas simple, les questions d'argent. En réalité, c'est plus compliqué d'en avoir que l'inverse.

Là-dessus, Martha avait un gros doute.

— Il est en train de voir avec son comptable comment procéder au mieux. Mais comme je te l'ai dit, c'est compliqué. Il a des revenus élevés, dont une grande partie est investie dans son activité. Et cette somme n'est pas disponible.

Martha ne comprenait pas trop où elle voulait en venir. Elle but son thé à petites gorgées.

— À la naissance des jumeaux, Roger a constitué des fonds pour leurs études supérieures. Ça se fait souvent. Je pensais que ton père avait fait pareil pour toi. Je n'ai jamais géré les comptes.

À mesure que sa mère poursuivait son exposé, Martha avait du mal à analyser. Puis les choses se précisèrent. Tout devint clair, net et précis. Ce n'était pas par paresse qu'elle ne lui avait pas encore remis le fameux formulaire. Mais parce que son beau-père gagnait *trop* d'argent. Martha n'aurait droit à aucune bourse, rien.

— Donc… comment je fais ? s'alarma-t-elle.

De toute sa vie, elle n'avait jamais quémandé d'argent à son beau-père ; l'idée lui faisait horreur, mais sa mère le lui proposerait peut-être. Et tout finirait bien.

— Je ne sais pas, Martha. Je suis vraiment navrée.

Martha sentit l'univers se refermer sur elle.

— J'aurais dû être plus prévoyante. J'étais persuadée que ton père… je pensais qu'il avait repris les choses en main, depuis le temps.

Martha reposa sa tasse. Il était hors de question que sa mère rejette la faute sur lui. Ce n'était pas l'envie qui lui manquait, mais Martha se retint de hausser le ton, de s'emporter ou de fondre en larmes. Elle se contenta de demander à être reconduite à l'arrêt de bus. Une fois à bord, elle rédigea un message désespéré à ses amies. Puis elle l'effaça. Elle ne voulait pas encombrer Ava avec ses soucis au beau milieu de son week-end intense. Elle envisagea de n'écrire qu'à CJ et Jordan, mais elles avaient déjà assez à faire pour soutenir Ava. Martha n'en fut pas amère, pas vraiment. Elle aurait juste aimé pouvoir se confier à quelqu'un, elle aussi. Elle fixa son portable un moment. Elle songea alors à une personne que rien ne l'empêchait d'appeler. Victoria décrocha à la deuxième sonnerie.

— Salut.

— Salut, dit Martha.

— Qu'est-ce qui ne va pas ?

Martha adorait le fait que Victoria soit capable de déceler un souci dans un simple mot.

— Tout. T'aurais pas envie de sortir ce soir, par hasard ?

Au bruit de fond, Martha devina que Victoria était occupée. Mais elle entendit aussi le moment où Victoria s'interrompit pour se concentrer sur elle.

— J'peux pas. Je travaille ce soir.

— C'est vrai.

Victoria la remplaçait pour la soirée.

— J'avais oublié le vernissage de mon amie. Laisse tomber.

— Mais attends. On peut discuter là, si tu veux. Qu'est-ce qui se passe ?

Martha sentit les larmes monter. Elle n'avait pas envie de craquer dans le bus. Assis à sa hauteur de l'autre côté de l'allée, un type la dévisageait. Elle lui aurait bien crié de s'occuper de ses oignons, mais elle décida plutôt de lui tourner le dos.

— Laisse tomber, répéta-t-elle. Ne t'en fais pas pour moi.

— Martha…

— Je t'assure. Je te raconterai une autre fois. À plus.

Elle raccrocha précipitamment. Presque aussitôt, Victoria la rappela. Elle fit basculer l'appel vers sa messagerie et regarda par la vitre. Tout irait bien pour elle. Ça finirait par s'arranger. Elle trouverait le moyen de régler le problème toute seule. Comme d'habitude.

CHAPITRE DIX-NEUF

L'étudiante qui leur servait de guide sur le campus marchait à reculons et se servait beaucoup de ses mains. Elle faisait traîner la visite en longueur. CJ bouillait intérieurement et Ava avait l'air à deux doigts de disjoncter. Depuis leur arrivée en Californie, elle n'avait pas dit grand-chose. C'était inutile. Son angoisse était visible.

CJ espérait être déçue par Stanford. Ça lui faciliterait la tâche le jour où, inévitablement, son dossier serait rejeté. Manque de bol, l'endroit était fantastique. Encore mieux que dans ses rêves. La guide leur montra la tour Hoover, cette célèbre structure (à la non moins célèbre forme phallique) dressée au centre du campus. CJ en eut presque les larmes aux yeux. C'était plus fort qu'elle. Cette tour lui rappela le vase offert par la mère de Wyatt, qu'elle adorait jusque dans ses défauts. À plein d'égards, elle se retrouvait dans cette chose étrange. Dommage que Wyatt ne soit pas là.

Plus ça allait, moins elle se sentait à sa place sur ce campus. Si Wyatt était là, il essaierait de la dérider en lui rappelant qu'elle n'avait pas besoin d'une lettre d'admission pour savoir ce qu'elle valait.

Dès la fin de la visite et après avoir publié assez de photos sur Instagram (la mère d'Ava suivait son compte et elles supposaient qu'elle irait y jeter un coup d'œil), elles demandèrent à la guide de leur indiquer un arrêt de bus. Toutes trois s'entassèrent dans une rangée et restèrent silencieuses le temps de traverser la ville de bout en bout. Tournée vers la fenêtre, CJ regarda le paysage évoluer, les hôtels particuliers cédant peu à peu le pas à des petites maisons et de grands ensembles.

Le bus déposa les filles à quelques pâtés de maison de l'appartement de la mère d'Ava et elles parcoururent le reste du chemin à pied. L'immeuble faisait partie des plus sympas de la rue, et CJ tourna la tête pour jauger la réaction d'Ava. Elle était blême. Ça avait été le cas toute la journée. Sans compter qu'elle n'avait quasiment rien mangé.

— Prête ? demanda CJ.

Ava fit oui de la tête, d'un mouvement très léger, presque imperceptible.

Jordan ôta son sac à dos pour en sortir une boîte de chocolats. Le plan consistait à aller frapper à la porte et raconter qu'elle vendait des confiseries pour récolter des fonds pour le lycée local. Au cas où le sujet serait creusé, elles s'étaient renseignées sur son nom (lycée Menlo-Atherton) et Jordan avait mémorisé deux ou trois noms de professeurs.

— OK, dit cette dernière. J'y vais.

Tandis qu'elle traversait la rue, CJ sentit Ava chercher sa main à tâtons. Elles regardèrent Jordan entrer en action. Sans succès. La porte resta close.

— Peut-être qu'elle travaille, commenta CJ.

Ava ne dit rien.

Une voisine arriva avec des sacs de provisions et CJ vit Jordan s'adresser à elle. Elle plissa les yeux pour tenter de déchiffrer ce qu'elles se disaient, mais elles étaient trop loin. Deux secondes après, Jordan délestait la dame d'un de ses sacs et s'engouffrait dans son appartement.

— Hmm… fit CJ. Il se passe quoi, à ton avis ?

Ava ne dit toujours rien.

Trois minutes plus tard, Jordan réapparut les mains vides. Elle revint vers ses amies à petites foulées et CJ se rua vers elle.

— Qu'est-ce qui s'est passé ? C'était qui ? Où sont les chocolats ?

— Elle a tout acheté, expliqua Jordan. Elle était très gentille. Il faudra qu'on donne cet argent au lycée du coin ou à je ne sais pas qui. Ça m'embête de lui avoir menti.

Près d'elles, Ava se fit entendre d'une toute petite voix :

— Est-ce qu'elle a parlé d'Isabel ?

— Je ne voulais pas paraître louche, alors je suis restée vague. J'ai demandé si, d'après elle, sa voisine voudrait participer à la collecte, mais elle a répondu qu'elle n'était pas là.

Jordan marqua une pause.

— Isabel est à l'hôpital.

— Elle a dit pourquoi ? questionna Ava.

Jordan secoua la tête.
— Non. Mais j'ai fait genre : « l'hôpital de Stanford ? » Et elle a dit « non, celui des junkies, à quelques rues d'ici ».
— Des junkies ? répéta Ava. Sous-entendu, c'en est une ?
— Attendons d'y être avant de faire des suppositions, conseilla CJ.
— Je ne suis pas sûre de vouloir aller là-bas, hésita Ava.
Puis, elle se ravisa.
— Il le faut, j'ai pas le choix.
CJ commanda un taxi qui les déposa devant un dispensaire. Il était assez évident que si Isabel se faisait soigner ici, ça ne présageait rien de bon.
CJ et Jordan escortèrent Ava jusqu'à l'accueil où une infirmière les accueillit en espagnol.
— Désolée, fit Ava, je ne parle pas…
— C'est pour quoi ? reprit la soignante, cette fois en anglais et d'un ton impatient.
— Je… commença timidement Ava. Je suis à la recherche d'une patiente. Isabel Castillo.
L'infirmière la scruta d'un air ahuri.
— Une patiente ?
— Oui.
Au même instant, un fracas retentit. Dans le hall, tous les regards ses tournèrent vers la femme qui venait de lâcher sa tasse de café par terre. Plantée là dans sa blouse blanche au milieu de la flaque de café et des tessons, elle fixait Ava, bouche bée. C'en était presque gênant. Son visage ne leur était pas inconnu mais CJ n'arrivait pas à la remettre. Toutefois, lorsqu'elle

distingua le nom écrit sur son badge, cela fit tilt : Dr Isabel Castillo. C'était la mère d'Ava.

***

Martha n'était pas assez apprêtée pour un vernissage. Dans la galerie remplie de blazers tirés à quatre épingles et de boots Chelsea, son jean délavé et ses Converse noires faisaient tache. Elle ne s'était même pas donné la peine de se maquiller. Elle se sentait bête de ne pas avoir deviné que ce serait une soirée chic.

Juchée sur les bottes les plus cool que Martha ait vues de toute sa vie, une jeune femme s'approcha.

— Je vous débarrasse, proposa-t-elle en désignant son manteau.

— Oh, ce n'est pas la peine. Je vais le tenir, déclina Martha en élevant la voix pour se faire entendre malgré la musique qui semblait jaillir de toute part.

— Tout le monde est tenu de mettre son manteau au vestiaire, ce soir.

La femme montra des signes d'impatience face à l'hésitation de Martha.

— C'est pour éviter que les gens bousculent les œuvres. Et c'est gratuit.

Cette dernière précision recelait une inflexion un brin condescendante.

Martha retira son manteau et le lui tendit.

— Oh, attendez.

Elle retira son bonnet qu'elle fourra dans une poche.

— Merci.

Martha déambula dans la galerie, mal à l'aise au milieu de cette foule élégante. Son ancêtre aurait sûrement été déçue que sa descendante soit une telle marginale. Dans ses portraits, Martha Washington apparaissait toujours sous les traits d'une vieille matrone coiffée d'une charlotte, mais ça, c'était uniquement car les livres d'histoire se plaisaient à la dépeindre comme telle : une femme simple, ravie de poser à l'arrière-plan et de laisser briller son époux. En vérité, Lady Washington possédait un style et une fortune légendaires. Dont elle ne devait rien à George. Cet argent était le sien. De même que les esclaves, bien sûr, autre caractéristique que les manuels d'histoire préféraient passer sous silence.

En pénétrant dans la salle suivante, Martha (l'actuelle, pas la raciste morte et enterrée) entendit quelqu'un la héler.

C'était Logan. De toute sa vie, elle n'avait jamais été aussi soulagée de retrouver un visage familier.

— Salut, soupira-t-elle. Pitié, dis-moi que tu sais où est son tableau ?

Il indiqua la direction dans son dos. En le découvrant, Martha éprouva aussitôt un élan de fierté. Elle avait déjà vu cette peinture, mais pas comme ça, exposée sous un bel éclairage et une multitude de regards fascinés.

— La vache ! souffla Martha.

— Comme tu dis. J'ai parcouru toute la galerie. Dans l'ensemble, la collection est pas mal. Mais le sien…

Martha opina, totalement d'accord. Le tableau d'Ava sortait du lot. Il était hypnotisant.

— J'aurais aimé qu'Ava voie ça en personne.

— Moi aussi.

Logan marqua une pause, puis se gratta le crâne, mal à l'aise.

— Tu as des nouvelles ? Je lui ai envoyé un message… Elle n'a pas répondu.

Martha secoua la tête.

— Je n'en ai pas eu directement. Mais CJ et Jordan me tiennent informée.

— Et ?

Martha lui fit part des dernières informations qu'elle avait reçues. Ses amies étaient en route pour un hôpital où la mère d'Ava était peut-être admise. Logan accusa le coup.

— Bon, merci. Tiens-moi au courant, si tu veux bien ? J'aimerais juste savoir si elle s'en sort.

Martha acquiesça.

— Pas de problème.

Son abattement se lut sans doute sur son visage car Logan ajouta d'un air inquiet :

— Et *toi*, ça va ?

— Oui, oui, répondit-elle machinalement.

Mais elle ne tarda pas à céder :

— En fait, non. Ça ne va pas.

Elle ressentait le besoin désespéré de s'épancher auprès de quelqu'un. N'importe qui. Pour tout déballer. C'était presque vital.

— Je suis mal, Logan. Super mal, même.

Au même moment, des éclats de voix et de rires amplifièrent le volume sonore dans la salle. Ce bruit ricocha sur les murs et Martha eut l'impression qu'il s'en prenait à elle. Comme s'il tentait de l'engloutir. Logan se rapprocha pour se faire entendre malgré le vacarme.

— Qu'est-ce qui se passe ?

Martha se pencha vers lui et leurs bras s'effleurèrent. Elle lui raconta le long trajet en bus, le thé, et ce moment où elle avait compris qu'elle pouvait faire une croix sur sa bourse d'études.

— Merde, déplora Logan.

— Ça me stresse. Je ne sais pas ce que je vais faire.

Toute la salle semblait hilare. Martha était consciente que personne ne se moquait d'elle, mais l'effet était tout comme. De nouveau, elle contempla le tableau d'Ava, qui subjuguait les invités. Martha n'avait jamais été jalouse de son amie. Pas une fois. Avec les filles, elles avaient toujours formé un bloc uni et il lui avait toujours semblé que les réussites de chacune étaient aussi les siennes. Ce soir, cependant, Martha perçut les choses différemment. Elle n'avait aucune envie de rester dans l'ombre pendant que ses amies se mettaient à briller. Elle aussi voulait réussir sa vie. Mais comment était-elle censée y arriver alors qu'elle n'avait même pas les moyens d'étudier ? Brusquement, les larmes jaillirent. Martha s'empressa de les essuyer d'un revers de manche.

— Désolée. Je ne sais pas ce qui me prend.

Logan lui prit la main.

— Ça va aller, Martha.

Son geste se voulait réconfortant. C'était de la gentillesse pure et simple. Et c'est précisément ce dont elle avait besoin à cet instant : un peu d'attention. Il serra sa main et, par réflexe, elle la serra aussi. Deux fois.

Sans le lâcher, elle releva les yeux vers Logan. Ils se tenaient toujours par la main lorsqu'elle sentit qu'on les observait. Victoria se tenait dans l'embrasure. Elle semblait dépitée.

Martha sortit de sa torpeur et lâcha aussitôt Logan.

— Victoria !

Cette dernière tourna les talons et s'en alla.

La foule était si compacte que Martha eut du mal à la rattraper. À son arrivée dans le hall, Victoria avait disparu. Martha ne prit par le temps de repasser par le vestiaire. Elle ne prit le temps de rien. Elle se précipita dehors à la recherche de Victoria. La neige s'était mise à tomber à gros flocons. Martha frissonna et fonça. Heureusement, Victoria avait des petites jambes : elle la rattrapa vite.

— Victoria ! cria encore Martha.

Celle qu'on avait nommée Victoria en souvenir de la reine sans qu'elle ait aucun lien de parenté avec elle fit volte-face, surprise de voir Martha là. Surtout sans manteau ni bonnet.

— Qu'est-ce que tu fais ? Tu vas mourir de froid !

Martha ne répondit pas.

— Je croyais que tu travaillais ce soir ?

Victoria sourit, visiblement chagrinée.

— J'ai demandé à mon oncle de me remplacer. Tu semblais si…

Elle changea d'appui.

— À t'entendre, tu avais besoin d'un ami. Je ne voulais pas te déranger.

— Tu ne m'as pas dérangée du tout.

— Laisse tomber. Je ne veux pas m'imposer. Alors comme ça… tu sors avec Dinglehopper ?

— Non, non. Pas du tout. Il me réconfortait, c'est tout.

Frigorifiée, Martha souffla sur ses mains, puis les fourra dans ses poches.

— Reviens, s'il te plaît ! On discutera.

— De quoi ?

La neige tombait en abondance et les obligeait à plisser les paupières pour ne pas en avoir dans les yeux. La situation n'en était que plus troublante, car il était très difficile pour Martha de déchiffrer l'émotion sur le visage de Victoria.

— Allez, reviens. Il fait froid.

Martha frissonnait de tout son être.

— Non, je vais rentrer. Retourne à la galerie. Tu vas geler à rester dehors.

— T'en fais pas pour moi. Ça va très bien.

— Mais non, arrête !

Victoria ôta son bonnet pour le proposer à Martha, qui déclina.

— Garde ton bonnet.

Victoria balaya ce refus et le glissa sur la tête de Martha en recouvrant bien ses oreilles.

— Je ne t'en veux de rien, assura-t-elle. Je suis contrariée, c'est tout. J'ai mal interprété un truc. Mais ce n'est pas ta faute.

Elle s'éloigna, laissant Martha seule avec ses interrogations : *tu es contrariée car tu as des sentiments pour Logan ou… car tu en as pour moi ?*

Encerclée par les tourbillons de neige, Martha frissonna encore. Trop transie pour prendre la moindre décision, elle retourna chercher son manteau à la galerie.

***

— Tu aimes les bagels ?

Une fois seule avec sa fille, c'est la première chose qu'Isabel Castillo demanda à Ava tandis qu'elles se regardaient en chiens de faïence.

— La cafétéria n'est pas terrible mais ils ont des bagels. On pourrait s'en acheter et discuter un peu. Sinon, juste un café. Ou de l'eau ?

— Ça ira, merci, répondit Ava.

Elles étaient assises l'une en face de l'autre à une longue table, sous un vif éclairage au néon. La salle était bondée mais tout le monde était dans ses pensées et personne ne faisait attention à elles.

— J'imagine que tu te poses beaucoup de questions, déclara Isabel après quelques secondes de silence. Demande-moi ce que tu veux.

Ava savait exactement par où elle voulait commencer.

— Comment m'as-tu reconnue ?

Il y avait assez de bruit dans la cafétéria pour que leur conversation reste privée.

— Tous les ans, ta mère m'envoie une lettre accompagnée d'une photo. Le jour de ton anniversaire.

Ava sentit son corps s'engourdir et posa les mains à plat sur la table de peur de s'écrouler.

— Je ne savais pas.

— C'est moi qui ai posé ces conditions. Lynn n'a fait que se conformer à mes souhaits.

— Pourquoi ?

Il y avait dans le ton d'Ava une pointe de colère.

Isabel poussa un soupir si ambigu qu'Ava n'aurait même pas su par où commencer pour décrire toutes les émotions qu'il contenait.

— Essentiellement par honte. J'ai estimé que ce serait plus dur pour toi de savoir.

Isabel secoua la tête comme pour rembobiner.

— Faux, je m'en suis persuadée pendant longtemps mais, en vérité, je savais que ce serait surtout plus dur pour moi. Je ne voulais pas que tu connaisses mon visage. L'idée que tu me détestes m'était plus supportable si je demeurais une image maternelle abstraite dans ton esprit. Alors que si tu savais qui j'étais…

— Je ne te déteste pas.

Isabel s'agrippa à la table de la même façon que sa fille venait de le faire.

— C'est vrai, insista Ava.

— Tu veux connaître la raison qui m'a poussée à prendre prendre cette décision ?

Ava acquiesça.

— J'ignore si cela te fera du bien de l'apprendre ou non. Mais sache que j'ai failli te garder. Il s'en est fallu de *très peu*. Quand j'ai découvert que j'étais enceinte, j'avais déjà déposé ma demande d'inscription à l'université de médecine. Mais les refus se sont succédé et j'ai commencé à me dire que c'était un signe. J'avais toujours rêvé de suivre cette voie, mais ce métier n'était peut-être pas fait pour moi. Apparemment, l'univers avait d'autres projets. Et j'ai pensé que tu en faisais partie.

Ava baissa les yeux.

— Avec mon petit ami, la situation n'était pas idyllique mais pas désastreuse non plus. C'était une vie dans laquelle j'arrivais à me projeter. Stanford m'avait mise sur liste d'attente et j'étais à mille lieues d'imaginer que je serais prise. Et puis la nouvelle a fini par tomber. Je me suis retrouvée enceinte de sept mois avec un courrier à la main m'annonçant que mon souhait était exaucé. Ma mère, ta *abuela*, avait l'habitude d'allumer un cierge dans son église de Mexico et de prier dans l'espoir de m'offrir une vie meilleure. Elle a pris énormément de risques pour venir aux États-Unis et cette lettre d'admission symbolisait tout ce qu'elle avait sacrifié pour moi. Je sais, on dirait que je me sers d'elle pour justifier mon choix. Mais ce n'est pas le cas. À bien des égards, ça a rendu les choses d'autant plus difficiles. Si elle avait su, ma mère aurait été très déçue.

Ava releva les yeux, mais ce fut au tour d'Isabel de fuir son regard.

— Elle est décédée deux ans avant ta naissance. Je sais qu'elle aurait souhaité que je te garde. Mais alors, j'aurais vécu pour elle. Or, il fallait que je mène ma propre vie.

Ses paroles étaient empreintes de regret, mais de force aussi.

— L'agence d'adoption m'a envoyé de nombreuses lettres écrites par différentes familles. Quand j'ai lu celle de Lynn…

Isabel toussa et Ava devina que c'était pour masquer son émotion.

— Elle te désirait tellement. Et c'est le genre de vie que je souhaitais pour toi. Une vie dans laquelle tu serais…

Nouvelle toux. Isabel prit une grande inspiration. Puis expira.

— Je voulais te confier à une personne qui était prête à t'accueillir.

— Je comprends, murmura Ava. Du moins, je crois.

— Tu as le droit de ne pas comprendre. J'aurais dû t'expliquer plus tôt. Et accepter de te rencontrer il y a quatre ans.

Ava redressa la tête.

— Comment ça ?

— Quand Lynn m'a contactée.

Ava fixa la table pour ne pas révéler à Isabel qu'elle n'était pas au courant de cet épisode.

— Elle a dit que tu me réclamais. J'y ai réfléchi. Vraiment. Mais j'en étais incapable. Je n'ai pas de meilleure explication. C'était au-dessus de mes forces.

Ava se remémora ce jour où sa mère adoptive avait déclaré qu'Ava n'était pas prête à rencontrer sa mère biologique. Elle avait menti. Mais pour son bien. Pour la protéger et lui épargner un sentiment de rejet à une époque où elle avait besoin d'être aimée.

— As-tu d'autres questions ?

— Tu aimes la coriandre ?

Isabel éclata de rire.

— Cette réponse-là est bien plus facile : je hais profondément la coriandre.

— Pareil. Je croyais être la seule Mexicaine au monde à détester ça. Est-ce que tes pouces se plient en arrière ?

Isabel leva un pouce devant elle et le tordit à un angle bizarre. Ava l'imita.

— As-tu la fibre artistique ?

Cette fois, Isabel esquissa un sourire comme si cette question réveillait un souvenir aigre-doux.

— Pas du tout. Ça, tu le tiens de ton père.

Son père. Ava s'était déjà interrogée à son sujet, mais c'était sans comparaison avec son obsession pour Isabel.

— Cela fait plus de dix ans que je ne lui ai pas parlé. Aux dernières nouvelles, il travaillait comme graphiste chez Electronic Arts. Il est très doué. Mais pas autant que toi, visiblement. Lynn m'a envoyé des photos de tes œuvres.

Ava sentit l'émotion la déborder. Comme une énorme boule dans sa gorge. Pour garder la tête froide, elle dévia vers un sujet moins risqué :

— Matières préférées ?

— Sciences et maths.

Ava secoua la tête.

— Plutôt dessin et anglais pour moi. Et histoire aussi.

Ava l'interrogea encore un peu sur des sujets sans grande importance. Elle mûrissait la question principale, celle qui lui brûlait les lèvres depuis le début :

— Ça t'arrive d'être triste ?

Isabel porta une main à son cœur.

— Oh, Ava ! Mon Dieu ! Oui, il ne se passe pas un jour sans que je regrette ma décision.

Ava baissa les yeux.

— Non… ce n'est pas ce que… Enfin, merci. Mais sinon, est-ce qu'il t'arrive d'être triste… sans raison ?

Isabel reposa sa main sur la table et dessina de petits cercles du bout de l'index.

— J'en déduis que tu n'as pas hérité que de mes yeux…

Isabel soupira de nouveau. Cette question était de toutes la plus douloureuse.

— Oui. Je souffre de dépression. Ça va beaucoup mieux depuis que je suis un traitement, mais j'ai encore des mauvais jours.

— Moi aussi, avoua Ava.

— Je suis vraiment désolée de t'avoir transmis ça.

— Ne t'en fais pas. Je crois que je tiens aussi de bonnes choses de toi.

Isabel jeta un coup d'œil au-dessus de sa fille, qui devina qu'elle vérifiait l'heure.

— J'imagine que tu dois y aller.

Isabel confirma d'un hochement de tête.

— Je travaille dans deux hôpitaux et je dois bientôt prendre ma seconde garde. Ici, je fais du bénévolat pour ma communauté. Cet établissement n'a vraiment aucun moyen. D'où son piteux état.

— L'hôpital des junkies, commenta Ava.

Isabel l'observa avec curiosité.

— Oui, c'est comme ça que le surnomme ma voisine. Mais d'ailleurs… comment m'as-tu retrouvée ?

— Un garçon du lycée m'a aidée.

— Hmm, drôlement gentil, ce garçon.

— Oui… je crois bien.

— Bon…

Isabel se leva.

— Je ne sais pas trop comment conclure. Selon ton envie, on n'est pas obligées d'en rester là. Tu peux me contacter si tu as d'autres questions.

— Ce serait chouette.

Vu qu'une table les séparait, cela semblait délicat de se prendre dans les bras, mais dans cette histoire tout était délicat, alors elles essayèrent quand même.

Isabel s'en alla et Ava attendit qu'elle soit partie pour envoyer un message à Jordan et CJ. Trente secondes plus tard, elles la rejoignaient dans la cafétéria.

— On était juste dehors, expliqua Jordan.

— Alors… ça va ? interrogea CJ.

Ava voyait bien que ses amies s'efforçaient de ne pas la brusquer. Mais elle se doutait qu'elles étaient impatientes de recueillir ses impressions.

— Ça va, les rassura Ava. Je suis contente. Et je suis prête à rentrer.

CHAPITRE VINGT

Les filles rentrèrent de Stanford tard le dimanche soir. Le lendemain, Ava se réveilla d'une humeur à la Griselda. Entre les émotions du week-end et la fatigue physique, ça faisait beaucoup. Néanmoins, cette fois, elle ne paniqua pas. Du moins, pas autant qu'avant. Elle savait que ça passerait. Et aussi, qu'elle devait se faire aider. Elle rejoignit sa mère dans la cuisine et annonça qu'elle ne pouvait pas aller en cours aujourd'hui, qu'elle avait besoin de voir la Dr Clifford. Après quoi, elle ne tarda pas à se confesser et vider son cœur : la proposition de Logan, la véritable raison de son week-end à Stanford, Isabel Castillo.

Sa mère fut un peu abasourdie, mais resta calme. Du moins, en apparence. Elle informa Ava qu'elle allait d'abord prévenir le lycée avant d'appeler la Dr Clifford pour fixer un rendez-vous au plus tôt. Au passage, elle proposa d'assister elle aussi à la séance et Ava ne s'y opposa pas. Cette dernière retourna ensuite se coucher pendant que sa mère passait ses coups de fil.

Peu de temps après, on frappa à la porte de sa chambre.

— Je peux entrer ?

— Oui, répondit Ava.

Lynn vint s'asseoir au bord du lit.

— La Dr Clifford peut nous recevoir en fin de journée.

Ava se tourna vers sa mère.

— Mais tu dois aller travailler, non ?

Lynn écarta une mèche de sa fille en la glissant derrière son oreille.

— Je me suis fait porter pâle aussi.

— Tu n'étais pas obligée.

— Oh, Ava… C'est ensemble qu'on affronte les problèmes, d'accord ?

Ava acquiesça. C'est tout ce qu'elle avait la force de faire.

— Je sais que ce n'est pas aussi bien que quand tes amies sont là mais, si tu veux, je peux m'allonger un moment avec toi. Sauf si tu préfères rester seule ?

— Non, reste.

Alors Lynn se blottit contre elle en silence, et sa présence rassura Ava.

— Pardon, maman. Je regrette de t'avoir menti.

— Non, c'est moi qui te demande pardon de ne pas t'avoir parlé d'Isabel et des lettres.

— Tu ne pouvais pas. Je comprends. Merci de lui avoir écrit. Et au fait ?

— Oui, ma puce ? murmura sa mère en lui caressant le dos.

— Merci de t'être battue pour que je reste dans le programme de cours avancés.

L'expression de sa mère se transforma.

— Tu y avais toute ta place. Ce n'est pas ta faute si tu souffres de dépression et il n'était pas question que ces cons te punissent à cause de ça.

C'était la première fois qu'Ava l'entendait jurer. Ça lui allait bien.

— Je suis désolée de ne pas avoir compris tout de suite, analysa sa mère en contemplant le plafond.

— C'est-à-dire ?

— La première fois que c'est arrivé. J'ai cru que tu étais juste mal lunée. Je n'y voyais rien d'anormal pour une adolescente. Ensuite, ça a empiré mais j'ai continué de penser que ça te passerait. J'ai lu cet article en ligne sur l'alimentation sans gluten. J'ai tenté, mais ce fut un échec. Puis en tombant sur une étude sur les bienfaits des endorphines, je me suis dit qu'il suffisait que je te pousse à faire du sport.

Ava se retourna face à sa mère.

— C'est pour ça que tu voulais tout le temps que je vienne courir avec toi ?

— Oui. C'était absurde.

— Non, tu… tu as tenté tout ce que tu pouvais. Tu ne savais pas. Tu as fait de ton mieux.

— Je crois surtout que je t'ai encore plus culpabilisée. Moi, ça m'a aidée en revanche. À l'époque, je me faisais du souci pour toi et je me sentais dépassée. Le footing m'a vraiment apaisée.

— Tant mieux, maman.

— On va t'aider à aller mieux aussi. On va trouver une solution.

Sa mère se pelotonna en la serrant fort contre elle.

— Je serai toujours là. Aussi longtemps qu'il le faudra. Tu peux compter sur moi.

Ava ferma les yeux et, pour la première fois depuis longtemps, elle eut le sentiment que tout allait s'arranger.

***

Depuis leur fin de soirée devant chez Martha, Jordan n'avait pas revu Scott ni échangé un seul texto avec lui. D'où sa surprise d'entendre sa voix sur son répondeur lorsqu'elle ralluma son portable à son retour de San Francisco.

Euh, salut. C'est Scott. Scott Mercer. Bref, tu me rappelles ?

Il semblait tendu et ça la rendit nerveuse. Comme il était trop tard pour le rappeler, elle décida d'attendre le lendemain matin. Sauf qu'à la première heure, son petit frère vint la voir en panique totale car il venait brusquement de se rappeler qu'il devait présenter un exposé sur la Grande Dépression. À ce stade, tout ce qu'il savait, c'était que cet épisode de l'histoire américaine était, de fait, important et déprimant. Jordan lui donna un cours accéléré et l'aida à rédiger des fiches pour qu'il puisse tout mémoriser en un rien de temps.

Ensuite, sur le chemin du lycée, pile au moment où elle allait appeler Scott, son portable sonna. C'était CJ.

— Tu savais que la mère de Martha l'avait totalement arnaquée pour sa bourse d'études ?

CJ se trouvait dans un endroit qui résonnait.

— Non. Qu'est-ce qui s'est passé ?

— J'ai pas les détails. C'est Diffenderfer qui vient de m'en parler. On avait rendez-vous ce matin à la cafétéria pour que je récupère ses notes du cours d'histoire de vendredi.

— Je suis presque arrivée. Attrape Ava au passage et on cuisinera Martha ensemble. Avec amour, j'entends.

— Tu n'as pas vu le texto d'Ava ?

— Non. Elle dit quoi ?

CJ le lut à haute voix.

— « Humeur à la Griselda, je reste à la maison aujourd'hui. Maman est avec moi et elle est aux petits soins, donc ne vous inquiétez pas. Ça va aller. »

— C'est quoi une humeur à la Griselda ? commenta Jordan.

— Ramène-toi, je t'expliquerai. Pendant ce temps, je vais chercher Martha.

Martha leur raconta cette horrible confrontation avec sa mère. Étrangement, elle ne semblait pas anéantie. Elles lui demandèrent ce qu'elle comptait faire.

— J'en sais rien, avoua Martha. M'inscrire à l'université de Cleveland, j'imagine. Même avec une bourse partielle, ça devrait le faire, je pense.

Martha était peut-être résignée, mais pas Jordan. Elle ne décoléra pas de la journée. C'était injuste de devoir faire une croix sur ses rêves pour une raison aussi stupide que le manque d'argent. Martha méritait mieux. À la sortie des cours, alors qu'elle marchait vers sa voiture, Jordan ruminait encore. Son portable sonna. *Scott*. Elle l'avait complètement oublié !

— Salut, bafouilla-t-elle, gênée. Désolée de ne pas t'avoir rappelé.

— Tu m'évites, c'est ça ?

— Non. C'est juste que je n'ai pas une minute à moi.

Elle grimpa au volant et s'empressa d'allumer le chauffage. Ça caillait.

— J'avais peur que tu aies deviné mes intentions…

Son téléphone bascula en mode Bluetooth et le temps de la transition, Jordan n'entendit pas la fin de sa phrase.

— Comment ?

— Comment ça, *comment* ?

— Ça a coupé. Je t'ai perdu après « intentions », dit-elle tandis que son cœur battait la chamade.

— C'est peut-être mieux que ça ait coupé.

— Pourquoi ? Qu'est-ce que tu allais dire ?

— Laisse tomber. Comment tu vas ? Alors, tu es partie ce week-end ?

Autour de Jordan, les vitres s'embuèrent.

— Oui. On a fait une petite virée avec mes amies.

— Sympa. Vous êtes allées où ?

— Euh… en Californie.

— Waouh ! C'est une grosse virée. Il devait faire beau là-bas.

— Oui.

Jordan ne comprenait pas bien l'intérêt de cette conversation. Visiblement, Scott n'appelait pas pour parler du parc. Et si ce n'était pas pour le parc, alors qu'est-ce qu'il lui voulait ?

— Dis, Scott. Qu'est-ce que tu disais quand ça a coupé ?

Il toussota et elle devina son embarras.

— Rien. Oublie.

Ses vitres étaient maintenant entièrement recouvertes de buée. Dans le cocon de sa voiture, Jordan ne voyait plus rien de ce qui se passait au dehors.

— Dis-moi, s'il te plaît.

Il poussa un soupir comme s'il rassemblait son courage.

— On ne s'est pas reparlé depuis le soir où je t'ai reconduite chez toi. Mais je pense à toi. Souvent.

Ses vitres s'embuèrent de plus belle.

— Avant que ta coloc arrive, je me disais que tu étais vraiment une chouette fille et…

Sa maladresse le fit rire tout seul.

— Oh, et puis merde : Jordan, ça te dirait qu'on dîne ensemble ce week-end ?

Elle déglutit nerveusement.

— Genre, en tête à tête ?

— Exactement. En tête à tête.

C'était la première fois qu'on invitait Jordan à dîner. Pour un vrai rendez-vous. Avec Logan, les choses avaient évolué très lentement. Des mois de tension latente jusqu'à ce fameux jour où il l'avait regardée en demandant la permission de lui prendre la main.

— Je ne peux pas, déclina Jordan.

— Ah.

Ça lui brisait presque le cœur de refuser. Mais est-ce qu'elle avait le choix ? Même si leur différence d'âge n'était pas immense, celui de Jordan posait problème. Elle n'avait plus le sentiment d'être une enfant, toutefois d'un point de vue légal, elle l'était encore. C'est alors qu'elle se rappela un détail important.

— Enfin, je ne peux pas ce week-end. Mais dans quelques semaines, ce sera bon.

— Ah ! fit-il, plus détendu.

— Ouais. Je suis assez prise en ce moment. Mais dans trois semaines… je le serai moins.

Elle lui donna une date précise.

Scott l'informa qu'il la notait dans son agenda et elle promit d'en faire autant. Bien que pour elle, ce fût inutile. Elle ne risquait pas d'oublier le jour de ses dix-huit ans.

Après avoir raccroché, Jordan resta songeuse un moment. Elle se sentait brûlante de la tête aux pieds alors que le chauffage de sa voiture luttait contre le froid glacial. Elle fantasma quelques minutes sur Scott, ses beaux yeux bleus, ses costumes sérieux, et sa personnalité d'adulte qui lui donnait le sentiment d'en être une aussi.

Brusquement, la portière côté passager s'ouvrit. Jordan sursauta si fort qu'elle poussa même un cri.

— Désolée, s'excusa Martha en montant à bord.

Elle se frotta les mains comme une forcenée et souffla dessus.

— Qu'est-ce qu'on se gèle ! Tu veux bien me conduire au boulot ? supplia Martha en se tournant vers Jordan, les mains jointes en prière. Si je dois attendre le bus, j'ai peur de congeler sur place.

Jordan acquiesça.

— Bien sûr. Sans problème. Aucun souci.

— Ça va ? questionna Martha en continuant de réchauffer ses mains.

— Oui. Super. Tout va bien. Nickel. Et toi ?

— La vache, c'est le sauna ici ! constata Martha.

Jordan démarra, puis lui lança un regard de biais.

— C'est un nouveau bonnet ?

Martha tâta le couvre-chef sur sa tête, un modèle rose à pompons, pas du tout son style. Pourtant il lui allait bien.

***

CJ attendit dix bonnes minutes dans sa voiture avant d'entrer dans le centre de loisirs. Elle mourait d'envie de raconter son week-end à Wyatt. À commencer par le fait que la visite de Stanford avait été pénible et qu'elle en gardait le sentiment de ne pas avoir le niveau. Et puis, son amie Ava s'était montrée très courageuse et elle était fière d'elle. En revanche, Martha lui avait beaucoup manqué et ça lui avait fait prendre conscience que l'année prochaine, elles seraient toutes dispersées aux quatre coins du pays. Bref, elle voulait lui dire qu'elle se sentait perdue et qu'elle avait peur.

Quand enfin elle trouva le courage de pénétrer à l'intérieur, ils échangèrent un bonjour gêné.

— Salut, Clarke. Alors, Stanford ?

— C'était super, résuma-t-elle.

Elle avait des milliers de choses à lui raconter, mais elle en était incapable. Car entre eux, elle avait tout gâché.

Dakota arriva en fauteuil, tout excitée.

— CJ, CJ ! Mon ex-meilleure amie a un herpès.
— Dakota !
Sa mère la suivait de près.
— Qu'est-ce que je t'ai dit ?
Margaret se tourna vers CJ pour lui expliquer.
— Son amie, enfin, ancienne meilleure amie, a un bouton de fièvre.
CJ voyait bien que Margaret s'efforçait de prendre le sujet au sérieux, cependant, le petit sourire discret au coin de sa bouche était immanquable.
— Il est gros.
— Tout le monde s'est moqué d'elle !
La voix de Dakota frémissait d'enthousiasme.
— C'était le plus beau jour de ma vie ! Dorénavant, je crois au karma.
— J'ai l'impression que tu as mal retenu la leçon, jeune fille, déplora Margaret.
— Pourquoi ? Je ne me suis pas moquée. Mais je suis contente que les autres l'aient fait.
Margaret abdiqua d'un haussement d'épaules et CJ se tourna vers elle.
— Ça vous ennuie que je dise un mot en privé à Dakota ?
— Non, bien sûr.
Margaret s'éloigna afin de les laisser seules. CJ mit un genou à terre pour être à hauteur d'yeux de Dakota.
— Tu vas me sermonner sur le fait qu'il ne faut pas se moquer des gens ? s'inquiéta Dakota.
— Non, la rassura CJ. Je voulais t'informer qu'on va se mettre au volley-ball aujourd'hui. Je sais que c'était le sport que tu pratiquais quand…

Il était inutile de finir cette phrase.

— Je pense qu'on va bien s'amuser. Mais je sais aussi que tu n'en gardes pas que de bons souvenirs. Alors si tu as besoin d'un peu de temps avant de te joindre à nous ou si tu as envie d'en parler avant, je suis là, d'accord ?

Dakota hocha la tête.

— D'accord.

— Tu vas gérer, je suis sûre.

CJ lui tendit le poing. Dakota le cogna avec le sien. Puis elles écartèrent les doigts comme une gerbe d'étincelles.

Durant le match de volley-ball, Dakota ne joua pas à fond, mais elle participa. Fière de ce succès, CJ aurait bien aimé s'en réjouir avec Wyatt. Elle lui décocha un regard rayonnant. Il n'y répondit pas, mais ne se détourna pas non plus. Il lui adressa un simple signe de tête éloquent. Alors CJ garda espoir.

À la fin de la séance, elle s'attarda un peu en rangeant le matériel. Elle voulait tenter de lui parler sans parents ni élèves dans les parages.

— Coucou, dit-elle en s'approchant enfin.

— Coucou, l'imita Wyatt. Ça s'est bien passé aujourd'hui, on dirait.

— Oui, je crois.

Elle songea à tout ce qu'elle aimerait lui dire. Par exemple, qu'elle n'avait jamais connu quelqu'un d'aussi gentil, drôle et merveilleux que lui. Et qu'il occupait toutes ses pensées, jour et nuit.

— Je… j'ai… bafouilla-t-elle plusieurs fois avant de s'interrompre.

Et de recommencer :

— Je suis vraiment contente que Dakota ait passé une bonne journée.

— Moi aussi, acquiesça Wyatt, laconique.

***

La mère d'Ava tapa doucement à sa porte. Dehors, le ciel était gris et, à première vue, Ava ne savait pas trop si on était le soir ou le matin.

— Ton ami du lycée est venu t'apporter les devoirs.

Ava consulta l'heure sur son téléphone. C'était le soir. La nuit tombait. Le rendez-vous avec la Dr Clifford avait été de courte durée. Cette dernière avait ajusté le traitement d'Ava et prescrit de l'Ativan contre ses angoisses. En outre, elle avait proposé une autre séance plus longue dans quelques jours. Lorsque sa mère était partie à la pharmacie, Ava s'était recouchée. Et elle avait dormi toute la fin d'après-midi.

— Je lui ai dit qu'il pouvait me les laisser, mais il insiste pour te voir.

Il ? Ava se redressa dans son lit.

— D'accord. J'arrive.

Dans le salon, elle trouva Logan Diffenderfer assis timidement sur le canapé d'angle en lin. Lorsqu'elle apparut, il se leva et sembla vouloir la prendre dans ses bras ; mais il se ravisa.

— Salut, dit-il en se rasseyant, gêné. Je t'ai envoyé plein de SMS mais tu n'as pas répondu.

— Je n'ai pas consulté mon portable de la journée.

Ils entendaient Lynn faire du raffut en cuisine. Étant donné que la mère d'Ava était une piètre cuisinière, Ava supposa que ce n'était qu'un prétexte de sa part pour rester à proximité.

— Ma mère m'a dit que tu m'avais apporté des devoirs ?

— Pas vraiment. Tout est en ligne. Ce n'était qu'une excuse pour te voir.

— Ah ?

Fière d'elle, Ava soutint son regard sans ciller.

— Pourquoi ?

Logan se racla la gorge, mal à l'aise.

— Eh bien, je… bon…

C'était la première fois qu'elle le voyait troublé. Étrange. Et craquant, aussi.

— Je me suis fait du souci pour toi. Tu as vécu un week-end éprouvant et aujourd'hui Jordan m'informe que tu es malade. Comme tu ne me répondais pas…

— Je ne suis pas malade. Enfin, techniquement, si. Mais ce n'est pas un rhume ni rien. Je suis dépressive.

— Oh… Je ne savais pas.

— Peu de gens le savent. Avant, j'en avais honte, mais plus maintenant. Ça fait partie de moi, c'est comme ça.

Ça faisait du bien de le dire tout haut.

Si Logan fut déboussolé, il n'en montra rien.

— Je suis content que tu me l'aies dit.

— Logan, reprit-elle, ça t'intéresse toujours de savoir pourquoi je te déteste ?

Il répondit du tac au tac :

— Oui.

Sa mère émergea de la cuisine armée d'une spatule comme pour étoffer sa mise en scène.

— Vous voulez dîner, les jeunes ?

Ava eut des envies de meurtre. Puis elle se rappela que sa mère avait été adorable aujourd'hui et regretta sa réaction.

— Non, ça ira, maman. Tu peux nous laisser, s'il te plaît ?

Sa mère repartit. Ava prit place près de Logan sur le canapé.

— Tu te souviens en seconde, quand le lycée a failli me virer des cours avancés ?

Logan gigota avec embarras.

— Hmm…

— Je sais que tu sais. Je le sais car je t'ai entendu en parler.

Logan baissa les yeux.

— Merde.

Elle comprit que la mémoire lui revenait.

— Ce jour-là, à l'entraînement de cross ?

Ava confirma d'un signe de tête.

— J'étais sous les gradins.

— Pourquoi ?

— Parce que je passais une horrible journée et j'étais trop mal pour rester en classe. Alors j'ai demandé la permission d'aller aux toilettes et c'est là-bas que je me suis réfugiée.

Elle se rappela avoir entendu sa voix, puis le coup de sifflet de l'entraîneur. Affolée, elle s'était rendu compte que la journée touchait à sa fin et que ça faisait plus de cinq heures qu'elle était terrée sous les gradins. À cet instant précis, elle avait compris que quelque chose ne tournait pas rond chez elle. Elle voulut appeler à l'aide. Elle allait demander à Logan Diffenderfer. C'était le mec de sa meilleure amie, quelqu'un de confiance. Il l'aiderait à se relever et tout irait bien. Mais en fait, non. Car Logan était justement en train de se moquer d'elle.

— Tu m'as traitée d'idiote, lui rappela Ava.

Logan secoua la tête.

— Merde. Ava… ça n'avait rien à voir avec toi.

Pourtant Ava revoyait la scène d'ici. Elle se rappelait précisément ses paroles : « J'hallucine qu'elle soit aussi nulle et que les profs ferment les yeux. » Il s'adressait à Malik et Grayson, deux coéquipiers. Eux aussi se moquaient d'elle. « C'est évident qu'elle est *idiote*, avait ajouté Logan. S'ils la gardent, c'est uniquement à cause de sa mère. »

En entendant ça, Ava se souvenait avoir un peu tiqué. À l'époque, si elle avait eu la ressource émotionnelle nécessaire, elle se serait sans doute interrogée aussi sur le fait que l'école n'ait pas mis à exécution sa menace de la retirer du programme. Mais cette énergie, elle ne l'avait pas. Alors elle n'avait pas cherché à comprendre. Jusqu'au jour où elle avait entendu Logan. « En gros, elle a envoyé son avocate engueuler le directeur. Il paraît que sa mère était déchaînée : "Si vous lâchez ma fille, je ferai de vos vies un enfer en vous collant procédure sur procédure, et patati, et patata…" » L'imitation de Logan n'était pas terrible. « C'est la seule raison pour laquelle ils ne l'ont pas virée. Mais franchement, ils devraient. Elle est trop bête. Parfois je la regarde et je me dis : "Est-ce que, au moins, elle sait lire et écrire ?" »

— Tu es loin d'être bête, démentit Logan, figé sur son coin de canapé. Tu ne l'as jamais été. C'était moi, le crétin de l'histoire.

— Je sais, répliqua Ava avec un sourire. Mais il m'a fallu presque trois ans pour le comprendre. J'ignorais que ma mère avait passé un savon au directeur. À l'époque, je me sentais vulnérable et je me suis sentie encore plus bête en l'apprenant.

— Tu n'es rien de tout ça, soupira Logan. Ce que j'ai dit ce jour-là n'avait rien à voir avec toi.

— Pourquoi l'avoir dit, alors ?

Logan se leva et s'approcha de la cheminée. Il porta une main à sa tempe d'un air dépité.

— Parce que j'étais humilié. C'est *moi* qu'ils comptaient virer, Malik me chambrait et j'avais honte.

Ava n'en avait jamais rien su.

— Je ne pouvais m'en prendre qu'à moi-même : j'avais toujours la flemme d'étudier. Mais Mme Geller m'aimait bien et, pour elle, la sanction était trop sévère. Alors elle a rapporté la réaction de ta mère à mes parents.

Mme Geller dirigeait le cours avancé d'anglais. Ava était toujours mal à l'aise en sa présence. On voyait bien que cette professeure n'était pas convaincue que la dépression puisse être une vraie maladie. Résultat, pendant longtemps, Ava n'y avait pas cru non plus.

— Elle pensait bien faire, tenta d'expliquer Logan. D'après elle, si mes parents tapaient un scandale au directeur, il serait forcé de me garder. Mais mes parents s'y sont refusés. Pour eux, je n'avais que ce que je méritais. Ils avaient raison. Au final, j'ai été viré du cours jusqu'à la fin du semestre. J'ai bossé comme un fou pour leur prouver qu'ils devaient me reprendre.

Ava ne se rappelait pas du tout son absence au cours, et pour cause : elle ne gardait qu'un vague souvenir de cette période sombre.

— Je ne savais pas tout ça, admit-elle.

Logan revint s'asseoir près d'elle.

— Si j'avais su… Si seulement tu m'avais parlé. J'ai toujours trouvé que…

— J'étais une vraie garce ?

— Uniquement avec moi ! J'étais loin de me douter du mal que je t'avais fait. Pardon, Ava. J'ai été con et je suis désolé de t'avoir blessée.

— Excuses acceptées.

— On fait la paix ? proposa-t-il en lui tendant une main qu'elle saisit.

— On fait la paix, accepta-t-elle.

La poignée de mains se prolongea un instant avant qu'ils s'écartent enfin.

CHAPITRE VINGT ET UN

Jusqu'à la date limite des inscriptions à l'université, CJ vécut les trois semaines les plus stressantes de sa vie ; à l'exception, bien sûr, des premiers épisodes dépressifs d'Ava, du divorce des parents de Martha et de l'histoire du pied de Jordan resté coincé dans l'escalator au centre commercial (qui, contrairement aux apparences, fut en fait assez traumatisante). CJ s'efforçait de se répéter qu'elle n'en mourrait pas si elle n'était pas admise à l'université mais, à vrai dire, ce mantra ne la rassurait pas beaucoup.

Le jour de la remise des dossiers pour Stanford, les quatre amies déjeunèrent ensemble à la cantine, comme elles le faisaient tous les jours. Alors qu'elle parcourait nonchalamment son fil Instagram, soudain Jordan se redressa.

— Le scrutin pour l'élection des terminale de l'année est ouvert !

Elle brandit son téléphone pour leur montrer l'e-mail envoyé par le comité chargé de leur album de promotion. CJ n'en revenait pas de cette coïncidence. Comme si elle n'était pas déjà assez stressée par l'avenir, maintenant il fallait aussi qu'elle s'inquiète du souvenir qu'elle laisserait ici. Elle attrapa le portable de Jordan et consulta la liste en essayant de trouver une catégorie qui lui ressemblait : *Les plus beaux cheveux, Les plus beaux yeux, La plus belle voix, Le plus beau style, La plus belle silhouette.* Elle croisa un bras sur son ventre. CJ n'avait rien de tout ça. Elle poursuivit attentivement sa lecture : *Le/la plus à même de finir à Broadway, Le/la plus à même de faire de la téléréalité, Le/la plus à même de faire carrière à Wall Street.* Elle voulait que ses camarades gardent d'elle l'image d'une fille à part. Finalement, son regard s'arrêta sur la catégorie parfaite : *Le/la plus à même de devenir président des États-Unis.* Voilà, c'était ça. Réfléchissant tout haut, elle se demanda si c'était vulgaire de voter pour soi-même.

— Oui, c'est gênant, confirma Martha.

Jordan reprit son téléphone.

— C'est pas gênant si c'est vrai.

Elle inscrivit son propre nom dans la catégorie *Plus beau style.*

— Même si c'est vrai, ça ne se fait pas, insista Martha.

— Mais pourquoi ? s'agaça CJ. Si je me présentais à l'élection présidentielle, je voterais naturellement pour moi. Et je mènerais campagne de A à Z. Alors pourquoi je n'aurais pas le droit d'en faire autant pour l'élection des terminale ? En fait, ne dis rien, je connais déjà la réponse : c'est parce qu'on empêche toujours les femmes de s'affirmer ! On nous rabâche de ne pas la ramener au lieu d'exiger notre dû. Eh bien, vous savez quoi ? Ça, je le mérite et je compte bien l'obtenir.

CJ était en train de craquer. Elle en était consciente. Elle était à bout de nerfs. C'était à cause du dossier pour Stanford. Elle n'avait toujours pas écrit une ligne de cette rédaction sur une expérience marquante, qu'elle devait rendre ce soir, dernière limite. En conséquence de quoi, elle remettait toute sa vie en question. Ava fronça les sourcils.

— Calme-toi ou j'écrase un de mes cachets d'Ativan et le glisse dans ton Coca Light. Je te jure, j'hésiterai pas, avertit-elle.

— Et à moi, tu m'en donnerais un ? quémanda Martha.

CJ devina qu'elle ne plaisantait qu'à moitié. Martha avait fini de remplir ses dossiers d'inscription, ce qui n'était qu'anecdotique pour elle. Si ses frais n'étaient pas pris en charge à cent pour cent ou presque, peu importe où elle était admise, elle n'aurait pas les moyens de poursuivre. Rien que d'y penser, ça mettait CJ en rogne.

À la fin du déjeuner, Ava attrapa CJ.

— Il faut que je te parle deux minutes.

Elle l'entraîna dans un coin.

— Inutile de me droguer, se défendit CJ. Je te promets, ça va.

— C'est pas le sujet.

Ava regarda ses pieds.

— J'ai décidé de postuler à Stanford. Jusqu'à hier soir, j'étais incapable de me décider.

CJ sentit l'émotion la gagner.

— Ça ne t'ennuie pas ? s'inquiéta Ava. Je sais que Stanford représente beaucoup pour toi.

CJ secoua la tête.

— Non, Ava : je te vois trop bien là-bas.

— Je sais pas, murmura Ava en fixant encore ses pieds. L'école de design de Rhode Island reste ma priorité. Mais l'autre jour, ça m'a fait quelque chose de traverser ce campus malgré tout ce que je vivais en parallèle…

CJ comprenait parfaitement son amie. Stanford, c'était comme Poudlard sous un soleil éclatant : le rêve absolu.

Après les cours, CJ rentra directement chez elle et s'installa face à son écran d'ordinateur. Il lui restait huit heures. Huit heures pour rédiger un texte qui convaincrait Stanford de prendre à l'essai une élève ordinaire.

Ordinaire. Ce mot lui allait bien. Elle s'en rendait compte à présent. Ce n'était pas qu'une question de niveau scolaire, mais aussi de personnalité. CJ avait toujours rêvé de changer le monde. Pour le rendre meilleur, moins hostile. Mais comment une fille ordinaire pouvait-elle espérer accomplir ça ? Elle repensa à toutes ses heures de bénévolat. Au fil des années, elle avait sauté sur toutes les occasions qu'elle trouvait. Elle avait construit des maisons, distribué des repas, trié des déchets et rempli des enveloppes. Pour autant, le monde n'avait pas changé. Et elle non plus.

Un texto de Martha fit biper son portable. Demain c'était l'anniversaire de Jordan et elles lui préparaient une surprise. CJ lui répondit et retourna à son écran. Elle relut l'intitulé du sujet.

Racontez une expérience qui vous a transformé et expliquez en quoi celle-ci a façonné votre personnalité actuelle.

Elle songea à Wyatt. Alors elle ouvrit Instagram pour le chasser de ses pensées. Elle ouvrit même Snapchat alors qu'elle n'était pas allée sur cette appli depuis des mois. Finalement, elle ferma tout et s'efforça de se reconcentrer. Elle n'arrêtait pas de penser à ce que Wyatt lui avait dit. Parce qu'il avait raison. L'expérience qui avait transformée CJ, c'était *lui*. Mais pas dans le sens où il l'avait présumé. Toute sa vie, elle avait dissimulé sa vraie personnalité derrière de belles apparences. Celles d'une élève modèle auréolée d'une longue liste d'accomplissements et de médailles. Wyatt l'avait percée à jour en levant le voile sur ses failles, ses lacunes et tous ces défauts qu'elle savait si bien cacher. Il l'avait poussée dans ses retranchements et encouragée à en rire. Grâce à lui, elle apprenait à être fière de qui elle était. Wyatt avait révélé la vraie CJ. Et en fin de compte, c'était cette fille-là qu'elle voulait être. Une fille *ordinaire*, avec ses forces et ses faiblesses. Cette fois, le mot la fit sourire.

Elle décida de l'appeler. Mais au moment d'appuyer sur son nom, elle hésita. Elle reposa son téléphone. Puis elle le reprit. Et le reposa. Elle se remit ensuite à son clavier d'ordinateur. Tapa quelques mots. Les effaça. Tapa encore trois mots. Qu'elle effaça aussi. Finalement elle reprit son portable et composa un numéro. Il n'y eut qu'une sonnerie.

— Salut, répondit la voix à l'autre bout du fil.

— Salut. Ça te dirait d'aller courir ?

— Grave, accepta Logan Diffenderfer.

***

Jordan portait une séduisante robe patineuse au coloris pourpre, sexy mais pas trop, associée à une paire de bottes noires en suédine. En se présentant à l'hôtesse d'accueil, elle sentit le trac la gagner.

— Bonsoir, moi c'est Jordan. Mais la réservation est sans doute au nom de Scott.

À l'origine, il avait réservé pour le lendemain (date de son anniversaire), mais elle avait entendu assez de messes basses pour comprendre que ses amies lui préparaient une surprise ce même jour. De toute façon, c'était presque plus poétique de tout lui avouer maintenant. Si le dîner se passait bien, ils pourraient suivre le décompte des heures ensemble. À minuit, elle aurait dix-huit ans. Elle avait vraiment hâte d'être enfin et officiellement majeure. En présence de Scott, elle se sentait déjà adulte. C'est pour ça qu'elle adorait leurs discussions. Il la prenait toujours au sérieux et lui parlait d'égal à égal, sans la traiter comme une enfant.

— Ah, oui, confirma l'hôtesse. Votre rendez-vous est déjà là.

Souriant d'un air complice, elle se pencha pour ajouter tout bas :

— Il a demandé notre meilleure table.

Jordan la suivit dans le restaurant éclairé aux chandelles. La plupart des tables étaient dressées pour deux. L'endroit ne se prêtait pas aux repas d'affaires. Il appelait plutôt au romantisme.

Scott se leva et l'accueillit en l'embrassant sur la joue.

— Tu es superbe.

— Merci.

Bon sang ce qu'elle avait le trac. Un trac terrible. Elle était certaine que tous les clients entendaient d'ici les palpitations de son cœur.

Scott l'invita à s'asseoir en tirant sa chaise et Jordan constata qu'une bouteille de champagne trônait déjà sur la table.

— Oh… C'est gentil.

— Je voulais marquer le coup. Pour fêter ça.

— Fêter quoi ?

— J'ai du nouveau concernant le parc.

Jordan ne s'attendait pas à ça.

— Je t'écoute.

— Je crois que tu vas être très contente…

Il voulut lui servir une coupe, mais elle déclina d'un signe.

— Non merci… euh… je n'aime pas trop l'alcool.

Il reposa la bouteille.

— Qu'est-ce qui se passe au sujet du parc ?

— À vrai dire, plein de choses, confia-t-il. Les doutes émis par la maire ont finalement eu des conséquences assez directes.

Jordan croisa les jambes avec désinvolture pour tenter de masquer son excitation intérieure.

— Ah oui ?

— Oui, sourit Scott. Ton vœu va être exaucé. Le quartier conservera un parc.

— Tu déconnes ?

La réaction spontanée de Jordan fut assez bruyante pour que quelques têtes pivotent dans l'ambiance feutrée du restaurant.

— Pas du tout, s'amusa-t-il. Je ne déconne pas. La maire a mis une telle pression à la promotrice que cette dernière a eu peur que tout son projet tombe à l'eau. Alors elle a fait une nouvelle proposition géniale. Il y aura une annonce officielle demain.

Jordan ne tenait plus en place et envisagea même de se servir une coupe pour trinquer avec lui à cette bonne nouvelle.

— Bref, reprit-il, la promotrice va fournir une coquette somme d'argent pour la construction d'un nouveau parc.

Jordan cligna des yeux.

— Pardon, quoi ? Un *nouveau* parc ?

— Il y a une parcelle de terre inutilisée à environ huit cents mètres de l'ancien. C'est un immense terrain vague.

Jordan voyait très bien de quel site il parlait. L'endroit était envahi par les mauvaises herbes et jonché de détritus et de canapés abandonnés. Avant, avec les filles, elles coupaient tout le temps par là jusqu'au jour où Ava s'était éraflé la jambe sur les ressorts rouillés d'un vieux matelas et avait dû faire une piqûre antitétanique.

— C'est une décharge, protesta Jordan.

— Je sais, mais une fois que la promotrice aura injecté cet argent, l'endroit sera comme neuf. Ce quartier aura un espace vert *et* des bureaux. Tout le monde y gagnera.

— Non, pas tout le monde.

Scott se pencha en arrière en la scrutant.

— Je ne te suis pas. Ce quartier aura son parc. Je pensais que ça te ferait plaisir.

Un parc, oui, mais pas *le sien*.

— Et la cage à écureuil ? rétorqua-t-elle. Et tous ces élèves de terminale qui attendent d'y graver leurs noms ?

Il eut un haussement d'épaules dédaigneux.

— On s'en fiche, non ?

Non, Jordan ne s'en fichait pas.

— Scott, il faut que je t'avoue quelque chose.

Visiblement, la nature de cet aveu imminent ne l'inquiétait pas beaucoup car il s'empara du menu.

— Je t'écoute. Qu'y a-t-il ?

Jordan prit une grande inspiration.

— Demain, c'est mon anniversaire. Enfin, ce soir, en fait. À minuit.

Il leva les yeux du menu.

— Joyeux anniversaire. Décidément, on en a des choses à fêter.

Elle soupira.

— Attends, je t'explique. Mon investissement dans ce parc est personnel. C'est pour ça que je voulais interviewer le conseiller. Mais si tu avais su qui j'étais, tu ne m'aurais même pas rappelée. Alors, j'ai menti. Je ne m'appelle pas Jordan James mais Jordan Schafer.

Il reposa son menu.

— J'ai menti pour que tu ne connaisses pas mon âge réel.

— C'est-à-dire, tu as quel âge ?

— Je voulais juste que tu me prennes au sérieux. Ce fut le cas. Et on a appris à se connaître.

— Jordan, répéta-t-il d'un ton plus nerveux. Quel âge as-tu ?

— J'aurai dix-huit ans à minuit.

Scott eut un mouvement de recul si brusque que sa flûte de champagne se renversa sur la table en l'éclaboussant copieusement.

— Merde !

Il se leva d'un bond. Jordan en fit autant. Munie de sa serviette, elle tenta de tamponner sa chemise.

— Non, pesta-t-il en se détournant. Ne me touche pas.

L'hôtesse se précipita armée d'une serviette propre et s'efforça d'éponger la nappe trempée.

— Je m'en occupe, la rabroua Scott. Laissez. C'est bon.

— Scott, intervint Jordan d'une voix étranglée.

L'hôtesse s'éloigna avec le professionnalisme et le tact de quelqu'un qui avait, par le passé, interrompu plus d'un moment gênant au sein d'un couple.

— Scott. Je comprends ta surprise. Mais ça ne change rien, je reste la même.

— Si, ça change tout, marmonna-t-il d'une voix débordant de panique.

Jordan lui proposa encore sa serviette mais il la refusa.

— As-tu la moindre idée du tort que tu aurais pu me causer ? s'emporta-t-il en tamponnant sa chemise de plus en plus vigoureusement. Ma carrière politique aurait pris fin avant même d'avoir commencé.

— Mais on n'a rien fait de mal. Je suis majeure à présent. Du moins, je le serai dans quelques heures.

Scott la dévisagea, outré.

— Majeure ? Tu n'es qu'une gamine, Jordan.

Il sortit de son portefeuille une liasse de billets suffisante pour régler le champagne et la jeta sur la table. Puis il attrapa sa veste à la volée et commença à partir.

— Scott. Je suis désolée.

La voix tremblotante de Jordan le poussa à s'arrêter. Il se retourna et s'adoucit en croisant son regard.

— Joyeux anniversaire, Jordan.

— Merci, répondit-elle tout bas.

Et il partit pour de bon.

***

Pour le premier tour de piste, CJ et Logan maintinrent une allure modérée le temps de se mettre en jambes. Il faisait froid et leurs souffles formaient d'épaisses bouffées blanches qui voltigeaient devant eux avant de disparaître.

— Tu as fini ta dissertation ? s'enquit Logan.

— Non.

CJ préférait ne pas y penser. Elle voulait seulement courir.

— Tu en vois le bout ?

— Non plus.

Elle prit de la vitesse. Logan l'imita.

— Et toi, tu as écrit la tienne ? relança CJ.

— Oui. Disons que… c'est fait. Je ne peux pas dire mieux. Ce n'est ni bon, ni mauvais. Mais c'est fait.

Sentant qu'il accélérait le tempo, elle allongea sa foulée.

— J'ai la trouille, avoua CJ tandis qu'ils s'adaptaient à ce nouveau rythme.

— Moi aussi… Imagine que je ne fasse que des mauvais choix ?

CJ s'inquiétait davantage de n'avoir aucun choix à faire. Elle avait soumis son dossier à huit universités, dont sept prestigieuses. Peut-être que personne ne voudrait d'elle ?

Elle accéléra encore. Il la rattrapa. Puis c'est lui qui accéléra. Et elle suivit. Le manège se poursuivit sur plusieurs tours. La surenchère à tour de rôle. Implicitement, une course s'engagea entre eux. CJ voulait gagner à tout prix. Il le fallait. Elle redoubla d'efforts et courut de plus en plus vite. Alors qu'ils étaient au coude à coude, Logan trébucha. C'était l'avantage dont elle avait besoin pour s'échapper en tête. En franchissant à toute vitesse la ligne d'arrivée imaginaire, CJ exulta. Elle était encore capable de réussir quelque chose. À condition de se donner à cent pour cent et de foncer, elle avait toujours ses chances. Elle arrêta sa course folle et se retourna. Logan était juste là dans son dos.

— Oh, s'étonna-t-elle le souffle coupé. Je te croyais encore loin.

— Eh non, tu vois…

Il était essoufflé, lui aussi.

— Je suis là.

Impossible de déterminer lequel des deux se pencha le premier. CJ ne put que constater qu'ils venaient de finir leur course et que, deux secondes après, ils s'embrassaient. Leurs bouches fusionnèrent avec urgence et espoir, comme s'ils avaient l'un comme l'autre attendu ce baiser toute leur vie. Soupirant de bonheur, CJ fit le vide dans sa tête. Elle profita du moment présent, de ce baiser échangé au stade avec Logan Diffenderfer, et oublia le reste. Sa peine, ses doutes et ses craintes s'évanouirent.

C'est justement ce qui la poussa à s'écarter d'un coup.

— Pardon, s'exclama-t-elle. Je suis vraiment désolée !

CJ rentra chez elle en toute hâte, reprit place à son ordinateur et se lança.

À l'attention de la Commission d'admission de Stanford,

Madame, Monsieur,

Je n'ai jamais vécu le genre d'expérience que vous me demandez de décrire ici.

Je ne me suis jamais réveillée dans un lit d'hôpital face à un médecin qui m'annonce que ma vie vient de changer de manière irréversible.

Je n'ai jamais eu à me résigner après avoir appris que, faute de moyens, l'avenir que je m'étais appliquée à préparer ne me sera finalement pas accessible.

Je n'ai jamais fait le guet devant le domicile de la mère qui m'a abandonnée, dans l'espoir que le seul fait de l'apercevoir donne plus de sens à ma vie.

Je n'ai jamais eu le sentiment que ma vie entière basculait au beau milieu d'un match de volley-ball.

Certains de mes proches ont enduré ces expériences mais je n'en ai été, tout au plus, que témoin.

Pour ma part, je n'ai encore jamais rien vécu qui m'ait radicalement transformée.

Ce n'est, cependant, qu'une question de temps. Un jour, le téléphone sonnera, on frappera à ma porte ou bien un incident bouleversera ma vie. Je resterai marquée à jamais, comme mes proches l'ont été. D'un côté, cela me rendra plus forte ; de l'autre, plus vulnérable. Ça laissera des traces. Mais aussi un éclat. Ce sera un événement important de ma vie, et non ce qui la définit. Il me transformera peut-être à plus d'un titre. Mais au fond, je resterai la même.

C'est pourquoi j'ose affirmer que mon manque d'expérience ne me rend pas moins digne d'intégrer votre établissement. Je suis convaincue qu'il ne suffit pas d'une épreuve ou d'une note d'examen pour sceller mon identité. Je sais parfaitement qui je suis : une fille qui mérite d'entrer à Stanford à l'automne prochain. Et si vous n'êtes pas de cet avis, je ne m'arrêterai pas à ce refus.

Bien à vous,

Clarke Josephine Jacobson

CHAPITRE VINGT-DEUX

Ava faisait les cent pas en attendant CJ qui relisait son texte. Il était près de minuit.

— J'ai presque fini, annonça CJ.

— Prends ton temps, conseilla calmement Ava, même si ce dernier était presque écoulé. Tu as oublié une virgule, là, souligna-t-elle en pointant une phrase.

CJ ajouta la marque de ponctuation, puis téléchargea enfin, de façon officielle, sa demande d'inscription. Elle avait respecté le délai avec vingt minutes d'avance. À présent, une autre urgence les attendait. Ava saisit ses clés de voiture ; CJ attrapa son manteau et elles sortirent en courant jusqu'à la voiture d'Ava. Au feu orange, Ava mit le pied au plancher et le crissement produit par les pneus quand elle tourna à toute allure au coin de la rue leur arracha une grimace.

Lorsqu'elles s'arrêtèrent, Martha attendait au bord du trottoir.

— Désolée du retard, s'excusa Ava tandis que Martha grimpait à l'arrière.

— C'est ma faute, précisa CJ.

— Pas grave, roule !

Martha claqua la portière et Ava décolla.

À leur arrivée devant chez Jordan, il ne leur restait plus que quelques minutes. Comme promis par les parents de leur amie, la porte d'entrée n'était pas fermée à clé et Martha l'ouvrit aussi discrètement que possible malgré leur empressement. Ava défit la fermeture Éclair du sac polochon qu'elle avait emporté et répartit son contenu entre elles trois. Puis elles se rassemblèrent devant la porte de la chambre de Jordan et attendirent.

***

Assise sur la banquette sous sa fenêtre, Jordan contemplait la lune en se demandant comment les choses avaient pu aussi mal tourner. Elle allait avoir dix-huit ans. Il y a encore quelques heures, elle se sentait totalement mûre et prête ; à présent, avec ses jambes repliées contre elle et ses manches rabattues sur ses poignets, elle avait l'impression de n'être qu'une gamine ridicule. Elle vérifia l'heure sur son téléphone. Plus que trente secondes. C'était une étrange sensation que de regarder l'instant T approcher en sachant que sa vie ne changerait pas d'un iota. Jordan serait toujours Jordan. Il n'y aurait pas de grand moment de lucidité. Ni de changement perceptible ou d'événement transcendant. Les secondes filèrent. Trois... deux... un... voilà, elle avait dix-huit ans et tout était exactement comme avant.

C'est alors que la porte de sa chambre s'ouvrit brusquement.

— Joyeux anniversaire ! s'écrièrent ses amies à l'unisson.

Trois petits « pocs » successifs résonnèrent et des confettis jaillirent dans la pièce. Elle regarda Ava, CJ et Martha sauter sur son lit en s'attendant à la trouver endormie.

— On dirait qu'elle n'est pas là, constata CJ, perplexe.

— Par ici, se manifesta Jordan en agitant la main depuis sa banquette sous la fenêtre.

Quelqu'un alluma la lumière. Devant la tête que firent ses amies, Jordan prit conscience que ses joues étaient trempées de larmes.

— Qu'est-ce qui se passe ? s'inquiéta Martha.

Jordan haussa les épaules.

— Longue histoire. Ce sont des petits gâteaux ?

Ava brandit fièrement la boîte de pâtisseries dans sa main.

— Tout à fait. Ils viennent de chez Confectionary Cupboard. J'en ai acheté assez pour nous rendre malades.

— Parfait, approuva Jordan.

Ava posa la boîte par terre et les filles, dont l'une était désormais une femme sur le plan légal, s'installèrent pour un pique-nique nocturne à base de gâteaux et de Coca Light.

— Bon, déclara Martha en se tournant vers Jordan. C'est sympa tout ça, mais c'est quoi, ces larmes ? Explique-nous.

Jordan poussa un soupir.

— Tu avais raison : Scott est un pauvre con.

Quoique, ce n'était pas tout à fait juste. Elle soupira encore.

— Non. En fait, c'est moi qui ai été conne.

Elle leur raconta le dîner et Martha eut la délicatesse de ne pas en rajouter, ni critiques ni jugements. Elle l'écouta en opinant, et alla jusqu'à dire qu'elle était désolée quand Jordan lui avoua être blessée.

— Pour être honnête, je ne suis même pas sûre qu'il me plaisait tant que ça. J'aimais surtout *l'idée* d'être avec lui, vous voyez ? Sur le moment, ça me donnait le sentiment d'être une adulte.

Ava intervint, du glaçage plein la bouche.

— J'ai une grande nouvelle à t'annoncer : dorénavant tu vas avoir tout le temps que tu veux pour être une adulte.

Jordan reprit un gâteau. C'était son troisième et sûrement pas le dernier.

— Je me sens tellement conne.

— Mais tu ne l'es pas, répliqua Martha avec une telle conviction que Jordan, à son grand étonnement, la crut sur parole.

— D'ailleurs, en parlant de mecs, glissa CJ. J'ai un truc à vous dire aussi.

Lorsqu'elle annonça qu'elle avait embrassé Logan Diffenderfer deux petites heures plus tôt, ses trois amies en restèrent bouche bée.

— Oh, fit Jordan. Euh… OK.

Elle s'attendait à être jalouse mais, après une rapide introspection, elle constata qu'il n'en était rien, et se demanda si elle n'était pas juste sous le choc.

Jordan remarqua qu'Ava regardait fixement son gâteau.

— Il te plaît ? demanda cette dernière à CJ. Car si c'est le cas…

La phrase resta en suspens, il ne tenait plus qu'à CJ de l'achever.

— Non. Pas dans le sens que tu crois. C'était une folie passagère, sous le coup du stress. Et même s'il me plaisait, je ne pourrais jamais sortir avec quelqu'un qui…

Elle pivota vers Ava et laissa à son tour sa phrase en suspens.

— Je ne le déteste plus, déclara Ava. Donc si tu as des sentiments pour lui… et que c'est réciproque…

Jordan observa attentivement Ava. Son attitude avait quelque chose de louche.

— Bref, abrégea CJ. Assez parlé de garçons. Parlons plutôt de la toute nouvelle femme qui est parmi nous !

Elle leva sa canette de Coca Light pour porter un toast.

Jordan lui fit signe de la baisser.

— Attends, reprit-elle. J'ai encore un truc à vous dire. C'est au sujet du parc.

Sans tourner autour du pot, elle leur annonça que le combat était terminé. Elles avaient perdu. La ville allait construire un nouveau parc. Un parc différent, qui ne serait jamais le leur.

— Nous n'aurons pas l'occasion d'entrer dans l'histoire.

— C'est peut-être mieux comme ça, commenta Martha.

— Oui, enchérit Ava. Ce n'est qu'une tradition stupide.

CJ se tourna vers Jordan.

— Puisque tu es la seule adulte de la pièce, je me fierai à ta réponse : est-ce que graver nos noms dans une cage à écureuil te semble encore être un acte de la plus haute importance ?

Jordan réfléchit.

— Non, dit-elle sans ambages. Ava a raison. À mon avis, ce n'est pas une activité très adulte. Alors que ça, oui !

Elle écrabouilla un bout de glaçage sur la figure de CJ.

CJ éclata de rire en s'emparant à son tour d'un gâteau. Une bataille de sucre glace éclata, et ce n'est que lorsqu'elles en furent toutes les quatre constellées et que CJ recracha du Coca par le nez à force de rigoler que le combat prit fin. Assise là avec ses amies à essuyer le sucre sur leurs joues, Jordan en oublia totalement que, quelques heures plus tôt, elle avait été si pressée de grandir.

— Ouvre ton cadeau, ordonna CJ.

Jordan déchira avec soin les bords du papier. Le contenu lui semblait fragile. Quand elle comprit ce dont il s'agissait, une vague d'émotion douce-amère la submergea.

— C’est génial, approuva-t-elle. Tout simplement parfait.

C’était un formulaire d’inscription sur les listes électorales.

CHAPITRE VINGT-TROIS

Cleveland, Ohio,
Trois mois plus tard.

Cette année-là, le redoux du printemps débuta tôt et surprit tout le monde. Cette saison incarnait toujours un renouveau mais, cette fois, CJ le ressentit encore plus que par le passé. Lorsque les jonquilles commencèrent à pointer le bout de leur nez au milieu de la neige fondue, elle eut envie de les repousser sous terre pour qu'elles restent encore un peu au chaud. *Pas si vite*, avait-elle envie de leur dire. *S'il vous plaît, accordez-nous encore un petit délai.*

La mairie annonça de façon officielle l'aménagement du nouveau parc et publia le dessin d'un plan. Ça promettait d'être magnifique, même si ce ne serait jamais *leur* parc. CJ décida que ce n'était peut-être pas plus mal. Lors de la construction du vieux parc, la loi en faveur des personnes handicapées n'était même pas encore en projet. Le nouveau parc était soumis à un ensemble de directives bien différentes. Cependant, elle n'avait pas oublié sa discussion avec Wyatt sur le parcours de minigolf. Selon la loi actuelle, seuls cinquante pour cent des trous devaient être accessibles. Elle consulta les directives du nouveau parc et constata qu'elles n'étaient pas à la hauteur. *Pas à la hauteur. Pas à la hauteur.* Ce refrain familier résonna dans l'esprit de CJ. C'est vrai, ces mesures ne suffisaient *pas*. Mais que pouvait-elle y faire ? Elle n'était qu'une fille ordinaire. Ce mot lui rappela Wyatt et elle sourit. Elle décida de tenter quand même le coup. Elle échouerait peut-être. Il y avait même de fortes chances. Mais si elle réussissait ? Elle ouvrit la page Internet de la mairie et se mit à noter des informations.

Une semaine plus tard, c'était son dernier jour chez Loisirs en Délire. Le programme s'arrêtait au printemps car la ville mettait le centre sportif à la disposition d'une ligue de foot en salle pour adultes. CJ avait déjà proposé à la mère de Dakota d'initier sa fille à l'équitation adaptée. Dakota s'en réjouissait et deux ou trois des garçons du groupe envisageaient d'essayer aussi. CJ comprenait que Wyatt ne veuille pas entendre parler de cette activité, mais les enfants y prendraient peut-être du plaisir.

Elle retrouva Wyatt sur le terrain central et se dirigea vers lui, une enveloppe dans les mains.

— C'est un cadeau de départ ? demanda-t-il.

— Pas vraiment. Tu es au courant que la mairie va inaugurer un nouveau parc ?

Il hocha la tête.

— J'en ai entendu parler.

— Il est clair qu'il sera conforme aux directives de la loi en faveur des personnes handicapées. Cependant…

Wyatt opina encore, devinant la suite.

— Il ne sera toujours pas accessible à cent pour cent ?

— Loin de là, déplora CJ. Mais rien n'est joué. Il y a moyen de mieux l'équiper. Le matériel existe.

Wyatt haussa un sourcil.

— Ne me demande pas combien d'heures j'ai passé sur ces recherches. C'est à peine si j'ai dormi cette semaine.

Néanmoins, CJ n'était pas fatiguée. Elle se sentait même plus vivante que jamais.

— Le problème, c'est le coût, poursuivit-elle. Les équipements adaptés ne sont pas donnés.

Elle avait assisté à une réunion municipale où on avait débattu du sujet. Elle avait écouté attentivement et attendu patiemment mais, à sa grande déception, les élus avaient finalement décidé que cela ne rentrerait pas dans leur budget.

— Toutefois, nuança CJ, s'ils en avaient les moyens, ils seraient partants.

— C'est là que tu m'annonces que tu as gagné au loto et que tu veux investir tes gains dans un parc au lieu de les dépenser en drogues et en bolides ?

— Je suis trop jeune pour jouer au loto. Et tu sais très bien que je préférerais acheter un bolide plutôt que des équipements d'aires de jeux adaptés aux enfants handicapés.

Il sourit.

— Alors, que contient cette enveloppe ?

— J'ai trouvé une association qui pourrait nous aider à augmenter le budget de la mairie. C'est pas gagné. Ils n'ont les fonds que pour un seul projet cette année. Il faut monter un dossier et qu'on soit ensuite sélectionnés. Mais pourquoi ne pas essayer ? J'ai déjà rempli la paperasse. Sur le site, ils disent que c'est un gros plus d'y joindre des témoignages. La mère de Dakota en a rédigé un et je vais en parler à d'autres parents aussi. Mais je me disais que, en tant que directeur de ce programme, ta parole aurait du poids.

Elle lui tendit l'enveloppe.

— Toutes les infos sont dedans.

— Clarke.

C'était si bon de l'entendre prononcer son nom.

— Tu peux compter sur moi.

— Et sache que je ne fais pas ça par culpabilité mais parce que j'estime que les enfants ont bien droit à ça. Et, d'accord, aussi parce que j'aime gagner et que j'ai vraiment envie de l'emporter sur tous les autres postulants. Mais je le fais surtout pour les petits.

— Alors bottons le cul à tous les autres postulants, lança Wyatt.

— Merci, acquiesça-t-elle.

Elle le remerciait pour bien plus que ce simple témoignage, et elle espérait qu'il le savait.

***

3 avril 2020. Cette journée resterait marquée par l'infamie. Elle débuta comme n'importe quelle autre, mais son issue serait particulière pour chaque

élève de terminale du lycée William McKinley en partance pour l'université. Car à dix-neuf heures précises, heure de New York, la quasi-totalité des universités du pays publierait la liste des candidatures admises et rejetées par le biais d'un système de connexion privée en ligne. Il restait deux ou trois institutions qui préféraient faire ça à l'ancienne par e-mail, lequel arriverait dans la journée, mais personne ne savait quand. L'université de Boston en faisait partie. Ava, CJ et Jordan avaient toutes postulé là-bas. Ava s'accrochait encore au maigre espoir qu'elles puissent rester ensemble l'an prochain. En fin de compte, Martha n'avait soumis sa demande qu'à deux établissements, dont le MIT qui se trouvait à Boston aussi.

Ce jour-là, la tension régnait au lycée. Les élèves étaient trop agités pour rester attentifs et la plupart des enseignants n'essayèrent même pas de leur serrer la bride. C'était le seul jour de l'année où chacun était autorisé à garder son portable à la main. Durant le cours de dessin, Mme Simon initia la classe au style de Jackson Pollock et invita tout le monde à se défouler en badigeonnant sa toile en toute liberté. Ava ne savait pas si c'était ce nouvel antidépresseur que lui avait prescrit la Dr Clifford ou ces projections de peinture mais, quel que fût le verdict, elle était remarquablement sereine quant à l'issue de la journée. À côté d'elle, Logan fit gicler sur sa toile un gros pâté visqueux de bleu profond.

— Mon but est de barioler tout ça aux couleurs des établissements susceptibles de me refuser. Ça, c'est le bleu de l'université Duke.

Il imbiba son pinceau d'une épaisse goutte de rouge cardinal qu'il projeta avec violence.

— Le rouge de Stanford ? devina Ava.

Il confirma d'un signe de tête.

Certes, la possibilité qu'ils se retrouvent sur le même campus l'an prochain avait traversé l'esprit d'Ava. Et certes, cette idée ne lui déplaisait pas totalement. Elle concéda à la Dr Clifford qu'elle avait peut-être un tout petit début de faible pour Logan. Mais c'était sans importance. CJ soutenait encore que leur baiser était un simple écart mais, au cas où ce ne serait pas tout à fait vrai, Ava ne voulait pas entraver son bonheur. Elle le regarda projeter un autre pâté de rouge.

À l'heure du déjeuner, les annonces de l'université de Boston se faisaient toujours attendre. L'atmosphère devint si tendue que les filles, qui n'avaient jamais été des habituées de l'école buissonnière, décidèrent de sécher le premier cours de l'après-midi. Quitte à poireauter en stressant, autant que ce soit dehors sous ce splendide ciel printanier.

Elles s'assirent sur la pelouse du terrain d'athlétisme et s'efforcèrent de s'occuper mutuellement entre deux coups d'œil à leur téléphone. CJ ne faisait que rafraîchir sans arrêt la page du site. L'attente était insoutenable.

— On devrait aller chez Denny, suggéra Ava. Sécher le reste de la journée et noyer notre stress dans un bon gros déjeuner.

— OK pour moi, valida Jordan.

— Partante, acquiesça Martha.

— Si vous voulez, dit CJ, évasive, en rafraîchissant encore la page. Oh, purée ! hurla-t-elle en voyant apparaître un nouvel e-mail.

Jordan et Ava se jetèrent sur leur téléphone. Jordan rafraîchit sa page la première et découvrit le mail auquel réagissait CJ.

— Oh, fit-elle. Bon sang, CJ. Tu m'as fait peur.

— Quoi ? s'étonna Ava. C'est Boston ?

Elle rafraîchit furtivement sa propre boîte de réception.

— Non.

Jordan leva le nez de son portable.

— Le comité de l'album de promotion a envoyé un e-mail à tous les lauréats de l'élection des terminale.

— Pfff ! soupira Martha. C'est tellement idiot, ce concours.

Toutefois, Ava la vit attraper son portable pour consulter les résultats.

— J'ai été élue *L'élève la plus stylée*, les meufs ! fanfaronna Jordan.

Ava sourit en découvrant son titre.

— Et moi *L'élève la plus à même de devenir la prochaine Picasso*.

Elle se tourna vers CJ.

— Et toi ?

CJ jeta son téléphone près d'elle.

— Qu'est-ce ça peut faire ? C'est stupide, cette élection.

À son côté, Martha acquiesça.

— Tu as raison. C'est vraiment complètement idiot.

— Pourquoi ? l'interrogea Jordan. On t'a élue quoi ?

Martha rangea son téléphone.
— Rien. Je n'ai pas été élue du tout.
— Ne le prends pas contre toi, la consola Jordan. On est une grosse promotion. Il n'y a pas assez de titres pour tout le monde.
CJ soupira.
— Tu as de la chance de ne pas être citée du tout. C'est trop gênant.
— Ton titre est si nul que ça ? devina Ava. Dis-nous ce que c'est ?
— Non. J'ai trop honte.
CJ retourna son portable.
— OK, tempéra Jordan. Tu n'es pas obligée de nous le dire…
Puis elle bondit sur CJ en lui plaquant les bras le long du corps.
— Ava ! Attrape son portable !
CJ, qui était bien plus forte que Jordan, dégagea aussitôt ses mains, mais Ava fut plus rapide.
— Je l'ai !
CJ se rua sur elle, mais Ava détala.
— Martha, à toi : passe longue !
Martha tendit les mains et Ava lui envoya le portable. Son lancer fut complètement raté, mais Martha parvint à réceptionner le téléphone en plongeant. Alors que CJ arrivait à sa hauteur, elle se retourna pour le renvoyer à Jordan. Une partie de lancer de patate chaude s'improvisa.
— Sérieusement, les filles ? ironisa CJ. Je vous rappelle que je suis beaucoup plus sportive que vous !
Mais après plusieurs allers-retours infructueux, elle capitula.

— Oh, et puis zut ! Lisez si vous voulez.

Jordan, qui détenait son portable à cet instant précis, ouvrit le dernier e-mail arrivé dans la boîte de réception de CJ et le lut à voix haute d'un ton solennel de jury :

— « Chère Clarke, nous avons le regret de vous informer que la commission d'admission de l'université de Boston n'est pas en mesure de vous… »

Jordan s'interrompit net.

— Oh, merde ! C'est pas le bon e-mail. Merde, CJ. Merde, merde, merde. Tiens.

Elle lui rendit son portable.

— Pardon.

CJ lut la fin du message envoyé par l'université de Boston.

— Ah, conclut-elle d'une voix éteinte. Bon, dommage.

Impuissante, Jordan lança un regard à Ava et Martha.

— Je suis vraiment désolée, CJ.

— C'est rien. Ça va. De toute façon, ce n'était pas mon premier choix. Ne t'en fais pas. Je sais qu'Ava et toi mourez d'envie de connaître leur réponse. Alors, allez-y.

Jordan et Ava échangèrent un regard.

— Oh ! allez les filles, insista CJ. Sortez vos téléphones !

Chacune saisit son portable avec retenue et s'appliqua à contenir sa réaction, mais CJ n'eut aucun mal à déchiffrer l'expression sur leurs visages.

— Félicitations, leur dit-elle.

— Merci, murmura Ava.

— Oui, merci, dit Jordan.

La sonnerie retentit et CJ se leva.

— Bon, on s'en fiche de Boston, reprit Ava avec enthousiasme. Allez, en route pour chez Denny. Dans un moment pareil, un bon croque-madame s'impose.

CJ déclina d'un signe de tête.

— J'ai pas envie. Je vais rentrer.

Elle commença à s'éloigner, puis se retourna.

— Ah ! et pour l'album, j'ai reçu le titre de *Géante de l'année*. Voilà ce que la promo de 2020 retiendra de moi : que j'étais une grande perche.

CJ tourna les talons et partit.

CHAPITRE VINGT-QUATRE

Ce soir-là, le guichet semblait plus étroit que d'habitude. Assise sur le minuscule tabouret de la minuscule cabine à l'entrée du cinéma, Martha se connecta au portail d'admission du MIT. Un espace aussi restreint n'était pas idéal pour découvrir une nouvelle de cette envergure, néanmoins il fallait qu'elle en ait le cœur net. Elle lut le message une fois, puis rangea son téléphone. Elle eut envie de pleurer.

Tambourinant des doigts sur le comptoir, elle ne remarqua pas l'arrivée de Logan Diffenderfer qui s'approcha de la vitre.

— Un ticket, s'il te plaît.

Martha prit son argent et lui glissa une entrée. En voyant le titre du film imprimé dessus, il eut un rire.

— Qu'est-ce qu'il y a ? demanda Martha.

— Je n'avais même pas vu ce qui était à l'affiche, expliqua-t-il en montrant son ticket. *Le lauréat*. C'est de circonstance.

— Je ne l'ai jamais vu.

— Il y a du monde, ce soir ?

— Tu as déjà vu beaucoup de monde ici ?

Logan sourit.

— Dans ce cas, joins-toi à moi.

Martha ferma le guichet à clé et retrouva Logan dans le hall. Ils choisirent deux sièges au fond et s'installèrent tandis que le générique commençait à défiler. Dustin Hoffman apparut à l'écran, puis un long silence s'ensuivit.

— J'aime tellement cette séquence d'ouverture, s'émerveilla Logan. On comprend tout de suite l'idée. C'est l'histoire d'un type qui ne sait pas du tout quoi faire de sa vie.

— Je vois tout à fait.

Martha songea au MIT et eut une nouvelle fois la gorge nouée. Cette première scène sans dialogue était troublante et lui donna la bougeotte. Mais alors que ce silence semblait parti pour s'éterniser, les premières notes d'une chanson qu'elle avait toujours adorée se firent entendre. « *Hello darkness, my old friend*[1] ».

— Tu as raison, commenta-t-elle, c'est de circonstance.

— Des nouvelles des écoles où tu as déposé un dossier ? glissa Logan.

— Il n'y en a que deux. L'université d'État de Cleveland et le MIT.

Il décela un soupir dans l'inflexion de sa voix et demanda si les nouvelles étaient mauvaises.

Elle fit non de la tête.

1. Paroles de « The Sound of Silence », par Simon & Garfunkel.

— Je suis admise dans les deux.

— Félicitations.

Elle haussa les épaules.

— À Cleveland, tous mes frais sont pris en charge, précisa-t-elle. Je ferais mieux d'aller là. C'est plus logique. Au MIT, je n'ai droit à aucune aide.

— Mais... ? insista-t-il en l'observant.

— Je ne veux pas rester à Cleveland, Logan.

Elle avait envie de changer de décor, de s'ouvrir à de nouvelles expériences. Pour élargir son horizon. S'extraire de ce guichet riquiqui, de cet appartement exigu et de la vie étriquée qui l'attendait si elle restait vivre ici.

— Et toi ? lui retourna-t-elle la question.

— Je suis pris à Stanford.

— Félicitations.

— Merci. Enfin, je crois. Je suis admis dans deux autres écoles aussi. Mais mes parents comptent sur moi pour confirmer Stanford. C'est leur souhait.

— Et *toi*, Diffenderfer, qu'est-ce que tu souhaites ?

— Pas ça.

Logan reporta son regard sur l'écran. La chanson triste se poursuivait. Cette bande originale illustrait parfaitement ce qu'ils ressentaient. Martha sentit leurs mains se frôler sur l'accoudoir. C'était un geste involontaire de leur part, mais ni l'un ni l'autre ne s'écarta. La seule chose étrange dans le fait d'être assise dans le noir avec Logan Diffenderfer à discuter de leurs avenirs et de leurs craintes, songea Martha, c'est que ça paraissait totalement naturel.

À la fin du film, elle ne se leva pas tout de suite. Elle savait que, comme à son habitude, Logan voudrait regarder le générique jusqu'au bout. Ça ne la dérangeait pas. Encore absorbée par le film, elle réfléchit au fait qu'on ne savait jamais où la vie nous menait. Et elle en conclut que c'était mieux comme ça. Tout le plaisir de l'existence reposait sur cette part de mystère.

Martha se tourna vers Logan.

— Au fait, reprit-elle, tu as reçu un titre à l'élection des terminale ?

— Ouais. Mais c'est débile.

— Moi aussi. C'est vraiment pourri.

Elle avait menti à ses amies en affirmant qu'elle n'avait pas été élue. Elle était trop vexée que ses camarades de promotion aient cette image d'elle.

— On m'a désignée comme *La plus à même de ne jamais quitter l'Ohio*.

Logan rit doucement.

— Ils ont peut-être inversé nos deux titres par erreur.

— Pourquoi ? Ils t'ont attribué lequel ?

Martha sentit le coude de Logan effleurer le sien sur l'accoudoir.

— *Le plus à même de devenir président des États-Unis*.

***

Jordan serra fermement le volant. Si elle ne se concentrait pas à trois cents pour cent, elle craignait d'avoir un accident. Le courrier de l'université de Northwestern la hantait encore : *vous êtes sur liste d'attente*.

Elle quitta la route principale pour se garer devant la permanence du conseiller Lonner. Il y avait des chances que Scott soit déjà rentré chez lui, mais elle en doutait. D'après ce qu'il lui avait raconté par le passé, le vendredi il ne pouvait pas partir avant d'avoir consigné toutes les doléances dont les administrés lui avaient fait part durant la semaine, pour ensuite les transmettre au conseiller. Souvent, la liste était si longue que ça le retenait jusqu'à minuit.

La gentille dame de l'accueil était déjà partie, et la plupart des bureaux plongés dans le noir. Jordan jeta un coup d'œil derrière la réception.

— Bonsoir ? Il y a quelqu'un ? héla-t-elle doucement.

Comme personne ne répondit, elle s'aventura dans le fond. Une lumière provenait d'un bureau. C'était celui de Scott. Elle s'approcha et prononça le seul mot qui lui vint à l'esprit.

— Bonsoir.

— Jordan !

Elle lui avait fait peur.

— Bonsoir, répéta-t-elle.

Il regarda autour de lui comme s'il craignait qu'on les surprenne.

— Il ne faut pas que tu restes ici. Je ne peux pas te recevoir.

— Si, justement, rétorqua-t-elle. Il le faut.

— Jordan…

— Je suis inscrite sur la liste électorale du district. En tant qu'administrée, j'ai un souci dont j'aimerais t'informer. Je vais t'expliquer pour quelle raison, selon moi, Memorial Park mérite une seconde chance.

***

Assise dans sa chambre, porte fermée, CJ contemplait le vase étrange que la mère de Wyatt lui avait offert. L'an prochain, elle l'emporterait à l'université. Il avait la taille parfaite pour servir de pot à stylos.

Après avoir décidé de garder Stanford pour la fin, elle se connecta d'abord au portail d'admission de Skidmore. Un courrier type s'afficha. *Nous avons le regret…* Inutile d'en lire plus. Elle se connecta à l'établissement suivant. Puis au suivant. Les refus s'enchaînèrent. Elle ne lut qu'une fois le mot « félicitations », mais c'est à peine si elle réagit. Restait Stanford, et CJ pria en silence avant de se connecter. *Pitié*, pensa-t-elle. *Faites que je sois prise.*

Elle était assise au bureau que son père avait à l'origine fabriqué pour sa grande sœur. C'était la seule affaire héritée de ses aînées qui fût à sa taille. Elle avait passé tant d'heures penchée là à réviser, décliné tant de soirées entre amis pour préparer cet examen d'entrée à l'université. Comparé au nombre d'heures harassantes qu'elle avait passées à ce bureau, il lui parut presque injuste de découvrir la réponse de Stanford assise au même endroit : *Nous avons le regret de vous informer que nous ne sommes pas en mesure de vous accueillir dans notre établissement.*

D'un geste brusque, CJ rabattit l'écran de son ordinateur portable.

Alors qu'elle nouait ses lacets de baskets, son portable sonna. Elle ne regarda même pas qui c'était. Sans doute Ava ou Jordan ou peut-être même Martha qui voulait savoir où elle était prise. Elle n'avait pas le courage de leur dire. Pour l'instant. Elle passa par la cuisine, où son père regardait le match à la télé et sa mère préparait le dîner.

— Je vais à l'université de l'Ohio l'an prochain, annonça-t-elle.

Ils eurent l'air un peu surpris.

— C'est la seule qui m'a acceptée.

Son père coupa le son de la télé, mais CJ était déjà sur le point de sortir.

— Je vais courir.

CJ arriva au stade durant cet intervalle particulier de la journée, après le coucher du soleil mais avant l'allumage automatique des projecteurs. Ça lui laissait vingt minutes pour courir dans l'obscurité. *Parfait*, pensa-t-elle. Elle ne demandait pas mieux que de se défouler en laissant la nuit l'engloutir. Mais elle n'avait pas fait trois mètres qu'elle vit une silhouette approcher. Dans le noir, CJ eut du mal à discerner son visage ; seul son gabarit était reconnaissable entre tous.

— Je suis contente que tu sois là, se réjouit-elle.

***

Jordan s'assit face à Scott tandis qu'il attrapait son bloc-notes jaune et un stylo. Elle inspira un coup et entama son plaidoyer en faveur du parc. Elle lui raconta le jour de sa rencontre là-bas avec ses trois meilleures amies. Elles s'étaient promis d'ajouter leurs noms sur la cage à écureuil quand elles seraient grandes. À chaque automne, une semaine ou deux après la soirée de rentrée des terminale, elles se rendaient sur place pour effleurer les noms fraîchement gravés. Elles préparaient et planifiaient avec impatience le jour où leur tour viendrait enfin. Elle lui confia sa crainte de perdre peu à peu ses amies de vue à la rentrée, puisqu'elles seraient séparées par leurs études respectives. Alors laisser leurs empreintes là-bas était le seul moyen d'être sûre qu'une part d'elles resterait unie pour l'éternité.

Quand elle eut terminé, Scott remit son capuchon au stylo.

— Je vais consigner tout ça, promit-il. Et je transmettrai au conseiller. Mais…

Il posa son stylo.

— Ça ne changera rien. Je regrette mais le parc va être démoli.

— Je sais, soupira Jordan en se relevant. Je voulais juste saisir l'occasion de me faire entendre.

Elle tendit une main vers lui avec sérieux.

— Merci de m'avoir reçue.

Il la serra.

— Au revoir, Scott, conclut-elle.

Alors qu'elle s'éloignait dans le couloir, elle l'entendit la héler.

— Où tu pars l'an prochain ?

Jordan se retourna.

— À l'université George Washington.

En l'annonçant, Jordan sentit que c'était la bonne décision. Même si elle réussissait à émerger de la liste d'attente de Northwestern, elle choisirait quand même Washington. Le jour où Mme Fischer lui avait donné leur brochure en suggérant qu'elle dépose un dossier lui semblait remonter à des milliers d'années. Aujourd'hui, Jordan savait qu'elle serait à sa place là-bas. Elle voulait vivre au cœur de la capitale.

— Un jour, tu feras une sacrée journaliste.

— Possible, concéda-t-elle. Ça ou autre chose. Je n'ai encore rien décidé. Au fond, je n'ai que dix-huit ans.

***

Ava regarda CJ en plissant les yeux dans l'obscurité.

— Comment tu as su que c'était moi ?

— Il n'y a pas plus petite que toi.

Les deux amies étaient mal assorties à bien des égards ; la taille n'en était qu'un parmi d'autres. Mais pour ce qui était des sujets essentiels, elles étaient sur la même longueur d'onde.

— Comme tu ne décrochais pas, je suis passée chez toi, raconta Ava. Tes parents sont inquiets.

— Du coup, j'imagine qu'ils t'ont dit que je n'étais prise que dans l'Ohio ?

Ava fit oui de la tête.

— C'est une bonne université, se consola CJ.

— À mon avis, ce n'est pas que tu ailles là-bas qui les inquiète.

— Je sais. Ils ont peur que je décroche. Mais ça va aller. Je tiendrai bon. C'est bien que j'aille là-bas, je crois.

— Vraiment ?

— Oui. J'apprends à accepter mes échecs. Et j'y arrive de mieux en mieux. Et toi ?

— Oh moi, je suis passée maître dans l'art d'échouer.

Mais Ava savait très bien que ce n'était pas la question de CJ.

— Tu veux savoir où je vais ?

CJ opina.

— Georgetown et Wellesley ont refusé ma demande.

— Les nases. Je me doute que tu essaies juste de me réconforter, mais quand même, quelle bande d'idiots ! Et Stanford ?

— Je suis prise.

— Félicitations !

— Tu as le droit d'être énervée contre moi.

— Je suis énervée de ne pas avoir été prise. Mais pas contre toi. Je suis très fière que tu ailles là-bas.

— Merci.

— Et Rhode Island ?

Ava hocha la tête.

— Aussi.

— Waouh, Ava ! C'est génial.

— Oui. Mais je ne sais pas quoi décider. Ma mère prétend qu'elle me soutiendra, quel que soit mon choix.

— Tu en doutes ?

— Non, je crois qu'elle est vraiment sincère.

Ava songea au moment où elle avait appris la nouvelle. Sa mère était assise à côté d'elle quand le courrier de Stanford s'était affiché à l'écran.

Félicitations ! Le bureau des nouveaux étudiants de Stanford aura le plaisir de vous accueillir à la rentrée.

Ava avait poussé un cri de joie, et sa mère gardé son sang-froid. Et quand la bonne nouvelle concernant Rhode Island était tombée, elle était restée tout aussi impassible, mis à part un commentaire : « Un choix difficile t'attend, on dirait. »

— C'est vrai, ce n'est pas simple comme décision, admit CJ. Disons que c'est l'avantage de n'être prise qu'à un seul endroit. Je parie que tu es jalouse de moi !

— Grave.

Ava se mit à rire et CJ la serra dans ses bras.

— Dis, reprit-elle en s'écartant. Je peux te poser une question ? C'est que, je serais curieuse de savoir à quoi ressemble une rédaction pertinente pour Stanford : quel sujet as-tu évoqué ? Dans ta composition sur cette expérience transcendante ?

Ava s'en doutait : tout le monde présumait qu'elle avait raconté le jour de ses retrouvailles avec sa mère biologique ou celui où sa dépression avait été diagnostiquée. Bien sûr, ces deux événements l'avaient marquée, mais ce n'était rien comparé à l'épisode le plus important qu'elle avait vécu jusqu'ici.

— J'ai raconté cette fameuse journée au parc. L'été avant notre entrée en CP. Quand je t'ai rencontrée avec Jordan et Martha.

— Mais non ? s'étonna CJ, ahurie.

— Si. Au fond, ça a complètement changé ma vie. Sans votre amitié, je ne serais pas devenue celle que je suis aujourd'hui.

CJ rigola.

— C'est tellement bien trouvé.

— Pourquoi tu ris, alors ?

— Parce que c'est d'une simplicité parfaite. J'aurais dû y penser.

Puis CJ se reprit en secouant la tête.

— Mais je l'aurais sûrement écrit différemment. Bref, je t'adore Ava. Et je suis vraiment fière de toi.

CJ sourit.

— Et en un sens, je suis fière de moi aussi. Bon, ça te dit de courir un peu ?

— Sûrement pas ! s'esclaffa Ava.

CHAPITRE VINGT-CINQ

Martha passa devant les boutiques Old Navy et Chico's, puis s'engouffra dans le centre de recrutement de l'armée. À son arrivée, le jeune sergent se leva, mais elle passa aussi devant lui sans s'arrêter. Assise à son bureau, la commandante Malone était plongée dans la paperasse quand Martha se planta nerveusement face à elle.

— Bonjour, lança-t-elle de but en blanc. Vous avez deux minutes ?

— Je te proposerais bien de prendre place, mais tu as l'air…

Inutile d'en dire plus, Martha n'était effectivement pas en état de rester assise.

— Si on allait faire un tour ?

— Pourquoi pas.

Martha fourra les mains dans ses poches.

— Ça me fera du bien de marcher.

C'était une belle journée de printemps et elles sortirent prendre l'air parmi les arbres en fleurs.

— Alors, débuta la commandante. Si tu m'expliquais ce que tu cherches ?

Martha était si tendue qu'elle n'y alla pas par quatre chemins.

— Eh bien, en gros, je cherche quelqu'un pour financer mes études. Mais… pas que.

— D'accord, acquiesça la commandante Malone. Partons de là. Tu as deux options au choix. D'une, tu t'engages. Au bout de cinq ans dévoués à l'armée, tu peux bénéficier de la loi d'indemnisation des soldats pour entamer des études. Tous frais payés.

— Ça m'étonnerait que le MIT m'accorde un report de cinq ans.

La commandante marqua un temps d'arrêt en la regardant.

— Quoi ? s'étonna Martha.

— Tu es prise au MIT ? C'est admirable ! Quelle filière veux-tu suivre ?

— Génie mécanique. Enfin, je crois.

La militaire sourit avec bienveillance.

— Tant mieux pour toi. Et pour l'armée : ce sont des compétences recherchées dans nos rangs. Je suis certaine qu'après cinq ans d'ingénierie parmi nous, le MIT te réintégrera volontiers. Mais quelque chose me dit que ce n'est pas ce que tu souhaites ?

Martha secoua la tête.

— Je veux aller à l'université, vivre cette expérience.

— Dans ce cas, quid d'intégrer la formation des officiers de réserve ? Nous payons tes frais de scolarité en échange de quatre ans de service à l'obtention de ton diplôme. Voire plus si tu souhaites que nous financions aussi un deuxième cycle ou une école d'aviation.

Cette fois, c'est Martha qui marqua un temps d'arrêt. *Une école d'aviation.* Un frisson lui parcourut les bras.

— Je peux vous poser une question ?

— Bien sûr.

— C'est comment de piloter un hélicoptère ?

Une lueur mélancolique traversa le regard de la commandante Malone.

— Je serais incapable de te l'expliquer. Il y a certaines choses qu'on ne peut pas espérer comprendre tant qu'on ne les a pas vécues. C'est un métier que tu aimerais exercer ?

— Peut-être. Au fond, je ne sais pas ce que je veux faire.

Cette incertitude l'effrayait presque autant que le reste. Mais ce n'était pas tout à fait désagréable.

Tout en poursuivant leur échange, Martha songea aux nombreux profils de femmes militaires qu'elle avait consultés ces derniers jours, avant de trouver le courage de franchir la porte du centre de recrutement. À l'origine, elle cherchait à confirmer ses idées préconçues sur l'armée. Au lieu de cela, elle avait découvert des femmes qui défilaient dans les marches des fiertés et profitaient de leurs grades élevés pour faire bouger les lignes. Parmi elles, des femmes issues de milieux aisés, d'autres parties de rien. Au lieu du profil type auquel elle s'attendait, Martha avait trouvé de *tout*… sauf un prétexte pour ne pas au moins avoir une discussion avec la commandante Malone.

Dans la vie, Martha n'avait pas souvent eu le choix et, maintenant que c'était le cas, ça lui faisait peur. Ça lui rappela son ancêtre : quand on pensait à Martha Washington, on visualisait toujours l'épouse aux cheveux blancs du premier président américain. Mais avant d'être Martha Washington, elle avait été Martha Custis. Et avant Martha Custis, Martha Dandridge. Et encore avant, Patsy : une fillette comme les autres, issue d'une famille nombreuse, qui avait appris à lire et écrire à une époque où, d'ordinaire, cela ne se faisait pas pour une femme. Cette petite fille n'avait pas voulu se contenter de ce que la vie lui offrait. Voilà le point commun que Martha avait avec son arrière-arrière-arrière-arrière-arrière-arrière-arrière-grand-mère.

Elle avait le courage de viser haut et de se donner les moyens d'y arriver.

***

Cet après-midi-là, lorsqu'elle reçut le courrier, CJ ne sut même pas comment réagir tant elle était habituée aux mauvaises nouvelles. Debout dans son jardin, elle lut et relut la lettre jusqu'à ce qu'elle finisse par y croire. Puis elle fila droit à sa voiture.

Wyatt était le premier à qui elle voulait l'annoncer. Elle fonça chez lui, frappa à la porte et, l'instant d'après, fut accueillie par Katherine.

— CJ, ça me fait plaisir de te voir.

— À moi aussi. Est-ce que Wyatt est là ?

Katherine fit non de la tête.
— Il est parti sur le campus avec son père.
— Le campus ?
— De l'université de l'Ohio.
Le visage de Katherine s'éclaira d'un large sourire.
— Il a décidé de reprendre ses études à la rentrée. Aujourd'hui, ils ont rendez-vous pour régler la paperasse et rencontrer un responsable du service des étudiants handicapés. Jusqu'ici, leur organisation se révèle très efficace. On croise les doigts.
CJ ne put s'empêcher d'éprouver de la fierté.
— Je peux vous laisser un document pour lui ?
— Bien sûr. Je veillerai à le lui remettre à son retour.
— D'accord. Donnez-moi juste une seconde.
CJ sortit le courrier de son enveloppe pour rédiger une note au bas de la page. Ça la mit un peu mal à l'aise d'écrire ces mots avec la mère de Wyatt dans son dos, mais Katherine sut se montrer discrète et regarda ailleurs. CJ remit la lettre à sa place avant d'avoir l'occasion de flancher.
— Au fait, ajouta-t-elle avant de partir : j'adore le vase que vous m'avez offert. Il est génial. Ça va vous paraître absurde, mais ça me rappelle que la vie peut basculer en un instant et que, quand ça arrive, il ne tient qu'à nous de réagir.
— Ça me touche. Je sais que mes poteries sont loin d'être parfaites.
— Justement, c'est ça qui me plaît. Même avec ses défauts, c'est une des plus jolies choses que j'ai pu admirer dans ma vie.
Katherine s'illumina.

— Merci CJ, c'est vraiment gentil. À part toi, tout le monde dit qu'elles ressemblent à des pénis.

CJ éclata de rire.

— Pas du tout.

CHAPITRE VINGT-SIX

Les jours rallongèrent et l'humidité s'installa. L'été approchait à grands pas et tout le monde était conscient de ce que cela signifiait. Les années lycée seraient bientôt derrière eux. Quand vint l'heure pour les terminale élus d'être photographiés pour l'album de promotion, Jordan eut le ventre noué. Non qu'elle s'inquiétât des vêtements qu'elle allait porter. Quel que fût son choix, elle savait que sa tenue serait géniale sur le moment et totalement démodée quand elle la reverrait dans dix, vingt ou trente ans. Non, ce n'était vraiment pas l'objet de son tracas. Elle était à cran parce que c'était Logan Diffenderfer qui allait prendre ces photos et elle savait que le moment venu, il serait temps qu'elle soit honnête avec lui.

Elle le retrouva dans l'amphithéâtre où il était en train de monter un studio de fortune et l'observa tandis qu'il accrochait une toile bleue en guise de fond et agençait quelques pieds d'éclairage. On aurait dit un pro.

— Salut, lança-t-il à son approche. Je ne t'ai pas entendue arriver. Super, ta tenue.

— Merci.

Elle portait un bustier qu'elle avait agrémenté de bretelles avec l'aide de sa grand-mère, sur une jupe à volants rouge, blanche et bleue qui, d'après son frère, lui donnait des airs de candidate à la Maison Blanche.

— Installe-toi dès que tu es prête, proposa-t-il en montrant un tabouret noir posé devant la tenture.

Une fois assise il la prit par les épaules pour l'orienter dans la position qui capterait le mieux la lumière.

— Voilà, comme ça, évalua-t-il.

Il leva son appareil et effectua quelques essais. Après examen des images numériques, il releva les yeux vers elle.

— Quelque chose ne va pas ? demanda-t-il.

Jordan avait conscience de sa moue contrariée.

— J'ai un aveu à te faire, mais c'est pas facile.

Logan baissa son appareil.

— Dis-moi.

— Quand j'ai rompu avec toi en seconde, je t'ai menti sur le motif de ma décision. J'ai soutenu que je ne t'aimais plus, mais c'était faux. Archi-faux, même. J'étais raide dingue de toi.

Logan posa son appareil sur la table.

— Pourquoi me dire ça maintenant ?

— Eh bien, j'étais forcée de rompre pour une raison bien précise.

— À cause de ce qu'Ava m'avait entendu dire dans son dos, c'est ça ?

Jordan confirma.

— Ça l'a profondément blessée et elle traversait une passe très difficile. Comme c'était – et c'est toujours – une de mes meilleures amies, je ne me voyais pas rester en couple avec toi.

— Je comprends. Et je ne t'en veux pas du tout.

— Ça a été dur pour moi de te mentir. Je voulais juste que tu le saches.

— Jordan…

— Attends, je n'ai pas fini. J'ai longtemps été amoureuse de toi.

Elle reprit son souffle un instant.

— Mais je ne le suis plus. Je tiendrai toujours à toi en tant qu'ami, mais ça s'arrête là.

— Moi aussi je tiens à toi.

À son sourire chaleureux, elle savait qu'il était sincère.

— Je sais. Tu es un mec bien, Logan, et je sais aussi que tu ne ferais jamais rien qui pourrait me blesser. Donc, sache que si tu t'inquiétais que j'aie encore des sentiments pour toi et que ça t'a éventuellement empêché d'aller plus loin avec une autre… il ne faut plus t'en faire.

Logan sourit encore.

— Tu es vraiment une belle personne, Jordan.

— C'est vrai, plaisanta-t-elle. Maintenant fais-le ressortir à l'image.

— À tes ordres, plaisanta-t-il en armant son appareil.

***

Assise à son bureau, CJ parcourait le catalogue de cours publié sur le site de l'université de l'Ohio quand son portable sonna.

— Salut Logan, dit-elle en décrochant. Comment ça va ?

— Tu as deux minutes pour discuter ?

Ça avait l'air sérieux.

— Bien sûr, dit-elle, légèrement inquiète. Qu'est-ce qui se passe ?

— Il se passe qu'on s'est embrassés, lâcha-t-il de façon assez pragmatique.

— C'est vrai.

— Mais on n'en a jamais parlé.

— C'est vrai aussi.

— Donc tu veux bien qu'on en parle ?

CJ alla se poser sur son lit.

— Si tu veux.

— OK, parce que je n'ai pas compris si c'était important à tes yeux ou bien un simple concours de circonstances.

CJ fixa le plafond en cherchant la meilleure façon de lui dire que oui, ce baiser avait été important pour elle.

— Pour tout te dire, Logan, ce soir-là, j'étais mal. J'étais bouleversée, flippée, et j'avais besoin de soutien. Et tu as été là pour moi.

Elle lui en était reconnaissante.

— Donc, en clair, ce que j'essaie de dire, c'est que oui, ce baiser a compté pour moi. Mais pas au sens romantique. Ce soir-là, j'avais surtout besoin d'un ami. Pour le reste, je me suis un peu emballée, c'est tout.

À travers le combiné, elle entendit Logan soupirer.

— Je ressens exactement la même chose.

— C'est vrai, toi aussi ?

CJ poussa un soupir de soulagement.

— Je me sens bête. J'étais tellement prise par les demandes d'inscription à l'université et toute cette pression…

— Voilà. Exactement !

Logan ajouta quelques remarques qui échappèrent totalement à CJ. Car c'est à cet instant précis qu'elle crut voir un cheval passer dans son jardin. Elle se redressa. Ça ne pouvait pas être un cheval. Elle s'approcha de sa fenêtre pour jeter un coup d'œil dehors. Si, c'était bien un cheval. Juste là, sur sa pelouse. Et sur ce cheval se tenait un cavalier.

— Euh… Logan. Il faut que je te laisse.

Elle raccrocha sans lui laisser le temps de répondre et se rua sur la fenêtre pour l'ouvrir.

— Mais qu'est-ce que tu fiches ici ?

— Clarke Josephine Jacobson, lança Wyatt depuis le bel étalon à la robe baie auquel il était harnaché, je viens sur ce coursier te livrer un message !

CJ sourit.

— J'arrive.

Lorsqu'elle ouvrit la porte de chez elle, Wyatt l'attendait dans une pose très royale, façon George Washington.

— Tu es fou, s'amusa-t-elle en s'avançant. Je ne sais même pas comment tu as fait pour amener ce truc ici.

— Ce *truc*, comme tu dis, s'appelle Chocapic.

— Salut Chocapic, glissa CJ à l'animal.

Puis elle regarda Wyatt, non sans tendre méchamment le cou pour une fois.

— Alors voilà ce que ça fait d'être plus grand que toi, railla-t-il.

— Sérieusement, Wyatt : comment tu as réussi à faire entrer un cheval dans mon lotissement ? Je ne suis même pas sûre que ce soit autorisé.

— Tu arrêtes avec tes questions ?

CJ la boucla sagement.

— J'ai reçu ton courrier.

Elle sourit fièrement. L'association les avait sélectionnés. C'était fantastique : leur parc allait recevoir tous les financements nécessaires pour devenir pleinement accessible à tous.

— J'ai aussi lu le mot que tu m'as écrit au bas de la page.

Le sourire de CJ s'évanouit. Elle redoutait sa réaction. Sa main avait tremblé en écrivant ces lignes. *L'autre jour, j'aurais dû t'embrasser. Mais tu aurais pu le faire aussi. On a eu peur tous les deux. Alors si on affrontait nos peurs ensemble ?*

CJ baissa les yeux et contempla les mottes de terre que les sabots du cheval avaient soulevées un peu partout sur le gazon fraîchement tondu de son père. Cette scène était totalement surréaliste.

— Et donc, tu comptes dire quelque chose ? demanda-t-elle timidement.

— Non, Clarke. Car je n'ai rien à dire. J'ai juste envie de t'embrasser.

Elle releva le nez. Wyatt tendit une main qu'elle saisit en la serrant. Deux fois.

— C'est quoi, ce geste ? s'étonna-t-il.

— C'est comme ça qu'on se dit « je t'aime » avec mes amies.

— Dans ce cas. Regarde.

Et il serra sa main deux petits coups.

Puis il l'aida à grimper à cheval et elle glissa les bras autour de sa taille. Alors, il tourna la tête vers elle, et cette fois il n'y eut ni hésitation ni crainte. La symbiose de leurs lèvres fut parfaite et totalement naturelle.

Lorsque enfin ils s'écartèrent, Wyatt prit la parole en premier.

— Bon… ça te dit une balade à cheval au soleil couchant ?

CJ hocha la tête.

— Avec joie.

Elle s'accrocha à lui en prenant conscience que depuis le début, elle n'avait jamais eu l'intention de le lâcher.

***

Martha s'impatientait devant le guichet du cinéma. Logan était en retard. Il avait peut-être changé d'avis et elle le comprendrait. Mais deux secondes plus tard, elle le vit apparaître au coin de la rue et courir jusqu'à l'entrée. Martha lui ouvrit sans tarder.

— Tu es à la bourre, fit-elle remarquer.

— Je sais. Désolé. Je sors de chez mon psy.

— Oh ! OK, je comprends mieux. J'ai cru que tu avais changé d'avis.

— Pas du tout, la rassura-t-il. Je suis à fond.

Martha inspira un coup.

— J'ai du mal à croire qu'on va vraiment le faire.

— Oui, pareil, avoua Logan. À mon avis, ça va en choquer plus d'un.

— Je m'en fous, répliqua Martha. Ils s'en remettront.

Elle marqua encore une pause pour respirer à fond.

— Bien. Officialisons ça.

Elle plongea la main dans sa poche.

— Voilà ta clé d'employé.

Elle l'ôta de son porte-clés pour la lui remettre.

— Ne la perds pas sinon Ben retirera vingt-cinq dollars de ta paye.

— Promis.

— Alors, comment ont réagi tes parents quand tu as annoncé que tu prenais une année sabbatique pour travailler ici ?

— Ils ont paniqué. Pété les plombs, même. Mais peu importe. Ça leur passera dès lors qu'ils me verront refaire des demandes d'inscription au printemps prochain. Si je suis pris dans une bonne école de cinéma, j'espère que ça les détendra un peu. Sinon, tant pis. C'est ma vie, pas la leur.

— Bien dit.

Martha termina de lui faire visiter les lieux et lui montra comment allumer la machine à pop-corn. Après quoi, elle eut fait le tour.

— Bon. Je crois que je t'ai tout dit. Donc c'est ici qu'on se quitte.

— OK. À plus, lui sourit Logan.

Ce n'était pas tant à lui qu'à ce cinéma que Martha faisait ses adieux. Elle y avait vécu de bons moments. Elle laissa la porte d'entrée se refermer derrière elle et ne se retourna qu'une fois.

Puis elle sortit son portable et fit défiler tous les SMS échangés avec Victoria. Il y en avait un paquet à présent et elle mit quelques secondes à trouver la question qu'elle adorait lire et relire. Celle qu'elle avait finalement posée en s'armant de courage :

Tu étais contrariée car tu as des sentiments pour Logan ou... car tu en as pour moi ? C'est une question lourde de sens. Parce que moi, j'en ai pour toi.

— Martha.

Cette dernière leva les yeux. Victoria l'attendait à l'angle.

— Tu en as mis, du temps.

— Qu'est-ce que tu veux que je te dise ? Les mecs sont toujours plus longs à la détente.

Victoria émit un petit son moqueur.

— Ah, les hommes !

Puis elle tendit la main à Martha et l'attira contre elle. Quand leurs bouches se mêlèrent, Martha eut le même coup au cœur qu'en découvrant la réponse de Victoria à sa question :

Parce que j'ai des sentiments pour toi, andouille.

Tandis que ce baiser échangé au coin de la rue s'éternisait, Martha songea que c'était incomparable au fait d'embrasser un garçon ou même Hermione Granger. Embrasser Victoria était mille fois mieux.

***

La seule chose à craindre, c'est la crainte elle-même. La seule chose à craindre, c'est la crainte elle-même. La seule chose à craindre, c'est la crainte elle-même.

Depuis que CJ lui avait offert cette biographie, Ava ne jurait plus que par Eleanor Roosevelt. Sur le chemin du parc, cette citation tourna en boucle dans sa tête. La Dr Clifford lui avait suggéré de dresser une liste de toutes les décisions courageuses qu'elle avait prises dans sa vie. Ainsi, Ava pourrait constater d'elle-même qu'elle était bien plus forte qu'elle ne le pensait. Et ce conseil s'était révélé probant. Elle jeta encore un coup d'œil à ses exploits.

J'ai eu le courage de renoncer à l'école de design de Rhode Island.

J'ai eu le courage de choisir d'entrer à Stanford.

Et j'ai eu le courage d'écrire cette lettre à Logan Diffenderfer.

Lettre qu'elle avait rédigée sur une feuille de cahier qu'elle avait ensuite glissée dans le casier de Logan le dernier jour des cours sans attendre de se dégonfler.

Cher Logan,

Ce week-end, j'irai voir le nouveau parc que la mairie aménage. Je veux me créer des souvenirs là-bas pour que cet endroit soit spécial lorsque je reviendrai durant les vacances ou l'été. J'apporterai mon carnet de croquis. M'asseoir sur un banc pour dessiner sera déjà un bon point de départ en matière de souvenirs. Mais ce qui serait encore mieux, c'est un premier baiser avec un garçon auquel je tiens. Je t'aime beaucoup, Logan. Pas en tant qu'ami. Enfin si, aussi. Si ce n'est pas réciproque, je me contenterai de mes séances de dessin. Et ce sera très bien comme ça.

Sans rancune. Mais si, à l'inverse, tu ressens la même chose, alors j'y serai samedi à 14 h. Rejoins-moi et créons-nous un souvenir commun. Ava.

Bien que le nouveau parc fût encore en cours d'aménagement, on pouvait facilement deviner son potentiel. Tout le monde parlait de la super cage à écureuil qui avait été installée et de ces équipements accessibles aux fauteuils roulants grâce à l'association sollicitée par CJ. Les bancs étant déjà fixés au sol, Ava comptait s'asseoir sur l'un d'eux pour regarder les paysagistes à l'œuvre.

Elle consulta l'heure sur son téléphone. 13 h 45. Il lui restait quelques minutes pour se détendre et se rappeler que *la seule chose à craindre, c'était la crainte elle-même*. Mais en pénétrant dans le parc, son expression changea.

— Tu es en avance, constata-t-elle.

Logan Diffenderfer se leva d'un banc et marcha à sa rencontre.

— Oui, j'avais hâte.

CHAPITRE VINGT-SEPT

— Ça vous ennuierait d'être un peu plus discrètes ?

Jordan avait déjà demandé à ses amies de faire moins de bruit mais en vain, personne ne l'écoutait.

— Je croyais que c'était moi la coincée du groupe ? s'amusa CJ sans aucun effort pour baisser d'un ton.

Ava et Martha étaient tout aussi dissipées. Elles gloussaient encore à une blague de Martha.

Jordan sortit la clé de sa poche.

— Sérieusement. *Chut !* Scott m'a prêté la clé uniquement car j'ai promis qu'on ne se ferait pas choper. Donc il ne faut pas qu'on se fasse remarquer.

Elle ouvrit le cadenas et tira sur le portail grillagé. C'était le même type de clôture que celle qui les avait empêchées d'entrer dans l'ancien parc à leur entrée en terminale ; cette soirée semblait désormais remonter à des milliers d'années. Néanmoins, cette grille ne protégeait plus le site d'un projet en construction. L'immeuble de bureaux était presque achevé.

— OK, souffla CJ une fois dans l'enceinte. Qui a apporté ce qu'il faut ?

Ava leva la main.

— Moi.

Elle fouilla dans son sac à dos pour en sortir une brochette en métal que Martha lui prit des mains.

— Une brochette de cuisine ?

— Oui. Une brochette. Où est le problème ? C'est parfait.

— Nickel, approuva Jordan. Allez, on s'y met. Dans l'ordre alphabétique, d'accord ? Par équité ?

— OK, dit Martha en rendant la brochette à Ava.

Elles contournèrent le bâtiment et le longèrent jusqu'à l'endroit où, un peu plus tôt dans la journée, une couche de béton avait été coulée. Encore fraîche, elle n'attendait plus que les quatre amies y laissent leur empreinte. Une par une, elles gravèrent avec soin les lettres dans le ciment ramolli. Quand elles eurent terminé, elles admirèrent la liste ainsi créée :

Ava Morgan
CJ Jacobson
Jordan Schafer
Martha Custis
Promotion de 2020

Et voilà. Le résultat se passait de discours. Avoir inscrit leurs noms était suffisant. Alors elles s'en allèrent en refermant le portail à clé derrière elles.

Étant donné que chacune avait prévu de repartir de son côté, elles étaient toutes venues séparément. Ava devait rejoindre Logan au cinéma, et Jordan sa grand-mère pour s'atteler à la confection de nouvelles tenues d'étudiante. Martha avait eu la permission d'emprunter la voiture de son père pour aller en centre-ville à la rencontre d'un groupe d'élèves en première année au MIT dont elle avait fait la connaissance en ligne.

CJ était la seule à n'avoir rien prévu. En déverrouillant sa voiture, elle regarda ses trois meilleures amies partir dans des directions opposées. À la fin de l'été, leur quotidien ensemble prendrait fin. Mais ce n'était pas grave. Leurs vies seraient toujours liées les unes aux autres, CJ en était convaincue.

Son portable sonna et le nom de Wyatt s'afficha à l'écran.

— Coucou, dit-elle en décrochant. Je croyais que tu avais un dîner de famille ce soir ?

Le père de Wyatt avait fini par trouver le courage de reprendre contact avec son frère cadet et, peu à peu, tous deux s'étaient efforcés de réparer les pots cassés entre eux. Ce soir, ils devaient enfin se présenter leurs familles.

— J'y suis encore, confirma Wyatt. Mais il fallait que je t'appelle pour t'annoncer un truc de dingue.

CJ démarra et s'éloigna du trottoir.

— Raconte.

Dans son rétroviseur, elle vit le parc (ou plutôt, son ancien emplacement) disparaître à vue d'œil.

— Mon oncle a un fils.

CJ sourit.

— Je le savais ! J'avais raison, non ?

— Si. Il est super sympa, Clarke. Vraiment.

CJ savait très bien de qui il s'agissait. Puisque, bien sûr, elle connaissait le nom de famille de Wyatt. Elle l'avait d'ailleurs interrogé à ce sujet. C'était un patronyme vraiment particulier. Et particulièrement moche. Quand Wyatt lui avait parlé de son oncle, elle s'était demandé si par hasard Logan ne serait pas son cousin. Ils y avaient réfléchi et avaient émis des suppositions, mais Wyatt ne souhaitait pas qu'elle en parle à Logan. Il préférait ne pas se mêler des affaires de son père et le laisser avancer à son rythme.

— C'est un peu comme d'avoir un frère. Je suis super content. Il vient de partir. Je crois qu'il a un petit boulot dans un cinéma, un truc comme ça. Mais on doit se revoir demain, juste tous les deux.

— C'est génial.

Et encore, le mot était faible. Un frisson parcourut les bras de CJ.

— Bref, il faut que je te laisse. Je voulais juste t'annoncer la nouvelle. Ah, non ! J'ai un dernier truc à te dire.

— Quoi donc ? dit CJ.

Elle devina le sourire dans sa voix.

— Je t'aime, Clarke Jacobson.

Cette fois, c'est tout son corps qui frémit.

— Moi aussi je t'aime, Wyatt Diffenderfer.

ÉPILOGUE

Washington, DC
20 janvier 2049

Assis l'un à côté de l'autre sur l'esplanade de la façade ouest du Capitole, Wyatt et moi sommes entourés d'hommes et de femmes politiques, de dignitaires, et d'une foule de spectateurs qui s'étire à perte de vue. Consciente que le moindre de mes faits et gestes sera étudié à la loupe, je m'applique à me tenir droite et à garder une posture présidentielle. Wyatt estime le moment bien choisi pour tenter de me faire rire.

— Hé, Clarke, me glisse-il à l'oreille.

— Pour toi, c'est Madame la Présidente élue. Et dans quelques minutes, ce sera même *Madame la Présidente*.

C'est alors qu'il murmure autre chose et je ne peux réprimer un petit rire. Pour sauver les apparences, je salue d'un geste la foule qui m'acclame en retour. Wyatt vient de me rappeler que pour tous ces gens, la légende veut que nous ayons échangé notre premier baiser à dos de cheval dans le jardin de mes parents. Un jour, au cours d'une interview, j'ai raconté cette anecdote et, très vite, les réactions nous ont dépassés. Tout le monde a présumé que notre relation avait débuté ainsi, et nous n'avons pas démenti. Mais en réalité, j'avais déjà embrassé Wyatt une fois auparavant, au bord de la route, et il m'avait repoussée. Notre histoire d'amour n'a jamais été idyllique. Comme moi, elle a ses défauts et ses complexités. Et je n'y changerais pas une virgule.

Je me penche en faisant mine de lui confier une information des plus sérieuses.

— N'oublie pas que certaines personnes ici présentes connaissent la vérité.

Deux rangs derrière moi, je vois Ava, Jordan et Martha. Il a fallu que je déloge deux ou trois invités pour leur obtenir ces sièges, mais ça valait bien le coup de faire suer quelques membres du Congrès pour avoir mes amies à proximité. Dakota et sa mère sont là aussi. De même qu'elles étaient présentes dans l'enceinte du sénat le jour où j'ai présenté mon projet de loi sur la santé en prononçant un discours qui a incité le public à s'intéresser de plus près à cette apprentie sénatrice de l'Ohio.

Je n'étais pas censée remporter cette course à la présidence. Candidate donnée largement perdante, j'ai bien failli me retirer. Mais un jour où j'envisageais sérieusement de renoncer, mon directeur de campagne m'a conduite aux seuls bureaux que nous avions les moyens de louer pour établir mon siège de campagne. C'était l'immeuble où Ava, Jordan, Martha et moi avions gravé nos noms à la fin de notre année de terminale. Alors j'ai décidé de poursuivre coûte que coûte, quelles que soient les difficultés que je rencontrerais. Ces noms m'ont rappelé que je ne craignais pas la défaite et que de tous les plus beaux moments de ma vie, nombreux étaient ceux qui étaient nés de mes échecs.

Il n'empêche, certains jours m'ont paru insurmontables et, certains soirs, je ne me voyais plus capable de continuer. Dans ces moments-là, je sortais en douce pour m'isoler le long du bâtiment et suivre du doigt les lettres qui formaient les noms de mes amies. J'ai toujours parcouru la liste dans l'ordre alphabétique. Question d'équité.

Ava Morgan, ou plutôt désormais « Dr Morgan », a obtenu son doctorat en psychologie. À Stanford en plus ! Son travail de thérapeute en séances individuelles lui plaît et elle continue de peindre et de développer son talent de façon toujours plus prodigieuse. Elle s'est toujours considérée comme la discrète du groupe mais en réalité, sa façon de s'exprimer sur la toile prouve que de nos quatre voix, c'est la sienne qui en impose le plus. Il y a deux ans, elle a fondé une organisation à but non lucratif qui utilise l'art-thérapie pour venir en aide aux enfants victimes de traumas.

Jordan Schafer exerce le métier dont elle a toujours rêvé : journaliste. Elle couvre les pages politiques du *Washington Post* dans lesquelles elle a détruit plus d'une carrière grâce à son travail d'investigation souvent primé. Heureusement, elle a promis de ne jamais écrire un article qui pourrait me desservir. À moins que je fasse quelque chose pour le mériter.

Martha Custis. C'est celle qui a parcouru la plus grande distance pour être parmi nous aujourd'hui. Depuis qu'elle est montée en grade, elle vit avec sa femme à l'étranger. Du jour où elle a embarqué pour sa première mission de combat, elle a compris que c'était sa vocation. En fin de compte, elle a suivi les traces de George, le second époux de son arrière-arrière-arrière-arrière-arrière-arrière-arrière-grand-mère, et elle est devenue générale dans l'armée américaine.

En tribune, la cheffe de la majorité sénatoriale annonce qu'il est temps pour moi de venir prêter serment. Je lance un rapide coup d'œil à mes amies. Comme elles se savent filmées, leur réaction est à peine perceptible. Mais il ne m'en faut pas plus pour déchiffrer leur expression : elles sont fières de moi. Je leur souris. Moi aussi, je suis fière d'elles.

La plupart des gens continuent d'affirmer que c'est ce discours au sénat qui m'a conduite sur la voie de la Maison Blanche. D'autres soulignent que ça remonte à plus loin, notamment à ce cours suivi en première année à l'université de l'Ohio, qui m'a incitée à me porter volontaire dans ma première campagne politique. Voire, plus loin encore. À l'époque où je n'étais qu'une enfant ingénue persuadée de pouvoir changer le monde. Tant de moments ont guidé mes pas jusqu'à ce jour et ce podium. Néanmoins, si l'on cherche celle qui a vraiment tout déclenché, le mérite revient à Ava, qui a en quelque sorte tapé dans le mille avec sa rédaction pour Stanford. Car le moment décisif de ma vie fut le jour où j'ai rencontré mes meilleures amies par un bel après-midi de fin d'été. Sans ces trois-là, je ne serais pas la femme qui vous parle aujourd'hui.

La cheffe de la majorité sénatoriale poursuit son préambule. Les mots qu'elle prononce ne datent pas d'hier. Ils ont déjà résonné à de nombreuses reprises dans le froid glacial d'un matin de janvier. Je les vois d'ici défiler sur l'écran du prompteur. *J'ai le grand privilège et l'honneur de vous présenter le président de la Cour suprême qui va maintenant diriger la prestation de serment.*

En principe, c'est là qu'elle ordonne à tout le monde de se lever. Mais ce matin, j'ai exigé une légère modification du protocole, qu'elle opère en se tournant vers l'assistance :

— Ceux qui le peuvent, veuillez vous lever.

À mon côté, Wyatt serre ma main, deux fois de suite. Puis il la lâche car il sait que je vais en avoir besoin pour l'étape qui suit.

Je prends une grande inspiration, m'avance et lève la main droite en l'air.

Ouvrage composé par
FACOMPO – 14100 Lisieux

Imprimé en France
par Normandie Roto Impression s.a.s.
61250 Lonrai
N° d'impression : 2103492
S31466/01

FSC
www.fsc.org
MIXTE
Papier issu de
sources responsables
FSC® C003309

L'éditeur de cet ouvrage s'engage dans une démarche
de certification FSC® qui contribue à la préservation
des forêts pour les générations futures.

Pour en savoir plus :
www.editis.com/engagement-rse/

PKJ• www.pocketjeunesse.fr
POCKET JEUNESSE

92, avenue de France – 75013 Paris